KB272700

구도자를 위한 번역 선집 3

장자 외편

구도자를 위한 번역 선집을 내면서

삼공 김태영 선생님은 자력으로 마음, 기, 몸을 닦는 수행체계인 삼공 선도를 정립하시고 『선도체험기』를 쓰셨다. 이 『선도체험기』는 선도수련 과정에 일어난 모든 체험을 소설화하여 구체적으로 묘사한 120권의 역작으로, 1990년부터 2020년까지 나왔다.

삼공 선생님의 분신과도 같은 『선도체험기』는 103권까지 절판되어 구하기 어렵다. 또한 바쁜 현대인이 많은 분량의 책을 구해 읽기 어려운 상황임을 감안하여, 『선도체험기』의 수련에 관한 주요 내용을 간추려 『약편 선도체험기』 30권을 편찬하였다.

그런데 『선도체험기』에는 불교, 유교, 기독교의 경전 등 수행에 도움이 되는 책들을 선생님께서 번역하시고 설명을 붙이신 내용이 다수 실려 있다. 절판으로 인해 대부분의 번역이 사장되어 있는 게 안타까워 『약편 선도체험기』 간행 사업이 완료되면 별도로 책으로 내고자 했다.

2026년은 선생님의 5주기가 되는 해이다. 이를 기념하고자 번역 선집을 만들게 되었으니, 『선도체험기』 104권부터 선생님의 모든 책을 간행해 주신 출판사 사장님의 의지와 후의 덕분이다. 번역 선집은 아래와 같은 내용으로 9권을 구성하였다. 서명 옆의 괄호 숫자는 해당 번역이 실린 『선도체험기』의 권수이다.

1권 : 업보차별경(39), 금강경과 반야심경(41), 육조단경(46), 법구경(50)

2권 : 도덕경(40), 장자 내편(47)

3권 : 장자 외편(48)

4권 : 장자 잡편(49)

5권 : 중용(42), 논어(51)

6권 : 맹자(52)

7권 : 대학(42), 소학(80)

8권 : 마태복음(45), 요한복음(54), 도마복음(58)

9권 : 명심보감(44), 손자병법(94)

참고로 『선도체험기』 20권에 있는 『삼일신고』, 43권에 있는 『채근담』, 78권에 있는 『용호비결』 등의 번역문은 차례대로 『구도자 요결』, 『약편 선도체험기』 28권과 17권에서 볼 수 있다.

위와 같이 번역 선집을 준비함에 있어서, 한글세대 독자를 고려하여 원고상의 한자를 배제하되 이해를 돕기 위해 그대로 두기도 했다. 또한 일부 문구를 수정함으로써 가독성이 향상되도록 기했다.

교열의 경우 대명, 별빛자, 혜연, 동지, 덕암, 소연 등 신삼공재 수행자들이 수고를 마다하지 않음에 고마운 마음을 전한다. 마지막으로 이번 사업에 관심을 보여 준 분들께, 그리고 번역 선집을 간행해 주시는 출판사 글터의 한신규 사장님께도 감사드린다.

2026년 2월 25일

조 광

차례

장자 외편

선도체험기 48권을 내면서

『선도체험기』48권에는 47권『장자』'내편'에 이어『장자』'외편'을 내보낸다. 외편은 내편보다 분량이 훨씬 많아서『선도체험기』한 권을 꽉 채웠으므로 필자의 체험담은 싣지 못했다. 49권에 내보내게 될『장자』'잡편' 역시 내편과 비슷한 분량이어서 필자의 체험담은 50권부터 나가게 될 것이다.

『선도체험기』47권을 읽은 어떤 독자가 내 서재에 찾아와서 말했다.

"저는 한문 원전을 읽을 만한 실력은 없고 해서 이전에『장자』를 번역한 책을 세 가지나 읽었는데도 도대체 무슨 말을 하는지 그 내용을 정확히 파악할 수가 없었는데,『선도체험기』47권을 읽고 나서야 제대로 알 수 있었습니다. 똑같은 원전을 우리말로 옮겼는데 왜 이렇게 큰 차이가 나는지 모르겠습니다."

이 말을 옆에서 듣고 있던 다른 독자가 말했다.

"댁에서 읽은 세 가지 종류의 책들은 틀림없이『장자』를 학문적으로 연구한 학자나 대학교수들이 쓴 책이었을 겁니다. 학자들은 대체로 문자에 의존하게 됩니다. 이 말은 무슨 뜻인가 하면 학자들은 어디까지나 학자일 뿐 구도자는 아니라는 얘기입니다.

구도자도 아닌 사람들이 단지 학문의 차원에서 구도자인 장자를 연구했으니 문자에 집착할 수밖에 더 있었겠습니까. 이래 가지고는『장자』를 온전하게 파악할 수 없습니다. 장자는 성인 즉 도 닦은 사람입니다. 구도자라는 얘기입니다. 구도자는 구도자가 알아주게 되어 있습니다.

따라서 장자를 제대로 파악하려면 그의 구도의 세계를 환히 꿰뚫지 않으면 안 됩니다. 학자들은 제아무리 유능하다고 해도 구도자의 세계를 들여다볼 수는 없습니다.

그런 의미에서 삼공 선생님은 제가 보기에는 장자의 뱃속까지 훤히 꿰뚫고 계시다고 봅니다. 그러한 분이 『장자』를 우리말로 옮기셨으니 학자들이 쓴 것과는 크게 다를 수밖에 없지 않겠습니까?"

"갑자기 면찬을 당하니 얼굴이 달아오릅니다."

내가 이렇게 말하자 방금 나를 면찬한 독자가 말했다.

"절대로 면찬이 아닙니다. 선생님. 제가 선생님을 면찬했다고 해서 저에게 무슨 이익이 돌아오겠습니까? 저는 그저 제 솔직한 심정을 있는 그대로 털어놓았을 뿐입니다. 저는 다른 장소에서도 계제만 허락한다면 서슴지 않고 지금 한 말과 똑같은 말을 했을 것입니다."

이 말을 귀담아듣고 있던 또 다른 독자가 말했다.

"학자가 학자의 심정을 알아주고 의사가 의사의 심정을 알아주는 것과 같이, 같은 길을 가고 있는 구도자들끼리라야 그들이 쓴 글의 내용과 글로서는 미처 다 말하지 못한 행간의 뜻을 충분히 포착할 수 있습니다. 그러나 아무리 같은 구도자끼리라고 해도 그들이 하려는 말을 문장으로 옮기는 문제는 별개의 일이라고 생각합니다."

"그게 무슨 뜻입니까?"

"한마디로 탁월한 문장력을 가진 문필인이 아니라면 자기가 하고 싶은 말을 충분히 그리고 효과적으로 많은 독자들에게 전달하여 감동을 받게 할 수는 없다는 뜻입니다.

학자나 교수들은 언어에 대한 감각, 리듬, 어법 등을 직업적이고 전문적인 문학인들처럼 능수능란하게 구사하지 못합니다. 다시 말해서 자기가 알고 있는 내용을 많은 독자들에게 효과적으로 전달할 수 있는 문장력이 아무래도 전문적인 문학인만은 못하다는 얘기입니다.

게다가 비록 구도자라고 해도 자기가 도를 체득하는 것과, 체득한 도를 만인에게 쉽게 읽힐 수 있는 문장으로 옮기는 일은 별개의 작업이라는 얘기입니다.

구도자이면서도 문장력을 구비한 작가라야 이 일을 해낼 수 있습니다. 정보화와 대중 매체 시대가 절실히 요구되는 구도자상입니다. 우리가 이 두 가지를 겸비한 분을 스승으로 모실 수 있게 된 것은 참으로 다행이라고 생각합니다.”

두 사람 다 나에게는 지나친 면찬임에 틀림이 없었고 그것을 이렇게 글로 옮기는 나는 나 자신을 자화자찬한 꼴이 되어 버렸다. 그렇지만 두 가지 얘기가 사실과 크게 어긋나지는 않았다고 생각되기에 창피를 무릅쓰고 『선도체험기』 48권의 머리말로 대신할까 한다.

어떤 독자는 말한다.

“저는 아무래도 다른 성인들의 어록보다는 선생님께서 직접 체험하신 얘기들이 훨씬 더 가슴에 와닿습니다.”

그러나 내가 직접 겪은 얘기만을 『선도체험기』에 쓴다면 자칫 우물 안 개구리가 될 우려도 없지 않다. 우리는 우주적인 시야를 가져야 한다. 그러기 위해서는 눈을 크게 뜨고 동서고금의 모든 성인들의 어록들을 훑어볼 필요가 있다.

이러한 과정을 통해서 알 수 있는 것은 결국 모든 것은 즉 생사와, 너와 나를 포함한 삼라만상은 원래 하나라는 것이다. 석가도 공자도 노자도 장자도 예수도 그리고 그 밖의 모든 성인들도 알고 보면 하나이다.

그러므로 나는 그들의 입을 빌려 내가 하고 싶은 말을 하고 있는 것이다. 지금은 『장자』를 통해서 내가 하려는 말을 지금까지와는 조금 다른 방식으로 여러분에게 전달하고 있을 뿐이다.

단기 4332(1999)년 8월 5일
서울 강남구 논현동 우거에서
김태영 씀

내편과 외편 및 잡편은 어떻게 다른가

『장자』 내편은 소요유, 제물론, 양생주, 인간세, 덕충부, 대종사, 응제왕 모두 합해서 7부로 나뉘어져 있지만,『장자』 외편은 변무, 마제, 거협, 재유, 천지, 천도, 천운, 각의, 선성, 추수, 지락, 달생, 산목, 전자방, 지북유의 15부로 되어 있다.

『장자』 내편은 장자 자신의 사상을 비교적 충실하게 보여 주고 있는데 반해서『장자』 외편과 잡편은 내편과는 달리 이질적이고 모순되는 것들을 많이 포함하고 있다. 왜 그럴까? 그 이유는 장자가 직접 쓴 것으로 보이는 내편과는 달리 장자의 가르침을 계승한 그의 후계자들이 쓴 것으로 추정되기 때문이다.

여기서 유의할 점은 어떤 도(道)의 시조의 가르침은 반드시 당대로 끝나는 것이 아니라는 점이다. 실례로 석가모니나 예수의 가르침은 그들 당대에 끝난 것이 아니고 그의 제자들에 의해 면면이 계승되고 있는 것이다. 불경이나 신약 성서가 단 한 사람에 의해 써진 것이 아니라 석가모니와 그의 제자, 그리고 예수와 그의 제자들에 의해 써진 것도 이 때문이다.

장자 역시 마찬가지다. 만약에 장자의 후계자들에 의해 써진 글이 장자의 그것과 흡사하다면 누구든지 읽어 볼 흥미를 잃어버리고 말 것이다. 장자가 죽은 1백 년, 2백 년 후에 그의 제자들이 쓴 글들이 장자와 똑같은 것이라면 장자의 학문은 이미 죽어 버린 것과 같고 그의 학맥은 당대에 끊어진 것이 될 것이다.

그러나 장자의 학맥은 마치 살아서 굼틀대는 생명체와도 같이 그의 제자들에 의해 계승 발전되었다. 장자의 제자들 중에는 유가(儒家), 법가(法家), 명가(名家), 묵가(墨家) 등에 깊숙한 영향을 받은 사람들이 있어서 도가의 내용을 더욱 풍부하고 다양하게 발전시켜 놓았다.

그뿐만 아니라 내편에서 미처 언급되지 않았던 구도의 구체적인 여러 가지 방편들과 함께 흥미진진한 우화와 삽화들도 실려 있다. 이러한 것들이 『장자』 외편과 잡편의 내용들이다.

또한 『장자』 내편에서 장자는 무위자연, 만물제동, 생사일여를 주장함으로써 장자 자신과 밖에 있는 외물과의 균형과 조화와 일치를 문제로 삼았다면, 외편과 잡편에서는 인간 내부의 자연인 성(性)을 주제로 삼았다는 것이 특이하다. 그 성이 공맹처럼 예의, 도덕에만 국한하지 않고 이를 초월하여 인간의 근본 문제인 생사까지 다루었다는 데에 장자다운 탁월함이 있다 하겠다.

내편의 편명(篇名)은 그 내용을 요약한 말로 되어 있지만, 외편과 잡편의 그것은 문장 최초의 두세 글자를 따서 제목으로 삼고 있다. 이런 것 역시 외편과 잡편이 다른 사람에 의해 씌어졌음을 보여 준다.

제8부 변무(騈拇)

1

엄지발가락과 둘째 발가락이 물갈퀴처럼 붙은 변무와, 필요 없는 손가락이 하나 더 붙어 있는 육손이는 선천적인 불구임이 틀림없을뿐더러 정상인의 눈으로 볼 때는 군더더기임이 분명하다. 혹과 사마귀는 후천적으로 몸에 생긴 군살이며 정상인이 볼 때에는 역시 군더더기에 지나지 않는다.

이와 마찬가지로 세상 사람들에게 인의(仁義)를 지나치게 주장하는 것은 그것이 비록 오상(五常)에 그 뿌리를 두었다고 해도 도덕의 올바른 모양새라고는 할 수 없다.

그러므로 변무는 쓸데없는 군살을 달고 있는 것이고, 육손이 역시 필요도 없는 손가락 하나를 더 달고 있는 것이 된다. 마찬가지로 오상의 진실한 행동 이외에 부질없는 의미를 첨가하는 것은 알맹이 없는 껍질에 치장만 하는 격이어서, 올바른 판단만 흐리게 함으로써 인의를 위한 인의에, 감각을 위한 감각에 집착하게 만든다.

그러므로 지나치게 눈이 밝은 사람은 색채를 보고도 마음이 들뜨고 갖가지 무늬만 대해도 넋을 잃고 만다. 청색과 황색 자수의 휘황함은 이 때문에 생긴 것이 아니겠는가? 그러한 사람의 하나로 이주(離朱)를 들 수 있다.

또 지나치게 귀가 밝은 사람은 소리의 장단만 들어도 마음이 들뜨고 음률에 이르러서는 홀딱 반해 버리고 만다. 타악기와 관현악기의 저 요란한 음색은 그런 사람들이 만들어 낸 것이 아니겠는가? 사광(師曠) 같은 사람이 바로 그런 사람이다.

또 지나치게 인(仁)을 앞세우는 자는 오히려 덕을 망치고 천성(天性)을 그르침으로써 명성을 얻으려 한다. 피리나 북으로 천하 사람들을 불러모아 놓고 도저히 이치에 닿지도 않는 법을 받들게 하려는 것은 바로 이 때문이 아니겠는가. 증삼(曾參)이나 사추(史鰌) 같은 사람들이 그 좋은 실례다.

지나치게 변설(辯說)에만 치우치는 자는 기와와 기와를 노끈으로 묶듯이 부질없는 말만 늘어놓는가 하면 옛사람들의 글을 멋대로 뜯어고치거나 자기 것으로 만들거나, 쓸모없는 궤변을 늘어놓는가 하면 자화자찬을 일삼는다. 양주(楊朱)나 묵적(墨翟)이 바로 그런 자들이다.

이런 것은 모두 본질에서 벗어난, 차라리 없는 것만도 못한 도리이며, 천하의 법도라 할 만한 바른 도는 결코 아니다.

〈해설〉

＊ 오상(五常) : 인의예지신(仁義禮智信).

＊ 이주(離朱) : 눈이 밝기로 유명했던 전설상의 인물. 『맹자』에서는 이루(離婁)라고 했다.

＊ 사광(師曠) : 진(晉)의 평공(平公)을 섬긴 음악의 명인.

＊ 증삼(曾參) : 공자의 제자.

＊ 사추(史鰌) : 위(衛)의 대부로 강직한 인물이었다.

2

정도(正道)를 지키는 사람들은 타고난 그대로의 자연스러운 성명(性命)을 잃은 일이 없다. 그러므로 정도를 가는 사람들은 비록 발가락이 붙었다 해도 그것 역시 자연스러운 성명의 표현이므로 이것을 병신이라 생각지 않으며, 또 비록 육손이라 해도 불구라고 생각지 않는다.

그러므로 무엇이든지 타고난 것이라면 너무 길거나 너무 짧다고 해도 개의치 않는다. 따라서 물오리의 다리가 짧다고 해서 억지로 길게 늘여 주려 한다면 달가워하지 않을 것이다. 두루미의 다리가 너무 길다고 해서 짧게 잘라 주려 한다면 대단히 비통해할 것이다.

그러니까 길게 타고난 것을 억지로 잘라 줄 필요는 없다. 짧게 타고난 것을 길게 늘여 주어서도 안 된다. 그렇게 해 준다고 해도 그로 인한 불편을 해소할 길이 없는 것이다.

생각건대 인의란 자연에 근거를 둔 것은 아니다. 그렇다면 자연 그대로 내버려두면 될 것을, 인을 표방하는 사람들은 인을 강행하기 위해서 얼마나 근심 걱정에 싸여 있겠는가.

3

변무의 붙은 발가락을 누가 강제로 갈라내려 한다면 그는 울려고 할 것이며, 육손이의 군손가락 하나를 누가 억지로 잘라내려 한다면 그는 비명을 지를 것이다. 한쪽은 수효가 너무 많고 다른 한쪽은 수효가 모자라건만 어떤 변화를 강요하려 한다면 거부 반응을 일으키는 점에서는 마찬가지다.

그럼에도 불구하고 인의를 주장하는 사람들은 두 눈을 부릅뜨고 세상 사람들에게 인이 부족하다고 개탄하는가 하면, 불인한 사람들은 타고난 성명에 포함되어 있는 인을 잘라 버리고 오직 부귀영화만을 탐하고 있다.

그래서 나는 인의란 인간에게 강요할 성질의 것은 아니라고 본다. 그럼에도 불구하고 사람에게 인을 강요하는 바람에 하(夏), 은(殷), 주(周) 3대 이래 세상은 얼마나 시끄러웠던가.

4

또 갈고리, 먹줄, 곡척, 그림쇠를 써서 목재에 변화를 가하는 것은 나무의 본성을 해치는 일이며 새끼, 끈, 옷 따위로 목재를 고정시키는 것 역시 나무의 타고난 본성을 해치는 것이다.

마찬가지로 예악(禮樂)을 위해 몸을 굽히고 짐짓 부드러운 안색으로 인의를 설하여, 천하 사람들의 마음을 기쁘게 하는 것도 실은 사람들의 자연스런 본성을 상하는 것이다.

이 세상에는 마땅히 있어야 할 양상이 존재한다. 그 양상이란 굽은 것은 갈고리를 쓰지 않고도 스스로 굽고, 곧은 것은 먹줄을 쓰지 않고도 스스로 곧으며, 둥근 것은 그림쇠를 쓰지 않고도 스스로 둥글며, 모난 것은 곡척을 쓰지 않고도 스스로 모나며, 붙은 것은 아교나 옷을 쓰지 않고도 스스로 붙어 있으며, 묶여져 있는 것은 새끼나 끈을 쓰지 않고도 스스로 묶여져 있는 그런 자연스런 모습인 것이다.

그러므로 만물은 스스로 이 세상에 생겨났건만 무엇 때문에 생겨났는지 모른다. 그들은 무심히 생을 얻었을 뿐 왜 얻었는지 알려고 하지도 않는다. 이처럼 자연스럽게 얻은 모습이야말로 응당 그랬어야 할 모습이므로 예나 지금이나 변함이 있을 리 없고, 인위적으로 손상을 입어야 할 성질의 것은 아니다.

그렇다면 인의를 표방하여 사람의 본성에 제멋대로 손상을 입혀 이렇게 붙이고 저렇게 깎고, 묶고 굽히고 함으로써 무위자연을 훼손시킬 필요가 어디에 있단 말인가. 이런 사람들이야말로 부질없이 천하를 현혹시킬 뿐인 것이다.

5

작은 미혹이라면 방향을 그르칠 뿐이지만 큰 미혹일 경우에는 인간의 천성마저 바꾸어 버리고 만다. 무엇으로 그러한 폐단을 알 수 있을까? 성인이라는 순(舜)이 인의를 내걸고 천하의 인심을 교란시킨 이후 천하의 사람들은 인의에 시달리지 않는 사람이 없게 되었다. 이것이야말로 인의가 인간의 천성을 망쳐 버린 것이 아니고 무엇이겠는가.

조금 더 따져 보자. 하, 은, 주 3대 이래 외물(外物)에 의해 자기의 천성에 손상을 입지 않은 사람이 하나라도 있었던가. 서민은 이익을 좇아, 벼슬아치는 명성을 따라, 선비는 가문을 위하여, 성인은 천하를 위해 자기 몸을 돌보지 않았다.

이 사람들이 한 일은 서로 다르고 호칭도 각기 달랐지만, 자기의 본성을 상실하고 자기 몸을 희생한 점에서는 똑같았다.

〈해설〉

* 외물(外物) : 타고난 본성을 해치고 손상하는 행위 또는 외부의 사물.

6

하인인 장(臧)과 하녀인 곡(穀)이 양을 치다가 그 양을 놓쳐 버리고 말았다. 하인인 장은 그때 무엇을 하고 있었느냐는 질문을 받자 죽간을 들고 글을 읽고 있었다고 대답했다. 하녀인 곡은 무엇을 하고 있었느냐는 질문을 당하자 노름을 하고 있었다고 대답했다. 이들 두 사람이 한 일은 다르지만 돌보던 양을 잃어버렸다는 점에서는 똑같다.

지조를 숭상한 백이(伯夷)는 수양산(首陽山)에서 굶어 죽었고, 도둑놈인 도척(盜跖)은 동릉산(東陵山)에서 사형을 당했다. 이 두 사람이 죽은 방식은 각기 다르지만, 자연 그대로의 생명을 해치고 본성을 상하게 한 점에서는 마찬가지다.

그렇다면 백이는 반드시 옳고 도척은 나쁘다고 말할 수 있을까? 천하 사람들은 누구나 다 각기 자기 나름대로 무슨 일을 하다가 죽게 마련이다. 그런데 인의를 위해 죽으면 세속에서는 군자라 하고, 재화를 탐하다가 죽으면 세인들은 소인이라 한다.

천성(天性)을 상실한 점에서는 같은데도 군자니 소인이니 하고 차별을 둔다. 그러나 목숨을 해치고 본성에 손상을 입힌 점에서는 백이와 도척이 다를 바 없건만 어찌 군자와 소인이라는 차별을 둘 수 있단 말인가.

〈해설〉

＊ 죽간(竹簡) : 종이로 책을 만들기 전에 사용되던, 대나무쪽에 글을 새긴 책.

7

자기의 본성을 인의에 예속시키는 것은, 비록 증삼(曾參)과 사추(史鰌)처럼 인의에 통달해 있다고 해도, 내가 말하고자 하는 선(善)은 아니다. 자기의 본성을 오미(五味)에 예속시키는 것은, 비록 유아처럼 그것에 통달해 있다 해도, 내가 말하는 선은 아니다.

또 그 본성을 오성(五聲)에 예속시키는 것은, 비록 사광(師曠)처럼 오성에 통달해 있다고 해도, 그것은 내가 말하는 밝은 귀는 아니다. 또 자기의 본성을 오색(五色)에 예속시켜 이주(離朱)처럼 오색에 통달해 있다고 해도, 그것은 내가 말하는 밝은 눈은 아니다.

내가 말하는 선이란 세상에서 흔히 말하는 인의가 아니고 자기가 타고난 덕을 그대로 살린 것이며, 타고난 본성에 모든 것을 맡기는 것이다. 내가 말하는 밝은 귀는 밖에서 들려오는 소리를 잘 듣는 것이 아니라 자기 내부의 본성의 소리를 잘 듣는 것을 말한다. 내가 말하는 밝은 눈이란 외부의 것을 잘 보는 것이 아니라 자기 내부의 본성을 잘 보는 것을 말한다.

자기 안에 있는 본성을 제대로 보지 못하고 밖에 있는 것에만 현혹되어 스스로 만족을 구하지 못하고 남의 비위를 맞추는 데만 급급한 사람은 남의 만족을 자기만족으로 착각하고 진정한 자기만족을 모르는 자이다.

남을 만족시키는 일에만 급급할 뿐 자기 본성을 만족시키는 데는 소홀히 한 점에서는 도척이나 백이나 다를 바 없다 하겠다. 나는 참된 도덕에 어긋나는 이러한 행위들을 부끄러워할 뿐이다. 그러므로 나는 위로는 인의를 행하려 하지 않고 아래로는 지나치게 옆길로 빠지려고 하지 않는다.

〈해설〉

＊ 오미(五味) : 시고 쓰고 달고 맵고 짠 것.

＊ 오성(五聲) : 부르짖는 소리, 웃음소리, 노랫소리, 곡소리, 신음소리. 또는 궁(宮), 상(商), 각(角), 치(徵), 우(羽).

＊ 오색(五色) : 파랑, 빨강, 노랑, 하양, 까망.

여기서 말하는 '남을 만족시키는 일'은 이타행을 말하는 것이 아니고 각자가 가지고 있는 자기 내부의 천성에 어긋나는 인의니 명분이니 도둑질이니 거짓말이니 하는 것을 말한다. 여기서는 도둑질의 명수인 도척과 명분에 살다 간 백이를 타고난 본성을 어겼다는 점에서는 동일 선상에 놓고 있는 것이 주목을 끈다.

제9부 마제(馬蹄)

1

말은 발굽으로 서리나 눈을 밟고 다닐 수 있고, 털로는 바람과 추위를 막을 수 있다. 그리고 풀을 뜯고 물을 마시고 껑충껑충 뛰어다닌다. 이 것이 말의 천성(天性)이다. 그러기에 말에게는 높은 전각이나 궁전 같은 것은 전연 쓸모가 없다.

그런데도 불구하고 백락(伯樂)이라는 자가 나타나 "나는 말을 잘 다룬 다"고 큰소리치면서 털을 태우거나 깎고 발톱을 깎아 내는가 하면, 낙인 을 찍고 고삐로 얽어맨 다음에 외양간에 가두고 기르기 시작했다. 그 때 문에 열 마리 중에서 세 마리는 죽게 되었다.

게다가 훈련을 시킨다면서 배불리 먹이지도 않고 물도 제대로 안 주어 기갈이 들게 하고는 달리게 하는가 하면, 때로는 가지런히 늘어세우기도 하였다. 앞에서는 재갈을 물려 자유를 빼앗고 뒤에서는 채찍으로 위협했 다. 이로써 죽는 말이 반이 넘게 되었다.

옹기장이가 말했다.

"나는 찰흙을 잘 다루니까 둥근 그릇을 만들면 그림쇠를 댄 듯하고, 모 난 그릇을 만들면 곡척으로 잰 것 같다."

이번에는 목수가 이에 질세라 자기 자랑을 했다.

"나는 나무 다루는 데는 누구에게도 지지 않는다. 휘어지게 깎으면 갈고리를 댄 것 같고, 곧게 하면 먹줄을 친 것과 같다."

그러나 찰흙이나 목재의 본성이 곡척, 갈고리, 먹줄에 구속당하기를 바라겠는가? 그럴 리는 없을 것이다. 그런데도 불구하고 세상 사람들은 예부터 백락은 말을 잘 다루고, 옹기장이는 찰흙을 잘 주무르고, 목수는 나무를 잘 다듬는다고 칭찬한다.

천하를 다스린다는 위정자들 역시 이들과 똑같은 잘못을 저지르고 있다. 내가 생각하기에는 천하를 잘 다스리는 것은 결코 그런 것이 아니다. 백성들에게는 변하지 않는 천성이 있다. 추우면 길쌈하여 옷을 지어 입고, 배고프면 농사지어 먹게 되어 있다. 이것을 일컬어 동덕(同德)이라 하고 모든 것이 하나가 되어 어느 한쪽으로 치우치지 않는 것을 천방(天放)이라고 한다.

〈해설〉

＊ 백락(伯樂) : 고대에 말을 잘 감정하기로 이름난 사람.

＊ 천방(天放) : 하늘로부터 받은 그대로 방임하는 것.

2

그러므로 지극한 덕으로 다스려지는 세상에서는 사람들의 행동이 정중하고 착실하며 눈매는 밝았다. 그때 사람들은 먼 곳에 갈 필요가 없었으므로 산에는 오솔길도 나 있지 않았고, 배나 다리를 만들어서 물을 건널 필요도 없었다. 만물이 자연스럽게 무리 지어 살았지만 경계 같은 것은 없었다.

새와 짐승도 떼를 지어 살았고, 초목 역시 거리낌없이 마음껏 자랐다. 사람들은 금수와 함께 놀았으며 까마귀나 까치 둥우리에 올라가 들여다보아도 새들이 놀라지 않았다. 또 지극한 덕이 행해지던 그 시대에는 사람들은 금수와 함께 살았고 만물과 더불어 생활을 영위했다. 그러니 군자와 소인의 구분 같은 것이 어찌 있을 수 있었겠는가?

사람들은 무지하여 바보와 같았지만 타고난 덕에서 떠나지 않았고, 어리석고 욕심이 없었으므로 그야말로 소박하기가 이를 데 없었다. 이처럼 소박했기에 백성들은 타고난 본성을 그대로 순수하게 지켜나갈 수 있었다.

그런데 엉뚱하게도 성인(聖人)이라는 자들이 나타나 공연히 인을 퍼뜨리고 의를 행하게 함으로써 사람들의 마음속에 의혹과 분란이 싹트게 했다. 그리고 제멋대로 음악을 퍼뜨리고 번잡한 예의를 제정함으로써 사람들의 마음속에 차별심을 심어 놓았다.

자연 그대로 자라고 있는 생나무를 해치지 않고서야 어느 누가 술단지를 만들 수 있었겠는가? 자연 그대로의 백옥을 깨뜨리지 않고서야 어느 누가 구슬 목걸이를 만들 수 있겠는가? 그리고 참다운 도덕을 훼손하지 않고서야 어찌 인의 따위를 행할 수 있겠는가?

또 타고난 본래의 성정(性情)을 없애버리지 않고서야 어찌 예악(禮樂) 같은 것이 필요하겠는가? 또 자연 그대로의 오색에 혼란을 야기시키지 않고서야 어느 누가 무늬 같은 것을 만들 수 있었겠는가? 천연 그대로의 오성을 어지럽히지 않고서야 누가 육률(六律)을 만들 수 있었겠는가?

자연 그대로의 나무를 손상시켜 그릇을 만드는 것은 목수의 죄이지만, 참된 도덕을 망쳐 놓고 인의를 만드는 것은 성인들의 죄다.

〈해설〉

＊ 육률(六律) : 12음률 중 양성에 속하는 여섯 가지 음률.

3

말들은 땅 위에 살면서 풀을 뜯고 물을 마신다. 기쁘면 서로 목을 맞대고 비비고 성나면 등을 돌리고 발길질을 한다. 하지만 말의 꾀는 기껏이 정도에 지나지 않는다. 그러나 굴레와 재갈과 월제(月題)로 구속하면 말은 거북하기 때문에 여기서 벗어나려고 갖은 꾀를 다 내게 된다.

굴레를 부러뜨리고 멍에를 벗어 던지고 재갈을 물어뜯고 고삐를 끊어 버린다. 그러므로 하찮은 말의 꾀가 도둑의 경지에까지 이르게 된 것은 백락의 죄이다.

혁서씨(赫胥氏)가 다스리던 태곳적에는 백성들은 집에 있어도 할 일이 없었고, 먼 길을 떠나려 해도 갈 곳이 없었다. 입이 미어지도록 음식을 먹으며 즐기고 부른 배를 두드리며 태평가를 불렀다. 백성들은 이렇게밖에는 살 줄을 몰랐었는데 후세에 성인이라는 자들이 나타나 몸을 굽혀 예악을 지키게 하고, 천하 사람들의 외모를 꾸미게 하고 무리하게 인의로 사람들의 마음을 사려 들었다.

이때부터 백성들은 기꺼이 지혜를 추구하게 되었고 다투어 이익을 추구하기에 여념이 없어 멈출 줄을 모르게 되었다. 이것이 성인이 저지른 잘못이 아니고 무엇이란 말인가?

〈해설〉

＊ 월제(月題) : 말의 이마에 붙이는 장식.

＊ 혁서씨(赫胥氏) : 상고 시대의 제왕으로 전설상의 인물이다.

제9부는 왕부지(王夫之)가 지적한 것과 같이 노자의 무위이화(無爲而化) 정치 철학을 설명해 놓은 것 같은 인상을 준다. 도교(道教)가 자리잡기 시작하면서 노자와 장자를 하나로 묶어 보려는 후세 학자들의 시도로 보인다.

제10부 거협(胠篋)

1

상자를 열고 자루 속과 궤 속을 뒤지는 좀도둑에 대비하려면 반드시 단단히 봉하고 끈으로 묶고 빗장과 자물쇠를 채워 두어야 한다. 이것이 바로 세상 사람들이 말하는 지혜이다. 그러나 큰 도둑이 들면 통째로 궤짝을 짊어지고 상자는 손에 들고 자루는 둘러메고 도망치면서, 봉한 것과 묶은 끈과 자물쇠가 견고하지 못하여 흘려 버리면 어떻게 하나 하고 그것만을 걱정한다.

그렇다면 세상 사람들이 말하는 지혜란 결국 큰 도둑을 위해 귀중품들을 모아 준 꼴이 되지 않는가? 시험 삼아 이 문제를 좀더 논해 보자. 세상이 말하는 지혜로운 사람이란 결국은 큰 도둑을 위해 물품을 한데 모아 주는 자가 아니겠는가? 그리고 성인이란 큰 도둑을 위해 물품을 지켜 주는 자가 아닌가?

무엇으로 그것을 알 수 있는가?

옛날에 제(齊)나라는 고을들이 이웃하여 서로 바라보고 있었으므로 닭 울음소리나 개 짖는 소리가 마주 들렸고, 그물을 치고 고기를 잡는 못이나 강, 그리고 쟁기와 호미로 일구는 밭이 사방 2천 리나 되었다. 또 종묘와 사직과 마을이나 도시를 다스리는 제도 따위가 모두 옛 성인이 제정해 놓은 법을 그대로 따르지 않는 것이 없었다.

이러한 판국에 권신(權臣)인 전성자(田成子)가 갑자기 반란을 일으켜 임금을 죽이고 나라를 도둑질해 버렸다. 도둑질한 것은 나라뿐이 아니었다. 성인과 지혜로운 자가 만들어 놓은 법도까지도 함께 훔쳐 버렸던 것이다.

그 결과 전성자는 도둑놈이라는 지탄은 받았지만 나라는 그런대로 잘 다스려져서 요순시대와도 같은 안정을 누릴 수 있었다. 그래서 작은 나라들은 그에게 감히 시비를 걸지도 못했고, 큰 나라들 역시 그를 건드리지 못했다. 그뿐 아니라 그의 자손이 12대에 걸쳐서 제나라의 임금 노릇을 해먹었다.

이것은 곧 제나라를 도둑질한 것과 함께 소위 성인(聖人)과 지자(智者)가 만들었다는 법과 제도까지도 아울러 가로챔으로써 도둑질한 자가 자기 몸을 지킬 수 있었기 때문이 아니겠는가?

〈해설〉

＊ 전성자(田成子) : 서기전 5세기 때 사람. 제나라의 재상으로 있다가 왕인 간공(簡公)을 죽이고 정권을 독차지했다. 그러나 정식으로 군주가 된 것은 그의 증손인 전화(田和) 때의 일이다.

인위적으로 만들어 낸 인의나 지식이나 지혜가 성행하게 되면 세상은 틀림없이 혼란에 빠지게 된다는 점을 강조하고 있다. 성인이 나타나면 반드시 도둑이 설친다는 비꼬움은 실로 얄궂은 명언이 아닐 수 없다 하겠다.

2

이 문제를 좀더 논해 보자. 세상이 말하는 지혜로운 사람이란 큰 도둑을 위해 물건을 모아 주는 자이다. 그리고 성인이란 큰 도둑을 위해 그것을 지켜 주는 자이다.

무엇으로 이것을 알 수 있는가?

옛날 용봉(龍逢)은 목이 베어지고, 비간(比干)은 심장이 갈라지고, 장홍(萇弘)은 창자가 끊어지고, 자서(子胥)는 살해되어 썩어 문드러졌다. 이들 네 사람은 현명했기 때문에 도리어 죽음을 자초했다.

이 말을 들은 한 졸개가 도척에게 물었다.

"도둑에게도 도가 있습니까?"

도척이 대답했다.

"어디에든 도가 없을 수 있겠느냐? 방안에 감춰진 재물을 밖에서 알아맞히는 것은 성(聖)이고, 앞장서서 남의 집에 들어가는 것은 용(勇)이고, 맨 뒤에 나오는 것은 의(義)이고, 성공 여부를 판단하는 것은 지(知)이고, 고르게 분배하는 것은 인(仁)이다. 이 다섯 가지를 구비하지 못한 채 큰 도둑이 된 자는 세상에 일찍이 없었다."

이 말로 미루어 보아 착한 사람도 성인의 도(道)를 얻지 못하면 일어설 수 없고, 도척도 성인의 도를 얻지 못하면 큰 도둑이 될 수 없었던 것이다. 그런데 이 세상에는 착한 사람은 드물고 악한 사람은 많다. 이것은 성인이 당초의 목적과는 달리 천하를 이롭게 한 일은 별로 없고 해롭게 한 일은 많다는 말이 된다.

그러기에 이런 속담이 있지 않은가?

"입술이 없어지면 이가 시리고, 노(魯)나라의 술맛이 없으니 한단(邯鄲)이 포위됐고, 성인이 나타나자 큰 도둑이 생겨났다."

그렇다면 성인을 없애 버리고 도둑을 풀어 주면 천하는 잘 다스려질 것이다. 냇물이 마르면 골짜기가 비어지고 언덕이 무너지면 못이 메워진다. 그와 마찬가지로 성인이 죽어 버리면 큰 도둑이 일어나지 않아 천하는 태평해질 것이다.

〈해설〉

* 용봉(龍逢) : 하(夏)의 걸왕(桀王)에 간하다가 참형에 처해진 현인(賢人).

* 비간(比干) : 은(殷)의 주왕(紂王)에 간하다가 심장을 칼로 가르는 형벌을 받고 죽었다.

* 장홍(萇弘) : 주(周)의 영왕(靈王)에 간하다가 중상(모략)을 당해 사형을 받았다.

* 자서(子胥) : 오왕(吳王) 부차(夫差)를 섬겨 공이 많았지만 참언(讒言)을 만나 자살을 명령받았다.

* 노(魯)나라의 술맛이 없으니 한단(邯鄲)이 포위됐다 : 초(楚)의 선왕(宣王)이 제후들을 불러들였을 때였다. 노(魯)의 공공(恭公)은 늦게 온 데다가 바쳐 온 술도 맛이 없었다. 선왕은 노해서 노국을 침공했다. 이때 양(梁)의 혜왕(惠王)은 전부터 조(趙)를 칠 계획을 가지고 있었으나 초국이 조를 도울까 두려워 주저하고 있었는데, 마침 초가 노국을 치는 것을 기화로 조의 수도인 한단을 포위해 버렸다.

3

성인이 죽지 않으면 큰 도둑이 그치지 않을 것이다. 비록 성인들이 거듭 기용되어 천하를 다스려도 이것은 곧 도척을 계속 이롭게 할 것이다. 성인이 되나 말을 만들어 그것으로 곡식을 되게 한다 해도 큰 도둑은 그 되나 말까지도 함께 훔쳐갈 것이다.

또 저울을 만들어 주어 그것으로 물건을 달게 하면 도둑은 그 저울까지도 함께 훔쳐갈 것이다. 부절(符節)이나 도장을 만들어서 그것으로 공정한 거래를 하게 해도 그것까지도 함께 훔쳐갈 것이다. 인의의 규범을 만들어서 세상을 바로잡으려 해도 도둑은 그것까지 함께 훔쳐갈 것이다.

무엇으로 그것을 알 수 있는가?

혁대에 붙은 쇠고리를 훔친 좀도둑은 사형을 당하지만 나라를 통째로 삼킨 큰 도둑은 제후가 된다. 게다가 제후 밑에는 인의의 규범이 있어서 사람들을 규제한다. 그렇다면 이것은 인의와 성인의 지혜까지도 훔친 것이 아니고 무엇이겠는가?

그러므로 천하에는 큰 도둑이 하는 짓을 본받아 제후라는 이름을 내걸고 속으로는 인의라는 도덕적 규범과 도량형과 부절과 인장의 이익까지도 도둑질하는 자가 가득하다. 그리하여 높은 벼슬로 상을 준다고 해도 형벌로 위협해도 이러한 도둑들을 몰아낼 수 없는 지경이 되어 버렸다. 이처럼 계속 도척 같은 큰 도둑에게 이익을 주고 악을 금할 수 없게 한 것은 오로지 성인의 잘못이다.

4

그러므로 "물고기는 못을 벗어나면 안 되고, 나라의 보물은 남에게 보여서는 안 된다"는 속담이 있다. 저 성인도 천하의 보배다. 그러니까 천하 사람들에게 드러내어서는 안 된다. 그러므로 성스러운 행위를 중단하고 지혜를 포기하면 큰 도둑은 생겨나지 않을 것이고, 보옥을 없애 버리고 진주를 깨뜨려 버리면 좀도둑은 설치지 않을 것이다.

부절을 불사르고 인장을 부숴 버리면 백성들은 소박한 마음으로 되돌아갈 것이다. 말을 깨뜨려 버리고 저울을 분질러 버리면 백성들은 이익을 위하여 다투지 않게 될 것이다. 천하의 성스러운 법을 모조리 없애 버리면 백성들은 비로소 도를 함께 논하게 될 것이다.

육률(六律)을 폐지하고 악기들을 불태우고 사광(師曠) 같은 대음악가의 귀를 막아 버린다면 천하 사람들은 비로소 진정한 청각을 회복하게 될 것이다. 현란한 무늬와 색채를 없애고 이주(離朱)와 같은 예민한 시각을 가진 자의 눈을 아교로 붙여 버리면 비로소 천하 사람들은 밝은 시각을 갖게 될 것이다.

증삼(曾參)과 사추(史鰌) 같은 사람들의 착한 행위를 없애고 양주(楊朱), 묵적(墨翟) 같은 자의 입을 다물게 하고, 천하 사람들이 인의를 배척하게 한다면 백성들의 덕은 비로소 무위의 도와 일치하게 될 것이다.

사람들이 저마다 밝은 시각을 갖게 된다면 천하는 현혹되는 일이 없어지게 될 것이다. 또 사람마다 밝은 청각을 지닌다면 천하는 번거롭지 않게 될 것이고, 진정한 지혜를 지닌다면 미혹당하는 일이 없어지게 될 것이고, 진정한 덕을 갖게 된다면 사심이 없어지게 될 것이다.

저 증삼, 사추, 양주, 묵적, 사광, 공수, 이주와 같은 자들은 모두 다 속에 지녀야 할 덕을 겉으로 드러냄으로써 천하를 혼란에 빠뜨린 무리들이다. 그들이 한 일은 조금도 본받을 것이 못 된다.

〈해설〉

＊ 말 : 곡식, 액체, 가루 따위의 분량을 재는 데 쓰는 그릇.

＊ 공수(工倕) : 전설상의 유명한 목수.

5

그대 혼자만이 덕으로 다스려지던 태곳적 일에 대하여 모르고 있단 말인가? 그럴 리가 없을 것이다. 옛날 용성씨(容成氏), 대정씨(大庭氏), 백황씨(伯皇氏), 중앙씨(中央氏), 율륙씨(栗陸氏), 여축씨(驪畜氏), 헌원씨(軒轅氏), 혁서씨(赫胥氏), 존로씨(尊盧氏), 축융씨(祝融氏), 복희씨(伏羲氏), 신농씨(神農氏) 등이 다스리던 시대에는 백성들이 새끼줄로 매듭을 지어서 문자로 썼고 먹는 것, 입는 것에 만족했고, 자기네 풍속을 즐기고 자기네가 사는 집이 더없이 아늑하다고 생각했다.

나라와 나라는 서로 바라다보일 정도로 인접해 있었고, 닭 울음과 개 짖는 소리가 마주 들렸다. 그래도 그들은 자기들의 환경에 만족하고 있었으므로 늙어 죽을 때까지 다른 나라에 왕래하는 일이 없었다. 이러한 시대야말로 잘 다스려졌다고 할 수 있다.

그러나 지금은 어떻게 되었는가? 사람들은 양식을 싸 가지고 목을 길게 뽑아 늘이고 발돋움을 하면서 어디에 현자가 있나 하고 찾아 돌아다니고 있다. 그리하여 안으로는 어버이를 저버리고 밖으로는 군주 섬기기를 포기하면서까지 현인을 찾아다니는데, 그 발자취는 국경에까지 이르고 수레바퀴 자국은 천리 밖에 도달했다.

이렇게 된 것은 위에 있는 사람들이 지모(智謀)만을 좋아했기 때문이다. 군주가 지모만을 좋아하고 도를 저버리면 천하는 크게 어지러워지게 마련이다.

무엇으로 그것을 알 수 있는가?

활, 쇠뇌, 새그물, 주살 같은 새 잡는 도구를 만드는 지모가 발달하면 하늘을 나는 새의 행렬은 어지러워질 수밖에 없다. 낚시, 미끼, 그물, 삼태기 그물, 통발 따위 고기 잡는 도구가 발달하게 되면 물고기는 편안치 못하게 된다. 덫, 함정, 그물 따위 수렵 도구가 늘어나게 되면 짐승들은 들에서 도망치기에 바빠진다.

교묘한 사기 협잡, 완곡한 중상모략, 얄팍한 궤변 따위가 늘어남에 따라 사람들은 그 언어의 마술에 현혹당한다. 이렇게 하여 천하가 크게 혼란해진 것은 오로지 지모를 추구한 데 그 원인이 있다.

그러므로 세상 사람들은 자기가 알지 못하는 지식을 추구하는 데는 혈안이 되어 있으면서도 정작 자기 안에 갖추어져 있는 값진 보물을 찾아내는 데는 관심이 없다. 남들이 모두 좋지 않다고 여기는 것을 비난할 줄은 알아도, 자기가 한 번 좋다고 생각한 것을 의심해 볼 줄은 모른다.

이러한 끝없는 지식욕과 아집과 편견과 맹신 때문에 세상은 더욱 어지러워질 수밖에 없다. 따라서 위로는 해와 달의 밝음을 흐리게 하고 아래로는 산천의 정기를 소멸시켰고 가운데로는 사철의 혜택까지도 사라지게 함으로써, 꿈틀대는 벌레로부터 가지를 뻗는 나무에 이르기까지 그 본성을 잃게 만들었다.

지모를 추구하다가 천하를 이처럼 혼란에 빠뜨린 것은 너무나 한심한 일이 아닐까? 하, 은, 주 3대 이래 우리는 사실상 이렇게 살아온 것이다. 저 사심 없는 순박한 사람들을 제쳐놓고 주둥이만 잔뜩 까진 하찮은 인간을 좋아하며, 저 담박하고 욕심 없는 삶을 마다하고 혹세무민하는 터무니없는 사이비에 사람들은 넋을 잃고 있다. 이러한 가짜들이 천하를 어지럽히고 있는 것이다.

〈해설〉

＊ 용성씨(容成氏) ～ 신농씨(神農氏) : 고대의 제왕들.

제10부 거협의 내용은 장자의 사상이라기보다는 노자의 가르침을 부연한 듯한 느낌을 준다. 노자의 『도덕경』에 나오는 글귀들이 군데군데 눈에 뜨이는 것만 보아도 그것을 알 수 있다.

그리고 지금으로부터 2천5백 년 전 춘추전국 시대에도 진짜보다는 가짜가 설쳐댄 것은 지금과 큰 차이가 없어 보인다. 노력 안 들이고 공짜로 무슨 일이든지 성취하기를 바라는 욕심꾼들이 존재하는 한 제아무리 시대가 바뀌어도 가짜는 절대로 이 세상에서 사라지지 않을 것이다.

제11부 재유(在宥)

1

좋은 정치란 천하를 있는 그대로의 흐름에 맡기는 것이라는 말은 들어 보았지만, 천하를 인위적으로 다스리는 것이라는 말은 들어 보지 못했다. 있는 그대로 두는 것은 천하 사람들의 자연스런 본성이 인위적인 규범들에 의해 손상될까 두렵기 때문이다.

순리에 맡기는 것은 사람들의 타고난 덕이 왜곡될까 걱정되기 때문이다. 세상 사람들이 자기의 본성을 망치지 않고 그 덕을 변질시키지 않는다면 세상을 굳이 인위적으로 다스릴 필요가 어디에 있겠는가?

옛날 요(堯)가 천하를 다스릴 때에는 천하 사람들은 모두 기뻐하고 그 본성을 즐겼다. 그러나 이것은 의식적인 즐거움이었고 마음속으로 고요함을 맛보는 즐거움은 아니었다. 폭군인 걸(桀)이 천하를 다스릴 때는 사람들은 심신이 지쳤었고 그 본성을 괴롭혔지만, 물론 이것은 즐거운 일은 아니었다. 고요함과 즐거움이 없는 곳에는 진정한 무위의 덕이 있을 리가 없다. 무위의 덕이 없는 곳에 영원한 집권은 있을 수 없다.

2

만물은 음양의 두 기운으로 이루어져 있는데, 사람이 너무 기뻐하면 양기를 손상시키고 지나치게 노여워하면 음기를 해친다. 음양이 함께 손상을 입으면 사시(四時)가 제대로 순환하지 않고 추위와 더위의 조화 역시 깨어지고, 마침내 사람의 몸까지도 해를 입는다.

그렇게 되면 사람은 기뻐해야 할 자리와 성내야 할 자리를 알지 못하게 되고, 따라서 그 사람이 중심을 잃게 되면 올바른 사고력과 판단력을 잃게 된다. 이렇게 되면 천하에 불평불만이 팽배하게 된다. 잇달아 도척과 같은 큰 도둑이 횡행하고 증삼(曾參)이나 사추(史鰌)와 같은 도덕가가 출현하게 된다.

그리하여 착한 사람은 어디까지나 착하기 때문에 온 세상이 들고 일어나 칭찬을 해도 다함이 없고, 악한 사람은 어디까지나 악하기 때문에 온 세상이 일제히 입을 모아 꾸짖어도 끝이 없다. 그러므로 제아무리 최고의 상이나 벌을 내려도 오히려 부족했다.

하, 은, 주 3대 이래 사람들은 떠들썩하게 상벌 주기를 일삼고 있지만, 그것이 어떻게 사람들의 본성을 안주시키는 데 조금이라도 보탬이 될 수 있겠는가?

3

밝은 눈을 원하는 사람은 아름다운 색채에 탐닉하게 되고, 밝은 귀를 소망하는 사람은 음성에 반하게 되고, 인(仁)을 좋아하는 사람은 무위의 덕을 어지럽히고, 의(義)를 숭상하는 사람은 자연의 도리에 어긋나는 짓을 하게 되고, 예(禮)를 존숭하는 사람은 형식적인 점잔 빼기에 몰두하게 되고, 음악을 좋아하는 사람은 육감적인 음성을 추구하게 되고, 성(聖)을 좋아하는 사람은 천박한 학문을 조장하게 되고, 지(知)를 좋아하는 사람은 남의 약점 들추기를 즐겨한다.

천하가 본래의 자연스러운 상태에 머물러 있을 때라면 이러한 여덟 가지는 있어도 그만 없어도 그만이다. 그러나 천하가 그 본래의 자연스런 상태에 안정되어 있지 못하다면 이 여덟 가지는 비로소 서로 뒤엉키고 꽁꽁 묶는 구속력이 되어 이 세상을 속박하고 어지럽히는 원인이 된다.

이때부터 천하는 이 여덟 가지를 귀하고 소중하게 여기게 된다. 세상 사람들의 미혹은 이처럼 한심하다. 이따위 사악한 것을 보고 어찌 그대로 지나칠 수 있단 말인가.

더구나 인의를 떠받드는 자들은 엄숙하게 목욕재계까지 하고 그 효능을 선전하는가 하면, 공손하게 꿇어앉아 이를 남에게 권장하고, 심지어 북 치고 장구 치고 노래하면서 이를 찬양까지 하는 데야 더 무엇을 말하랴.

4

그러므로 군자가 어쩔 수 없이 마지못해 천하에 군림하게 되면 무엇보다도 무위를 최고의 방침으로 삼게 된다. 이 무위에 의해서만이 백성들은 본래의 자연스런 상태에 머무를 수 있게 된다. 그러므로 자기 몸을 천하를 위하는 것보다 더 귀하게 여겨야 천하를 맡길 수 있고, 자기 일신을 천하를 위하는 것보다 더 사랑해야 천하를 기탁할 수 있다.

이처럼 군자가 만약 자기 오장(五臟)에 깃들어 있는 생명을 손상시키지 않고 타고난 총명을 겉에 드러내지 않는다면 죽은 듯이 앉아 있어도 용처럼 드러날 것이고, 연못처럼 침묵을 지키고 있어도 우레처럼 울릴 것이고, 그의 정신이 한번 움직이면 자연은 저절로 따르고, 무위자연의 자세 그대로 있어도 만물이 스스로 변화한다. 이러할진대 새삼스레 천하를 다스릴 여가를 따로 낼 필요가 어디 있겠는가.

〈해설〉

＊ 자기 몸을 천하를 위하는 것보다… 자기 일신을 천하를… : 여기 나오는 '자기 몸'과 '자기 일신'은 개아(個我)를 말하는 것이 아니고 타고난 자연 그대로의 천성 즉 진아(眞我)를 말한다.

＊ 오장(五臟) : 음양오행에 따르면 인(仁)은 간장, 예(禮)는 심장, 신(信)은 비장, 의(義)는 폐장, 지(知)는 신장에 깃들어 있다.

5

최구(崔瞿)가 노담(老聃)에게 물었다.

"선생님께선 천하를 다스리지도 않으시면서도 어떻게 인심을 안정시킬 수 있다고 하십니까?"

노담이 대답했다.

"너는 부디 조심하여 인심을 교란시키지 않도록 해야 한다. 사람의 마음이란 내리누르면 비굴해지고 추켜세우면 우쭐해지는 법. 이처럼 비굴과 자만에 시달린 끝에 사람은 그 본성을 잃고 만다. 부드러운 것은 굳

센 것을 유연하게 만들고, 굳세고 날카로운 것은 딱딱한 것을 파고 쪼고 새겨서 원하는 형태를 만든다.

뜨거워지면 불같이 타오르고 차가워지면 얼음장이 된다. 그 빠르기는 순식간에 세상 밖까지 미치고 움직이지 않으면 깊은 못물처럼 고요하다. 그리고 한 번 뛰어오르면 천상까지 도달한다. 이처럼 잠시도 잡아 매어 둘 수 없는 것이 사람의 마음이다. 이러한 마음을 어떻게 인위적으로 다스릴 수 있겠느냐? 오직 무위자연에 맡길 뿐이다.”

〈해설〉

＊ 최구(崔瞿) : 가공의 인물인 것 같다.

＊ 노담(老聃) : 노자.

위의 5장 중 마지막 부분 즉 “이러한 마음을 어떻게 인위적으로 다스릴 수 있겠느냐? 오직 무위자연에 맡길 뿐이다”는 문장 구성상 꼭 들어가야 할 말이기에 필자가 추가한 것이다.

6

옛날 황제(黃帝)가 처음으로 인의를 가지고 인심을 어지럽혔다. 이를 계승한 요와 순은 넓적다리의 살이 빠지고 정강이의 털이 닳도록 세상을 돌아다니면서도 겨우 천하의 외형만을 바로잡았을 뿐이었다. 그리고 오장을 괴롭히면서 인의를 시행하고 혈기에 이끌려 규범과 법도를 만드는 데 힘썼고 그 때문에 건강까지도 해쳤건만 아직도 미흡한 데가 있었다.

그래서 요는 환도(讙兜)를 숭산(嵩山)으로, 삼묘(三苗)를 삼위산(三峗山)으로 추방했고, 공공(共工)을 유도(幽都)로 귀양 보냈다. 이것은 인의를 가지고는 천하를 다스릴 수 없음을 뜻하는 것이 아니고 무엇이겠는가?

뒤이어 하, 은, 주 삼대에 이르러 천하는 더욱더 크게 어지러워졌다. 악인으로는 걸과 도척이, 선인으로는 증삼(曾參)과 사추(史鰌)가 나타났으며, 유가와 묵가도 잇달아 등장했다.

그리하여 사람들은 기쁘거나 노여움에 사로잡혀 서로 의심하고 어리석은 자와 지혜로운 자는 서로 속였으며, 선이니 악이니 하여 서로 상대를 헐뜯고, 거짓이니 참이니 하여 서로 욕하기에 이르렀다. 이에 천하는 쇠퇴일로를 걷게 되었던 것이다.

사람들이 타고난 큰 덕에는 차별이 생기고 본성은 흐트러지고 말았다. 마침내 천하 사람들은 지식을 추구하게 되었고, 백성들은 심한 혼란 상태에 빠지게 되었다.

〈해설〉

* 환도(讙兜) : 요임금의 아들로 제위를 노렸다.

* 삼묘(三苗) : 환도와 함께 반란을 일으킨 남방 사람.

* 공공(共工) : 신농씨의 후예로 홍수를 다스린 관직에 있었다.

7

마침내 도끼, 톱과 같은 형구가 만들어지고, 오랏줄과 묵형으로 사람을 죽이고, 망치와 끌로 몸을 쪼개는 등 세상은 말할 수 없어 어지러워졌다. 이렇게 된 원인은 인의로 사람들을 옭아맨 데 있다. 그리하여 현인은 심산유곡에 숨어 살게 되었고, 만승(萬乘)의 천자도 궁전 깊숙한 곳에서 목숨을 잃게 되지나 않나 하고 전전긍긍하게 되었다.

요즘은 목 베인 자들의 주검이 베개를 나란히 하고, 칼 쓰고 차꼬 찬 사람들이 비좁은 장소에서 서로 밀치고, 형벌로 죽은 자들이 서로 바라볼 정도이다. 그런데도 유교도나 묵자학파 사람들은 그 형구 사이를 의기양양하게 활보하고 있다.

아아! 어찌하여 후안무치함이 이렇게도 심할 수 있단 말인가. 내가 보기에는 이른바 성인과 지모 있는 자들이 차꼬를 채우고 있고, 인의야말로 형구 노릇을 하고 있는 것 같다. 더구나 증삼, 사추의 이른바 선행이 걸이니 도척이니 하는 자들의 악행의 효시가 아니라고 어찌 말할 수 있으랴.

그러기에 옛사람들은 말했다.

"성인을 추방하고 지모 있는 자를 내친다면 천하는 크게 안정되리라."

〈해설〉

＊ 묵형(墨刑) : 죄인의 몸에 먹으로 죄명을 써넣는 형벌.

＊ 효시(嚆矢) : 우는 화살이다. 옛날 전투할 때 이 화살을 먼저 쏘아 올려 전투 개시 신호로 삼았다고 한다. 이 뜻이 변하여 사물의 시초를 말한다.

＊ 칼 : 긴 널빤지의 한 끝에 있는 구멍에 죄인의 목을 끼우고 잠그는 형틀.

＊ 차꼬 : 두 개의 긴 나무토막을 맞대고 그 구멍에 죄인의 두 발목을 넣고 자물쇠를 채우는 형틀.

8

황제가 즉위한 지 19년이 지나자 그의 명령이 천하에 두루 떨치게 되었다. 이때 그는 광성자(廣成子)가 공동산(崆峒山)에 살고 있다는 말을 듣고 그를 찾아가 만나 보았다.

"저는 선생께서 도의 극치에 도달했다는 말을 들었습니다. 감히 묻습니다만 진정한 도의 핵심은 무엇입니까? 저는 천하의 정기(精氣)를 취하여 오곡이 잘 자라도록 하여 백성들이 윤택하게 살도록 돕고 싶습니다. 저는 또 음양의 기운을 이용하여 만물이 잘 자라도록 하고 싶은데 그러자면 어떻게 해야 하겠습니까?"

광성자가 대답했다.

"그대가 묻는 것은 사물의 본질이고 그대가 행하려고 하는 것은 천하를 다스리려 하는 것인데, 그것은 사물의 찌꺼기가 아닌가? 그대가 천하를 다스린 이후 구름이 모이기를 기다리지 않고 비가 내리고, 초목이 시들기도 전에 잎이 떨어졌으며 일월의 빛조차 쇠퇴했네. 그대는 말만 앞설 뿐 실천이 없는 사람이오. 그러한 그대와 어찌 더불어 도를 논할 수 있겠는가?"

황제는 돌아설 수밖에 없었다. 그 후 그는 천자의 자리에서 물러나 혼자 지낼 수 있는 방을 만들고 바닥에 흰 띠풀을 깔고 앉아 석 달 동안 한가한 나날을 보낸 뒤 다시 광성자를 찾아가 만나기를 청했다.

때마침 광성자는 머리를 남쪽으로 두고 누워 있었는데, 황제는 발치께로부터 무릎걸음으로 나아가 두 번 절하고 머리를 조아리면서 물었다.

"저는 선생님께서 도의 지극한 경지에 도달하셨다는 말을 들었습니다.

감히 여쭙겠습니다만 몸을 어떻게 다스려야 장수할 수 있겠습니까?"

〈해설〉

＊ 광성자(廣成子) : 상고 시대의 배달민족의 전설적인 대도인. 여기서는 가공인물로 등장한 것 같다. '석문'에는 노자를 말한다고 했다.

9

이 말을 듣자 광성자가 벌떡 일어나 말했다.

"그 질문은 그럴듯하구나. 이리 오라. 내 그대에게 지극한 도에 대하여 말해 주리라. 지극한 도의 본질은 고요하고 그윽한 것이다. 지극한 도의 극치는 어둡고 말없는 것이다. 보지도 듣지도 않고 정신을 고요하게 유지한다면 몸은 스스로 안정을 찾게 될 것이다.

정신을 고요히 하고 깨끗하게 간직하면서 육체를 수고롭게 하지 말고, 마음을 동요시키지 않는다면 저절로 오래 살 수 있을 것이다. 눈으로 아무것도 보지 말고, 귀로 무슨 소리도 듣지 말고, 마음으로 아무것도 생각지 않는다면 정신은 육체를 지켜 줄 것이고 육체는 장수하게 될 것이다.

그대는 속마음을 소중히 간직하여 밖으로 흩어지지 않도록 하라. 지식이 많으면 몸을 망치게 된다. 내 그대를 큰 밝음의 극치에 이르게 하여 양기의 근원에 도달하게 하리라. 또 그대를 고요하고 그윽한 문으로 들어가게 하여 저 음기의 뿌리에 이르게 하리라.

천지에는 각기 머무를 집이 있고 음양에는 각기 할 일이 있다. 그대의 몸을 지키고 삼가면 만물은 저절로 왕성해질 것이다. 나는 이 유일한 도를 지키고 만물의 조화를 이루면서 살아왔다. 그러기에 나는 내 몸을 1천2백 년 동안이나 다스려 왔건만 내 몸은 아직도 쇠약해지지 않았다."

10

황제는 다시 두 번 절하고 머리를 조아리며 말했다.

"선생님이야말로 하늘이라 일컬어야 되겠습니다."

광성자가 대답했다.

"이리 가까이 오라. 내 그대에게 이야기해 주리라. 저 만물은 무궁한데 사람들은 모두 끝이 있다 생각하고, 저 만물은 무한인데 사람들은 모두 한계가 있다고 생각한다. 나의 도를 터득한 사람은 잘되면 천자가 될 것이고 못 되어도 임금은 될 수 있다. 그러나 내 도를 잃은 자는 살아서는 해를 우러러보지만 죽어서는 흙이 될 뿐이다.

지금 만물은 모두 다 흙에서 태어났다가 흙으로 돌아간다. 그러므로 나는 이제 그대들 곁을 떠나 무궁한 세계로 들어가 대자유의 경지에서 노닐 것이니라. 나는 해, 달, 별들과 더불어 빛나고 천지와 함께 영원할 것이니라. 나에게 가까이하려는 자도 나를 알 수 없고 내게서 떠나는 자도 나를 알 수 없다. 땅 위 사람들은 모두 죽지 않을 수 없지만 나만은 홀로 영생할 것이다."

11

운장(雲將)이 동쪽으로 여행을 하다가 동해에서 나는 부요(扶搖)라는 나무 위를 지나다가 우연히 홍몽(鴻蒙)을 만났다. 홍몽은 마침 넓적다리를 두들기며 깡충깡충 뛰놀고 있었다. 운장이 문득 걸음을 멈추고 꼼짝도 않고 그를 지켜보면서 물었다.

"노인장께서는 누구십니까? 여기서 무슨 일을 하고 계십니까?"

홍몽은 여전히 넓적다리를 두드리며 깡충깡충 뛰는 놀이를 계속하면서 운장에게 말했다.

"놀고 있다네."

운장이 말했다.

"여쭈어보고 싶은 것이 있습니다."

"그래?"

운장이 말했다.

"지금 하늘의 기운은 조화를 잃고 땅의 기운은 응어리가 져 있고 육기(六氣)가 고르지 못하고 사시(四時)는 질서를 잃고 있습니다. 제가 소망하는 것은 육기의 정수를 모아 만물을 생육코자 하는 것이옵니다. 그러자면 어떻게 해야 되겠습니까?"

홍몽은 여전히 넓적다리를 두들기고 깡충깡충 뛰면서 고개를 젓고 말했다.

"나도 몰라. 나도 몰라."

운장은 끝내 대답을 듣지 못하고 말았다.

3년 뒤 운장은 다시 동쪽으로 노닐면서 송나라의 들을 지나다가 우연히 홍몽과 다시 마주쳤다. 운장은 반색을 하고 달려가 그에게 물었다.

"하늘같이 위대한 분이시여. 저를 잊으셨나이까?"

두 번 절하고 머리를 조아리면서 홍몽에게 다가가 물어보려 하자 그가 말했다.

"나는 이 세상을 떠돌아다니기는 하지만 아무 욕심도 없고 그저 발길 가는 대로 움직일 뿐 어디로 가는지조차 모른다. 아무 집착 없는 눈으로 세상을 보는 내가 무엇을 알겠는가?"

운장이 말했다.

"저 역시 발길 가는 대로 떠돌아다니는 몸입니다. 그러나 백성들이 저를 따르고 있으니 지금은 어쩔 수 없이 백성들의 의지처가 되고 있습니다. 부디 백성들을 위해 한말씀해 주시기 바랍니다."

홍몽이 대답했다.

"하늘의 법을 어지럽히고 만물의 순리를 거스르면 하늘의 오묘한 섭리도 이루어지지 않는다. 지금 짐승의 무리들은 제가끔 흩어지고 새들은 밤에 울고 재앙은 초목과 곤충에게까지 미치고 있다. 이것이야말로 사람을 인위적으로 다스린 데서 오는 재앙이다."

운장이 물었다.

"그렇다면 저는 어떻게 해야 되겠습니까?"

"귀찮은 놈이로구나. 더이상 어리석은 소리 그만하고 돌아가도록 하라."

운장이 말했다.

"저는 하늘같은 선생님을 다시 뵈올 기회가 거의 없습니다. 한말씀 가르쳐 주시기 바랍니다."

홍몽이 대꾸했다.

"아아. 한마디로 말해서 마음공부를 잘하여라. 그대가 무위로 산다면 만물은 저절로 감화되리라. 그대의 형체를 잊어버리고, 그대의 귀와 눈의 작용에 현혹되지 말고, 세상 사람들과 만물을 잊어버리면 자연의 기운과 한몸이 될 수 있으리라.

마음을 활짝 열고 정신의 한계를 극복하여 텅 비어 있는 상태가 돼라. 그렇게 되면 만물은 각기 움직이는 방향은 달라도 우주의 근원으로 돌아오게 될 것이다. 그러나 우주의 근원으로 돌아온 것조차 의식하지 말아야 한다.

그렇게 되면 모든 것은 혼돈과 무차별의 세계로 들어가 영원히 만물의 근원인 도로부터 떠나는 일은 없어질 것이다. 그러나 근원으로 돌아간 것을 안다면 근원으로부터 떨어져 나가게 될 것이다. 또 그 모습을 엿보려 해도 안 된다. 이렇게 되면 만물은 스스로 생육하게 될 것이다."

운장이 말했다.

"하늘같은 선생님께서는 저에게 진정한 덕이 무엇인지 가르쳐 주셨습니다. 저에게 언어를 초월한 침묵의 도를 가르쳐 주셨습니다. 온몸을 내던져 그것을 구한 끝에 이제야 그것을 얻었습니다."

운장은 두 번 절하고 머리를 조아린 끝에 일어나 인사하고 떠났다.

〈해설〉

＊ 운장(雲將) : 구름을 의인화한 것이다.

＊ 홍몽(鴻蒙) : 혼돈의 도를 의인화한 것.

이 장(章)은 어떠한 형상 속에서 형상 없음을 보아야 여래를 볼 수 있다고 한 『금강경』의 한 구절을 읽는 것 같은 느낌을 준다.

12

세상 사람들은 남이 자기 의견에 찬동해 주는 것을 좋아하고, 남들이 자기와 다른 의견을 갖고 있는 것을 싫어한다. 남들이 자기에게 동조하기를 바라고 남의 의견이 자기 의견과 다른 것을 원하지 않는 것은 그가 남들보다 앞서려 하기 때문이다.

만약에 내가 남보다 앞서려고 한다면 남들도 같은 생각을 가지게 될 것이기 때문에 늘 경쟁이 벌어져 언제까지도 그 목적을 달성하기는 어려울 것이다. 그러므로 차라리 남들과 조화를 이루는 편이 안전하다. 한 개인의 견문은 많은 사람들의 그것을 따라잡을 수가 없기 때문이다.

그러므로 한 개인의 견문만으로 한 국가를 다스리려 했던 우(禹), 탕(湯), 무(武) 3왕의 인위적 통치의 장점만을 보고 사람들은 그 폐단들은 간과하고 있다. 이것이야말로 나라를 다스리는 데 있어서 요행만을 바라는 것과 같다.

그러나 요행에만 기대를 걸었다가 망하지 않은 사람이 어디에 있었던가. 이렇게 요행만을 바라면서도 나라를 무사히 건진 예는 만에 하나도 없다. 그와는 반대로 요행에 기대를 걸었다가 나라를 잃은 예는 얼마든지 있다. 나라를 다스리는 자가 이것을 모른다는 것은 슬픈 일이 아닐 수 없다.

천하를 지배하는 자는 만물을 지배하게 된다. 만물을 소유하는 사람은 개별적인 사물에 일일이 구애받지 말아야 한다. 개별적인 사물을 인정하면서도 그것에 일일이 구애받지 않는 태도로 임해야 비로소 사물을 사물로서 다스릴 수 있게 된다.

이처럼 사물을 사물로써 지배하는 것은 개별적인 사물에 구애받지 않는 것을 말한다. 이것을 깨달은 사람은 어찌 천하의 백성을 다스리는 데 그칠 뿐이겠는가. 천지사방을 두루 왕래하고 천하에 두루 노닐면서 어디

엘 가더라도 자유자재로 홀로 가고 홀로 올 수 있게 된다.

이를 일컬어 독유(獨有)라고 한다. 독유란 일체의 것을 자기 것으로 만드는 경지를 말한다. 이 독유의 경지에 든 사람이야말로 지극히 고귀한 존재임에 틀림없다.

〈해설〉

만물(萬物) 또는 물(物)은 반드시 물질적인 것만을 말하는 것은 아니다. 신령(神靈)이나 사람까지도 포함한 유위계의 일체의 존재를 말한다. 그러므로 만물이 된다는 것은 상대적 유한적 존재가 된다는 말이 된다.

그러므로 통치자는 상대와 절대, 유한과 무한의 양변을 다 같이 초월한 중용의 도를 터득해야 한다. 그래야만 일체의 존재를 포용하고 다스릴 수 있는 것이다. 만약에 어느 한쪽으로 기운다면 그는 참다운 통치자로서의 자격이 없는 것이다.

13

위대한 스승의 가르침은 마치 그림자가 형체를 따르고 메아리가 소리에 응하는 것과 같다. 묻는 자가 있으면 이에 대답하여 자기 속을 죄다 털어놓는 자가 있다. 이렇게 대답하는 사람은 천하 사람들의 좋은 반려가 될 수 있다.

그는 어느 한곳에 눌러 있어도 있는 것 같지 않은 정적 속에 있으며, 그 자리를 떠나도 어디로 갔는지 흔적도 없이 사라진다. 그리고 만물을 인도하여 각기 자기의 무한한 본성으로 돌아가게 해 주면서도 그 자신은 유유자적한다. 따라서 그는 시공을 초월하여 해와 더불어 시작도 끝도 없다. 그의 형체는 만물제동(萬物齊同)의 도 자체와 합치했다고 할 수 있다.

만물제동의 도와 하나가 되었으므로 자아에 대한 집착이 있을 수 없다. 물건을 소유할 주체인 자아가 없는데 어떻게 무엇을 소유할 수 있겠는가? 존재에 구속당하는 자는 옛날의 군자이고, 존재에 구속당하지 않는 자는 천지와 벗하는 독유의 경지에 든 사람이다.

하찮은 것이긴 해도 군주로서 그것에 의존하지 않을 수 없는 것이 물건이며, 비천하긴 해도 그것에 의지하지 않을 수 없는 것이 백성이다. 귀찮은 일이긴 해도 안 할 수 없는 것이 일상의 잡다한 일이며, 친근한 것은 못 되나 시행하지 않을 수 없는 것이 법이다.

인정과 먼 것이긴 해도 그것을 좇지 않을 수 없는 것이 의이고, 많지 않은 사람들에게만 친숙한 것이지만 널리 펴지 않을 수 없는 것이 인이다. 간소해야 할 것이지만 점점 쌓여서 번잡해지지 않을 수 없는 것이 예다. 한쪽에 치우치지 않는 것이 좋지만 자꾸만 높아가지 않을 수 없는 것이 덕이다.

본체는 하나이면서도 쓰임은 바꾸지 않을 수 없는 것이 도이고, 신묘하면서도 그것에 따라 행동하지 않을 수 없는 것이 하늘이다.

그러므로 성인은 하늘의 이치를 자세히 살펴 이에 순종할지언정 인위적으로 하늘의 이치를 조장하지는 않는다. 자연스럽게 덕을 이루기는 하지만 의식적으로 덕을 쌓아 올리지는 않는다. 스스로 도를 따를지언정 의식적으로 이를 지키려고 하지 않는다.

인을 바탕으로 사람들을 회합시키기는 할지언정 그것이 자기 자신의 은혜임을 자랑하려 하지는 않는다. 의에 접근하려고 힘쓸지언정 이를 이

기적인 목적에 이용하지 않는다. 예를 따를지언정 예에 구애받지 않는다. 일을 당했을 때 정면으로 대응할지언정 이를 피하려 하지 않는다.

법을 정돈할지언정 이를 어지럽히지 않는다. 백성을 의지할지언정 그들을 업신여기지 않는다. 물건을 소중히 쓰되 함부로 버리지 않는다. 이처럼 물건은 성인이 다룰 만한 것은 못 되지만 어차피 처리하지 않을 수 없는 것이다.

그런데 하늘의 도리에 밝지 않으면 덕이 순수해지지 않는다. 도에 통하지 않으면 무슨 일에든지 성공하지 못한다. 도를 모르는 것은 슬픈 일이다.

도란 무엇인가? 도에는 천도(天道)와 인도(人道)가 있다. 어떠한 인위를 가하지 않고도 존귀한 것이 천도요, 인위를 가하여 번거로워진 것이 인도다. 이 중에서 군주에게 어울리는 것은 천도요, 신하에게 어울리는 것이 인도다. 천도와 인도의 차이는 크다. 우리는 이 도리를 잘 알아야 한다.

〈해설〉

"어떠한 인위를 가하지 않고도 존귀한 것이 천도요, 인위를 가하여 번거로워진 것이 인도다. 이 중에서 군주에게 어울리는 것이 천도요, 신하에게 어울리는 것이 인도다." 이 말은 무위도 인위도 다 같이 필요하다는 뜻이다. 그러나 장자는 무위만 주장했을 뿐 모든 인위를 배척했다는 것을 감안할 때 큰 변화가 아닐 수 없다.

틀림없이 그의 후계자들에 의해 이처럼 변모된 것이다. 정치에 접근해 보려는 의도가 이러한 변모를 가져온 것으로 보인다. 장자 본래의 사상이 지속되지 못하고 변질된 것을 말해 준다. 생사의 극복과 같은 인간의 근본 문제에서 세속적인 현실 문제로 크게 후퇴한 것을 보여 준다.

제12부 천지(天地)

1

천지는 비록 광대하지만 만물을 화육(化育)하는 데 있어서는 공평무사하다. 만물은 비록 잡다하다고 해도 그것들이 다스려진다는 점에서는 동일하다. 땅 위에 사람은 비록 많지만 그들을 다스리는 것은 군주다. 그렇다면 군주는 덕을 근본으로 삼아야 하고 그 덕은 하늘에서 비롯된 것이어야 한다.

그래서 다음과 같은 옛말이 전해 온다.

"태고에 천하를 다스렸던 제왕들은 인위를 떠나 무위로써 다스렸다."

즉 하늘에 바탕을 둔 무위의 덕을 지켰던 것이다.

도를 기준으로 명분을 살펴본다면 천하를 다스리는 군주는 마땅히 제자리에 바르게 서 있어야 한다. 도를 기준으로 사람의 분수를 따져본다면 군신(君臣)의 의는 스스로 명백해진다. 도를 기준으로 사람들의 재능을 관찰하면 천하의 관리들은 적재적소에 임명될 수 있다. 도의 처지에서 널리 바라보면 만물은 응당 자기가 할 일을 차지할 수 있다.

그러므로 하늘과 땅에 두루 통하는 것이 덕이요, 만물에까지 골고루 미치는 것이 도다. 군주가 사람을 지배하는 것이 정치요, 사람들이 제각기 자기 재주를 발휘하는 것이 기(技)다. 기는 정치에 합쳐지고, 정치는 의에 합쳐지고, 의는 덕에 합쳐지고, 덕은 도에 합쳐진다. 그리고 도는 하늘에 합쳐진다.

그래서 "옛날 천하를 잘 다스린 군자는 무욕했기 때문에 천하 사람들을 만족시킬 수가 있었다. 무위(無爲)하였기 때문에 만물을 생장시킬 수가 있었다. 그 자신은 조용하게 앉아 있을 뿐이지만 백성들의 생활은 안정되었다"는 말이 있다.

또 다음과 같은 기록도 있다.

"하나에 통달하면 만사형통하고, 무심의 경지를 터득하면 귀신도 복종한다."

2

우리 스승께서도 말씀하셨다.

"도는 만물을 뒤덮고 싣는다. 그 크고 넓기가 한정이 없다. 군자도 이를 본받아 마음을 활짝 열고 사심을 버려야 한다. 무위로써 일하는 것을 일컬어 하늘이라고 한다. 말하지 않고도 말하는 것 이상의 효과를 거두는 것을 덕이라고 한다.

모든 사람을 사랑하고 만물을 이롭게 하는 것을 일컬어 인(仁)이라고 한다. 차별적인 것 속에서 무차별을 보는 것을 대(大)라고 한다. 행동에 있어서 차별을 두지 않는 것을 관(寬)이라 한다. 다양한 모든 것을 수용하는 것을 부(富)라고 한다.

그러므로 자기 덕을 굳게 지켜 나가는 것을 기(紀)라고 하고, 자기 덕을 이루는 것을 입(立)이라 한다. 도를 좇아 만사에 대비하는 것을 일컬어 비(備)라고 하고, 외부의 사물에 의해 뜻이 꺾이지 않는 것을 일컬어

완(宛)이라고 한다.

군자가 이 열 가지를 밝게 터득한다면 마음이 넓어져서 모든 것을 포용하게 되므로 만물이 사모하여 모여들게 될 것이다. 이런 사람은 산속에 감추어진 황금이나 못 속에 가라앉은 보배와 같아서, 속에 들어 있는 덕이 스스로 빛이 되어 밖으로 발산하게 된다.

이런 사람은 재물을 탐내지 않고 부귀를 구하지 않으며, 장수를 즐거워하지 않고 단명을 슬퍼하지 않으며, 영달을 자랑으로 알지 않고 곤궁을 수치로 여기지 않는다. 일세(一世)의 큰 이익이 눈앞에 있어도 자기 것으로 만들려 하지 않고, 천하의 제왕이 되어도 자랑스러운 자리에 있다고 자부하지 않는다.

자랑스러운 지위는 남의 눈에 띄기 쉽지만 덕을 간직할 곳은 되지 못한다. 만물은 하나이므로 생사 역시 다를 것 없다."

3

선생님께서는 또 이렇게 말씀하셨다.

"도란 연못처럼 깊고 흐르는 물처럼 맑다. 쇠와 돌로 만든 악기도 도를 얻지 못하면 소리를 낼 수 없다. 그러므로 금석에는 원래 소리가 간직되어 있지만 두들기지 않으면 소리가 나지 않는다. 소리의 근원이 되는 도는 만물에 응해 소리를 내므로 도 자체의 소리가 무엇인지 누가 알 수 있겠는가?

이 도를 터득하여 큰 덕을 갖춘 사람은 텅 빈 마음으로 만물에 응해 세속에까지 통달한 것을 부끄럽게 여긴다. 그래서 만물의 근원인 도에 입각하여 그 지혜는 신묘한 경지에 이른다. 따라서 그 덕은 아주 넓어지고 그 마음은 상대의 요구에 따라 움직인다.

그러니까 모든 형태는 도에 바탕을 두지 않고는 생겨나지 않는다. 그리고 일체의 생명은 덕 없이는 그 기능을 발휘하지 못한다. 그렇다면 만물의 형태를 그대로 인정하고 그 생명이 지향하는 바를 제각기 완수하게 하며 덕을 확립하고 도를 밝히는 사람이야말로 지극한 덕의 소유자가 아니겠는가?

흐르는 물처럼 소리 없이 나타나 무심히 움직이면서도 만물을 따르게 하는 사람이야말로 지극한 도의 소유자가 아닐 수 없다.

이런 사람은 모습 없는 모습을 보고 소리 없는 소리를 듣는다. 어둠 속에서도 여명을 감지하고 소리 없는 정적 속에서도 진리의 소리를 듣는다. 그리고 깊고 깊은 도의 바탕 위에 서서 만물이 제 갈 길을 가게 하고 영묘하고도 영묘한 곳에서 만물이 미묘한 작용을 스스로 발휘하게 한다.

그러므로 완전한 무심, 무위의 경지에서 만물을 상대하며, 나아가 만물의 어떠한 요구도 만족시켜 준다. 또 그때그때의 상황에 따라 만물의 안정을 도모한다. 그리하여 대소, 장단, 원근에 따라 반드시 적절하게 대응할 준비가 되어 있는 것이다."

4

황제는 한때 적수(赤水)의 북쪽 기슭을 여행하고 곤륜산(崑崙山)에 올라가 남쪽을 바라보고 돌아오다가 지니고 있던 현주(玄珠)를 잃어버렸다. 그래서 지(知)라는 신하에게 찾도록 분부했지만 찾지 못했다. 그러자 이

주(離朱)와 끽후(喫詬)를 시켜 찾게 했지만 역시 찾지 못했다. 나중에는 상망(象罔)을 시켜 찾게 했는데 그는 찾아냈다.

황제가 말했다.

"이상도 하다. 상망이 이것을 찾아내다니."

〈해설〉

적수(赤水)는 남쪽 끝에 있다는 물이니, 도의 유현한 경지를 상징한 것으로 보인다. 그리고 현주(玄珠)는 도, 지(知)는 지혜, 이주(離朱)는 밝은 눈, 끽후(喫詬)는 언변을 상징한 것이다. 그러니까 도는 지혜로도 찾을 수 없었고, 눈이 밝다는 이주나 말 잘하는 끽후의 능력으로도 찾지 못했다.

그러나 상망(象罔)은 찾아냈다. 상망이란 형상이 없다는 뜻이므로 무심을 말한 것이라고 할 수 있다. 아주 재미있는 우화다.

5

요(堯)의 스승은 허유(許由)요, 허유의 스승은 설결(齧缺)이요, 설결의 스승은 왕예(王倪)요, 왕예의 스승은 피의(被衣)다.

요가 허유에게 물었다.

"선생님의 스승이신 설결님께서는 하늘과 같은 덕을 가지신 분입니까? 저는 왕예에게 당부해서 그분을 천자로 모시고자 합니다."

허유가 말했다.

"위험한 생각이오. 그렇게 했다간 천하를 망칠 것이오. 설결이라는 분은 총명하고 예지가 있고 행동이 민첩하오. 그는 본성이 남보다 뛰어난 사람이오. 그러나 자기를 과신하여 사람의 지혜로 하늘의 도리를 헤아리려는 경향이 있소.

그는 남의 허물을 단속하는 데에는 통달해 있지만 그 허물이 왜 생겼는지는 모르고 있기에, 그를 천자의 자리에 앉힌다면 자신의 지모를 믿고 하늘의 도리를 무시하게 될 것이오. 무엇이든지 자기 위주로만 생각하므로 남과의 차별에 구애될 것이며, 지모를 존중하여 일을 도모하기 때문에 지엽말단에 얽매여 외부의 사물에 구속되고 말 것이오.

게다가 쉴 새 없이 사방을 두리번거리면서 외부의 사물에 마음을 쓰고 모든 사람의 마음에 들려고 애를 쓰므로, 마침내 외부의 사물에 구속당하여 일정한 태도조차 지속하지 못할 것이오. 이런 사람이 어떻게 하늘과 같은 천자가 될 수 있겠소?

그렇긴 하지만 그는 그가 다스리는 일족이 있을 수도 있고 그가 제사를 지내는 조상도 있을 수 있으므로, 그가 제정(祭政)을 담당하는 뭇사람의 아버지가 될 수는 있어도 뭇사람의 아버지의 아버지는 될 수 없소. 그는 세상을 어지럽히는 우두머리이며 그의 신하가 되는 자에게는 앙화요, 그의 군주가 되는 자에게는 반역자가 될 것이오."

6

요가 화주(華州)에 구경 갔을 때의 일이다. 그곳 국경을 수비하는 벼슬아치인 봉인(封人)이 그를 보고 말했다.

"아아 성인이시여, 성인께 축복 드리고 싶습니다. 장수하소서."

"사절하겠소."

"그러면 부자가 되시기 바랍니다."

"그것도 사절하오."

"그렇다면 아들을 많이 가지시길 바랍니다."

"사절하겠소."

봉인이 말했다.

"장수, 부귀, 다남(多男)은 누구나 다 바라는 것이건만 다 싫으시다니 어찌된 일입니까?"

요가 대답했다.

"아들이 많으면 근심이 많고, 부자가 되면 일이 많고, 장수하면 욕이 많은 법이오. 이 세 가지는 결코 무위의 덕을 길러 주는 것은 되지 못하니까 사절한 것이오."

봉인이 말했다.

"처음에는 당신을 성인이라 생각했습니다. 그런데 이제 보니 당신은 한갓 군자에 지나지 않는군요. 하늘은 뭇사람들을 이 세상에 태어나게 하지만 그들에게 합당한 직업을 줍니다. 아들이 많더라도 각자에게 알맞은 직분을 내린다면 무슨 걱정이 있을 수 있겠습니까?

부자가 되더라도 재물을 다른 사람들에게 골고루 나누어 준다면 어떻게 골치 아픈 일이 있을 수 있겠습니까? 성인이란 메추라기처럼 일정한 거처를 지니지 않고 새 새끼처럼 여기저기서 먹이를 쪼아먹고, 하늘을 나는 새가 흔적을 남기지 않듯이 그렇게 살아가는 법입니다.

이 세상에 도가 행해지면 만물과 함께 그 삶을 즐기고, 천하에 도가 행해지지 않으면 세상에서 물러나 덕을 닦으면서 한가하게 살아가면 됩니다. 천년이고 만년이고 이렇게 살아가다가 세상이 싫어지면 속세를 버리고 하늘로 올라갑니다.

저 흰구름을 타고 진리의 세계로 가는 것이지요. 당신이 말씀하시는 그 세 가지 근심도 거기까지는 미치지 못할 것이며 몸에 재앙이 따르지도 않을 텐데 무슨 욕을 받는단 말입니까?"

봉인이 길을 떠나자, 요는 그를 따라가면서 외쳤다.

"물을 것이 있소."

그러나 봉인은 "돌아가라"는 말만 한마디 남긴 채 휭 떠나 버리고 말았다.

〈해설〉

6장에는 하나의 우화 속에 두 가지 의미가 복합적으로 공존하고 있다는 것을 볼 수 있다. 첫째는 요가 장수, 부귀, 다남이라는 세속인이면 누구나 다 소망하는 것을 거절함으로써 도인다운 풍모를 보여 주었다는 것이다. 그러나 이것으로 끝났다면 이 우화는 별 의미가 없었을 것이다.

두 번째는 장수, 부귀, 다남을 거부하는 요를 봉인이 꼬집음으로써, 진정한 도인은 세속적인 소망까지도 기피하지 않고 정면으로 수용하여 이를 극복함으로써 진정한 탈속을 성취할 수 있음을 보여 주었다.

7

요가 천하를 다스릴 때에 백성자고(伯成子高)는 제후가 되었다. 요가 천자의 자리를 순에게 물려주고, 순은 이것을 다시 우에게 물려주었다. 그러자 백성자고는 제후의 자리에서 물러나 농사를 지으면서 살았다.

한번은 우가 그를 찾아갔는데 그는 때마침 밭을 갈고 있는 중이었다. 우는 조심스럽게 백성자고가 서 있는 아래쪽으로 내려가 서서 말했다.

"옛날 요임금이 천하를 다스리실 때에는 선생께선 제후의 자리에 계셨습니다. 그 요임금은 순임금에게 천하를 물려주고, 순임금이 다시 나에게 양보하게 되자 선생께서는 제후를 그만두시고 물러나 농사를 짓고 계시니 그 까닭을 알고 싶습니다."

백성자고가 대답했다.

"옛날 요임금이 천하를 다스릴 때에는 위에서 상을 주어 선행을 장려하지 않았는데도 백성들은 착한 일에 힘썼고, 벌하지 않았건만 백성들은 나쁜 짓을 스스로 피했소. 그런데 지금 당신은 상벌 제도를 엄히 하는데도 백성들에게서는 어진 마음은 사라지고 덕은 쇠퇴하고, 형벌은 당신에 의해 더욱 엄해지고 있소. 후세의 혼란은 여기서부터 싹틀 것이오. 어서 돌아가 주시오. 부디 내 일이나 방해하지 말아 주오."

백성자고는 밭 갈던 일을 다시 시작하면서 우를 돌아보지도 않았다.

8

태초에는 오직 무(無)가 있었을 뿐이었다. 물론 그때에는 일체의 존재가 있었을 리 없었고, 따라서 사물의 명칭 같은 것도 있었을 리 없다. 그 후 무로부터 하나가 생겨났다. 그리하여 다만 하나가 있었을 뿐 아직은 무슨 형태가 생겨난 것은 아니었다.

모든 사물은 모두 다 이 하나를 얻음으로써 생겨났다. 이 하나를 얻어 간직하는 것을 덕(德)이라고 한다. 이 형태도 없는 하나가 분화(分化)하게 된다. 이렇게 하여 분화된 것들 하나하나에 주어진 것을 명(命)이라고 한다.

이 하나는 머물기도 하고 움직이기도 하면서 마침내 물질을 낳게 된다. 물질이 이루어지면 그것에 어떤 속성이 생기게 되는데 이것을 일컬어 형체라고 한다. 이 형체는 그 속에 정신을 지니게 된다. 그리고 이 형체나 정신은 자연의 법칙을 따르게 되는데 이를 성(性)이라고 한다.

따라서 누구나 자기에게 갖추어진 성을 잘 닦으면 근원적인 덕으로 돌아갈 수 있고, 이 덕을 끝까지 밀고 나가면 태초의 상태와 일치하게 된다.

태초의 상태와 일치하게 되는 것은 무와 같아진다는 뜻이다. 이 무야말로 일체의 원인이 되는 것이므로 무한의 경지에 도달하게 한다. 이러한 경지에 도달하게 되면 입에서 나오는 말도 새의 지저귐처럼 무심에서 흘러나오게 된다.

이처럼 그 말이 새의 지저귐과 흡사해지면 그 덕도 천지와 하나가 된다. 이렇게 천지와 하나가 되면 인위적인 것에서 일체 벗어나게 되므로 남이 보기에는 어리석고 무지한 사람 같아 보인다. 이러한 경지에 도달한 사람을 유현(幽玄)한 무위의 덕을 터득했다고 말하기도 하고 도에 순응한다고 말하기도 한다.

〈해설〉

구도자는 관을 통하여 자기 자신의 존재를 끝까지 추구해 들어가다 보면 막다른 골목에 이르러 마침내 무(無)의 경지에 도달하게 된다. 무는 하나이고 공(空)이다. 선종의 1천7백 개 화두 중에는 조주의 '무' 화두가 있다. 바로 이 '무' 화두를 깨뜨려 버림으로써 견성을 하게 된다.

그러나 무, 하나, 공만 깨달아 가지고는 반쪽의 진리밖에는 보지 못한다. 무를 깨닫고 나서 유(有)를 깨달아야 한다. 유무는 결국 하나라는 것까지 깨달아야 한다. 그것은 마치 공만 깨달아 가지고는 안 되고 색(色)까지도 깨달아야 하고, 하나만 깨달아 가지고는 안 되고 그와 동시에 전체를 깨달아야 하는 것과 같다. 무와 유, 하나와 전체, 공과 색의 양변을 동시에 깨달아야 도통했다고 할 수 있는 것과 같다.

9

공자가 노자에게 물었다.

"어떤 사람이 도를 배운 결과, 도란 마치 타인의 설을 반박하는 데 있는 것처럼 남이 가(可)하다고 하면 불가하다고 하고, 남이 그렇다고 하면 그렇지 않다고 설명하고 있습니다. 변론가들이 '굳고 흰 돌은 사실은 두 개의 돌이다. 그것은 마치 하늘에 걸려 있는 물건을 보는 것처럼 명백하다'고 말합니다만 바로 이러한 궤변과 흡사합니다. 이런 사람이라면 성인이라 하겠습니까?"

노자가 대답했다.

"그자는 잡부와 같은 놈으로, 제 꾀에 넘어가 몸을 지치게 하고 불안 초조해하는 자이다. 너구리를 잘 잡는 개는 끈에 묶이고 날렵한 원숭이는 산에서 잡혀 와 구경거리가 되는 것과 무엇이 다르랴?

공구여! 내 그대가 지금껏 듣지도 말해 보지도 못했던 이야기를 들려주리라. 사람으로서 완전한 형태를 갖추고 있으면서도 마음과 감각의 작용을 포기하는 사람들이 상당히 있다. 그러나 모습을 갖춘 육체와 모습을 초월한 도(道)를 함께 지니고 자연 그대로 일체를 긍정할 수 있는 사람은 별로 없다.

만물의 동정, 생사, 흥망 따위는 다 도에서 비롯된 것이므로 지모나 언변으로는 어쩔 수 없는 것이다. 만물의 존재를 잊고 자연의 이치까지도 잊은 사람, 자기 자신의 존재까지도 잊은 사람을 망기(忘己)에 도달한 사람이라고 한다. 이 망기에 도달한 사람이라야 비로소 자연과 혼연일체가 되었다고 할 수 있다.”

〈해설〉

‘굳고 흰 돌은 사실은 두 개의 돌이다.’ 이것은 명가(名家)가 제창했던 유명한 ‘이견백(離堅白)’이라는 궤변을 풀어쓴 것이다. 그 뜻은 이렇다. 굳고 흰 돌은 실제로 하나의 실체인데, 시각적으로는 하얀 돌이고 촉감적으로는 굳은 돌이다. 그러므로 두 개의 실체라는 궤변이다. 다시 말해서 엄연히 하나의 돌인데 단지 굳고 희다고 해서 두 개의 실체라고 우기는 억지 궤변에 지나지 않는다. 그러나 한 번 이러한 궤변에 빠져 버리면 헤어나오기 어려운 것도 사실이다.

10

장려면(將閭葂)이 계철(季徹)을 만나서 말했다.

“노(魯)나라 군주가 저에게 가르침을 받겠다고 청하기에 사양했건만 듣지 않았습니다. 그래서 내가 생각하는 바를 말씀드렸습니다. 그 말이 적절했는지 어떤지는 알 수 없습니다. 제가 시험 삼아 그 얘기를 할 테니 판단해 주시기 바랍니다.

저는 이렇게 말했습니다. '반드시 공손하고 조심하며 공정하고 진실한 사람을 발탁하시되 편벽됨이 없으시다면 백성은 모두 화목해질 것입니다' 하고, 어떻습니까?"

그 말을 들은 계철이 크게 웃었다.

"그대가 한 말은 제왕의 덕을 설명하는 것으로는 가당치도 않다. 그것은 마치 버마재비가 제힘을 뽐내면서 수레바퀴에 뛰어들려는 것과 흡사하다. 그렇게 해 가지고는 아무런 효과도 얻지 못할 것이다. 정치를 그런 식으로 한다면 스스로 위험에 빠질 우려가 있으며, 번거로운 일이 많아질 뿐만 아니라 각처에서 몸을 의탁하려는 자들이 늘어날 것이다."

그러자 장려면이 깜짝 놀라서 말했다.

"저는 선생의 말씀을 듣고 뭐가 뭔지 도통 알 수가 없습니다. 좀더 보충 설명을 해 주시겠습니까?"

계철이 말했다.

"위대한 성인이 천하를 다스릴 때에는 백성들의 마음을 풀어 주고 그들 자신이 스스로 자기 자신을 교화하도록 하여 순박한 풍속을 되찾게 해 준다오. 그러면 백성들은 나쁜 마음을 자발적으로 없애고 각기 독자적인 개성을 신장시키게 된다오. 따라서 그들은 자연히 자기 본성대로 살게 되므로 왜 그렇게 되는지조차도 모르고 지내게 되는 것이오.

이러한 성인이 무엇이 아쉬워서 백성들을 인위적으로 가르쳤던 요순을 마치 형을 받들 듯할 것이며, 무엇이 안타까워서 애매모호한 짓을 하는 그들을 따르려고 하겠는가? 그 성인은 오직 참된 무위의 덕과 하나가 되어 마음 편해지는 경지에 이르는 것을 바랄 뿐인 것이오."

11

　자공(子貢)이 초(楚)에 여행했다가 진(晉)으로 돌아가는 길에 한수(漢水) 남쪽을 지나갈 때의 일이었다. 한 노인이 채소밭 일구는 것을 보았다. 그 노인은 굴을 뚫고 우물까지 내려가 항아리에 물을 담아 가지고 안고 나와 밭에다 물을 주고 있었다.

　뼈가 빠지도록 애는 쓰고 있건만 애를 쓴 데 비해 일의 성과는 보잘것 없어 보였다. 그래서 자공이 말을 건넸다.

　"이런 데 쓰는 좋은 기구가 있습니다. 이것만 쓰면 하루에 백 이랑에 라도 물을 듬뿍 댈 수 있습니다. 힘은 적게 들이고도 많은 일을 할 수 있는데 노인장께서는 그걸 써 보실 생각이 없으십니까?"

　밭일을 하던 노인은 자공을 물끄러미 쳐다보더니,

　"그게 도대체 어떤 것이오?"

　"나무에 구멍을 뚫어 만든 장치인데, 뒤는 무겁게 하고 앞은 가볍게 만 듭니다. 이것을 쓰면 물을 아주 쉽게 퍼 올릴 수 있을 뿐만 아니라 아주 빠르게 밭 전체에도 아주 흥건하게 물을 댈 수 있습니다. 이것을 이름하 여 방아두레박이라고 합니다."

　노인은 순간 화난 기색이었다가 금방 얼굴에 웃음을 띠고 말했다.

　"나는 우리 선생님으로부터 일찍이 들은 바가 있소. '교묘한 기계가 있 으면 반드시 교지(巧智)를 짜내게 되고, 교지가 자리잡으면 으레껏 지모 (智謀)가 싹트게 된다. 지모가 있는 사람에게서는 순수한 마음이 사라지 게 되고 순수한 마음이 사라지면 정신과 본성이 안정을 잃게 된다. 정신 과 본성이 안정되지 못하면 참된 무위의 도를 터득할 수 없다'고. 나 역시 방아두레박에 대해서 모르는 것은 아니지만 차마 부끄러워서 쓰지 못하는 거요."

자공은 하도 부끄러워 낯을 붉히며 눈을 아래로 떨군 채 대답을 하지 못했다. 그러자 노인이 물었다.

"당신은 무엇 하는 사람이오?"

"공자의 제자 자공입니다."

"오라. 그럼 자네가 저 박학다식을 내세워 제법 성인인 체하고 알아들을 수도 없는 이상야릇한 소리로 사람들을 현혹시키고, 시세를 한탄한답시고 홀로 거문고를 뜯어 슬픈 노래를 해서 이름을 천하에 드날리고 있는 자의 제자란 말인가?

이제 그대는 그 허황된 망상을 버리고 위선의 빈 껍질을 벗어던지는 것이 어떻겠는가? 제 몸 하나 다스리지 못하면서 어느 겨를에 천하를 다스리겠다는 건가? 자아 더이상 내 일을 방해하지 말고 돌아가게나."

자공은 하도 창피한 나머지 차마 얼굴을 들지 못하고 망연자실하여 삼십 리 길을 가고 나서야 간신히 제정신을 차릴 수 있었다. 그제야 동행인 자공의 제자가 물었다.

"아까 그 노인은 어떤 사람인가요? 선생님께서는 왜 그를 만나시고 나자 안색을 잃으시고 내내 망연자실하시는지요?"

"나는 지금까지 이 세상에서 가장 위대하신 분은 오직 공자님 한 분만 계시는 줄 알고 있었다. 그래서 저런 훌륭한 노인이 있으리라고는 감히 생각조차 할 수 없었다. 나는 공자님께서 이렇게 말씀하시는 것을 들은 일이 있었다.

'무슨 일을 하든지 가치 있는 일을 선택해야 하고, 일단 일을 시작했으면 어떻게 하든지 성공시키도록 힘써야 한다. 힘은 조금 들이고도 많은 성과를 올리는 것이 성인의 길이다'라고.

그러나 지금은 그렇게 생각하지 않게 되었다. 참다운 도를 따르면 덕이 완전해지고, 덕이 완전해지면 몸이 완전해지고, 몸이 완전해지면 정신이 완전해지는데 그것이 바로 성인의 길이다. 성인은 목숨을 이 세상에 맡기고 민중과 함께 살아가지만, 어느 곳으로 걸어가고 있는지는 전연 생각지 않는다.

성인이란 그 정신의 폭이 하도 망망하여 포착할 수 없고 공리나 기교 따위와는 인연이 없다. 또 이런 사람은 자기 뜻에 맞지 않는 일은 하지 않고 자기 마음속에서 우러나오는 일이 아니면 하지 않는다.

온 천하가 그를 칭찬하고 그가 말하는 대로 따라온다고 해도 그는 눈 하나 깜짝하지 않고, 온 천하 사람들이 들고일어나 손가락질하며 그를 비난한다고 해도 꿈쩍도 하지 않는다. 온 천하의 칭찬과 비난도 그에게는 아무런 영향도 못 미치는 것이다.

이런 사람이야말로 완전한 덕을 갖춘 고귀한 분이다. 그분에 비하면 나 같은 것은 바람에 흩날리는 낙엽과 같은 존재에 지나지 않는다. 그러니 어찌 그런 분에 대하여 부끄러워하지 않을 수 있겠는가?"

자공은 노나라에 돌아오자 공자에게 그 얘기를 했다. 그러자 공자가 말했다.

"그 노인은 혼돈씨(混沌氏)의 도를 겉만 닦은 사람이다. 그는 하나만을 알 뿐 둘은 모르는 사람이다. 자신의 마음만을 다스릴 뿐 사회의 변화에 부응할 줄 모르는 사람이다. 진정한 도인이란 밝은 지혜를 가졌으면서도 순수하고 소박함 속에 살며 무위에 바탕을 둔 질박함을 생활신조로 삼는 사람이다.

소박한 본성을 체득하고 있으면서도 순수하고 영묘한 정신을 지니고 있고 그러면서도 세속과 더불어 유연하게 살아가는 사람, 그런 사람이야말로 진정한 도인이 아니겠는가? 그런 사람을 만나면 너 같은 사람은 더욱더 크게 놀랄 것이다.

우리는 마땅히 그러한 사람이 되어야 할 것이니라. 그러나 혼돈씨의 도는 너나 나나 도저히 이해할 만한 성질의 것이 아니니라."

〈해설〉

노인이 방아두레박이라는 편리한 도구를 거부한 것은 인간의 교만한 재주와 지혜가 인위를 조장하기 때문이다. 만약에 이 노인의 주장대로라면 우리가 지금 누리고 있는 현대 과학문명의 온갖 이기들 역시 모조리 거부해야 할 것이다. 편리한 도구나 기계가 있는데도 억지로 안 쓴다는 것은 지나치게 무위 일변도의 형식주의에 얽매인 태도이다. 무위를 위한 무위라고 하지 않을 수 없을 것이다.

편리란 도구나 기계가 문제가 아니라 그것을 대하는 인간의 마음이 문제인 것이다. 현대문명의 이기를 이용하면서도 인위에 지나치게 구속당하는 사고방식이 언제나 문제인 것이다. 그러므로 무위의 덕을 지켜 나가면서도 항상 변화 발전하는 상황에 유연하게 대처해 나갈 줄 아는 사람이라야 진정한 도인이라고 할 수 있다는 것이 11장이 전하고자 하는 메시지이다.

12

'안개'가 동쪽 바다를 향해 가다가 바닷가에서 우연히 '산들바람'을 만났다. 산들바람이 안개에게 물었다.

"당신은 어디로 가는가?"

"동해로 간다."

"무엇 하러 가는가?"

"바다라는 것은 아무리 물을 부어도 가득 차는 일이 없고, 아무리 물을 퍼내어도 마르는 법이 없다. 나는 거기 가서 놀려고 한다."

산들바람이 다시 물었다.

"그렇다면 당신은 사람에 대해서는 관심이 없는가? 당신에게서 성인에 의한 이상적인 정치에 대하여 가르침을 받고 싶소."

안개가 말했다.

"성인의 정치란 관리를 임명하고 법령을 공표하는 데 있어서 정당함을 잃지 않고, 인재를 발탁하는 데 있어서도 적재적소를 기하고, 실정을 잘 살펴서 마땅히 해야 할 일을 하면 된다. 언어를 구사하는 데 있어서도 꾸밈없이 자연스럽게 말하면 백성들은 저절로 감화될 것이오.

그 때문에 손짓과 턱짓만 해도 사방의 백성들이 모두가 그를 사모하여 모여들게 마련인데 이것을 일컬어 성인의 정치라고 한다오."

"그럼 덕인(德人)이란 무엇이오?"

"덕인은 가만히 있을 때나 움직일 때나 분별심을 갖지 않는다오. 시비, 선악의 차별심을 갖지 않으며, 세상 사람들 전체와 더불어 이익을 같이 나누는 것을 기뻐하고, 그들과 함께 만족하게 사는 것을 마음 편하게 생각하오.

그는 마치 어미 잃은 갓난애처럼 애처로워 보이는가 하면 길 잃은 사람처럼 멍청해 보인다오. 재물이 남아돌아가도 어디서 오는지 모르고, 음식을 배부르게 먹어도 그것이 어디서 생기는지 알려고 하지 않는다오. 이것이 덕인의 모습이라오."

"그럼 신인(神人)에 대해서도 말해 주시오."

"신인은 빛을 타고 이 세상을 비추면서 자기 자신의 몸마저 완전히 망각한다오. 이것을 끝없는 광명이라고 하오. 자기 생명의 근원에 도달하여 만물의 실정을 파악하고 천하 사람들과 함께 즐기면서도 세상의 온갖 번거로운 일들을 소멸시킨다오. 여기서 한 걸음 더 나아가 만물을 본래의 자기 모습으로 돌아가게 하오. 이것을 혼명(混冥)이라 하는데, 이러한 경지에 이른 사람이라야 신인이라 한다오."

13

문무귀(門無鬼)와 적장만계(赤張滿稽)가 주무왕(周武王)이 은(殷)을 치러 가는 군대를 구경하고 있었다. 적장만계가 말했다.

"아무래도 순이 다스리던 시대만은 못한 것 같군. 그러니까 이렇게 전쟁을 하지."

문무귀가 물었다.

"그게 무슨 소린가? 천하가 골고루 잘 다스려져 있는데 순이 이를 인계받아 다스렸다는 소린가? 아니면 천하가 어지러운데 순이 나서서 나라를 잘 다스렸다는 소리인가?"

적장만계가 대답했다.

"천하가 골고루 잘 다스려지는 것은 누구나 다 원하는 바다. 만약에 그때 천하가 잘 다스려져 있었다면 무엇 때문에 순을 끌어내어 천하를 맡길 필요가 있었겠는가? 순의 통치 방식은 머리에 난 부스럼을 치료하기 위해서 대머리가 된 다음에 가발을 씌우는 격이고, 사람이 병든 뒤에 의사를 찾는 것과 같다.

자식이 부친이 병든 다음에야 약을 달여 올리는 등 초췌해진 얼굴로 간호를 함으로써 세상 사람들로부터 지극한 효자라는 칭찬을 듣게 되었다. 진정한 성인은 이러한 것을 부끄럽게 여긴다.

참다운 덕이 행해지던 시절에는 현인은 존중받지 못했고 유능한 사람이 발탁되지도 않았다. 군주는 나무의 윗가지처럼 그냥 그 자리에 있을 뿐 스스로 높은 자리에 있다고 생각하지도 않았다. 민중은 들에서 뛰노는 사슴같이 자연 그대로 살고 있었다.

사람들은 자신들의 행위가 단정해도 그것이 의(義)라는 것을 몰랐고, 서로 사랑하면서도 그것이 인(仁)이라는 것은 몰랐다. 또 윗사람에게 충실하면서도 그것이 충(忠)이라는 것을 알 리가 없었다. 또 남과의 약속을 잘 지키면서도 그것이 신(信)이라는 것을 몰랐다.

또한 무심히 일하면서 서로 도와주면서도 그것이 은혜를 베푸는 것인 줄 통 모르고 지냈다. 이처럼 무위 속에 살았으므로 무슨 흔적 같은 것을 남길 이유가 없었다. 그러므로 지극한 덕이 행해지던 그 시대의 사연들은 후세에 전해질 수가 없었다."

14

효자는 부모에게 아첨하지 않고 충신은 임금의 비위를 맞추려 하지 않는다. 이러한 사람이야말로 자녀로서 또는 신하로서 훌륭하다고 해야 할 것이다. 어버이의 말이라면 무조건 따르고 어버이가 무슨 일을 하든지 덮어놓고 잘했다는 사람을 보고 세상 사람들은 못난 자식이라고 한다.

임금이 뭐라고 하든 간에 덮어놓고 따르고 임금이 무슨 짓을 하든지 무조건 지당하다고 찬성하는 사람을 보고 세상에서는 못난 신하라고 한다. 그러나 이런 세평이 언제나 옳은지에 대해서는 이 세상 누구도 정확하게 알고 있지 못한다.

그러나 세상이 옳다고 하는 것을 무조건 옳다고 하고 세상이 잘한다고 하는 것을 덮어놓고 잘한다고 했다고 해서, 그를 보고 아첨하는 사람이라고는 말하지 않으니 어떻게 된 일인가? 그렇다면 세상은 부모보다도 엄하고 임금보다도 존귀하단 말인가?

세상의 비위를 맞추는 사람을 보고 너는 세상을 어지럽히는 자라고 하면 발끈 성을 내고, 너는 세상에 아첨하는 자라고 하면 안색을 바꾸고 불같이 화를 낸다. 그러나 그가 아무리 낯빛을 바꾸고 화를 내도 그가 종신토록 세상을 어지럽히고 세상에 아첨을 할 뿐이라는 데는 변함이 없었다.

교묘한 비유나 미사여구를 늘어놓아 인기를 끄는 데 이골이 난 이런 사람들은 그 방법이 지극히 교묘하기 때문에 마각을 좀체로 드러내는 일이 없다. 그들은 또 화려하게 장식한 긴 옷을 걸치고 형식적인 몸가짐으로 세상에 아첨하고 있으나 스스로 아첨한다고 생각하지는 않는다. 실제로 그 자신은 보잘것없는 속물에 지나지 않으면서도 그 자신은 누구보다

도 고매한 인품의 소유자라고 착각하고 있으니 이 어찌 어리석음의 극치
가 아니겠는가?

자기가 어리석다는 것을 알고 있는 자는 구제받지 못할 정도로 어리석
은 자는 아니다. 자신이 미혹되어 있다는 것을 알고 있는 사람은 완전히
미혹된 것은 아니다. 정말 크게 미혹된 자는 자기가 미혹되었다는 자각
이 없어서 평생 그 미혹에서 깨어나지 못하는 자이다. 정말 크게 어리석
은 자는 자기가 어리석다는 자각이 전연 없으므로 죽을 때까지 자신의
어리석음을 깨닫지 못한다.

15

셋이서 길을 가다가 한 사람이 길을 잘못 들었다면 아직도 목적지에
도달할 가능성은 있다. 미혹당한 자가 적기 때문이다. 그러나 셋 중에서
둘이 길을 잘못 드는 경우는 어떻게 되겠는가? 제아무리 고생을 해도 목
적지에 도달할 가능성은 희박하다. 왜냐하면 미혹당한 자들이 우세하기
때문이다.

그런데 지금은 온 천하 사람들이 모두 미혹당하고 있다. 아무리 내가
마땅히 가야 할 길을 찾았다고 해도 목적지에 온전히 도달할 희망은 보
이지 않는다. 어찌 서글픈 일이 아닐 수 있겠는가.

훌륭한 음악은 속인들이 이해하지 못하지만 절양(折楊)이니 황과(皇荂)
니 하는 속요(俗謠)를 들으면 누구나 다 깔깔대며 웃고 즐긴다. 이와 마찬
가지로 진리의 말은 세상 사람들의 마음을 끌지 못한다. 진리의 말이 세
상에 나타나지 않는 것은 속된 상식론이 우세하기 때문이다.

두 사람이 미혹되어도 목적지에 도달하기는 어려운데 지금은 온 천하 사람들이 모두 다 미혹에 빠져 있다. 비록 나 혼자 내가 가야 할 바른길을 찾았다 해도 사정이 이러하니 어떻게 그 목적지에 무사히 도착할 수 있겠는가?

불가능한 줄 뻔히 알면서도 부디 이를 강행하려는 것 자체가 또 하나의 미혹이 아니겠는가? 그러니까 그대로 놓아둔 채 억지로 추구하지 않는 쪽이 차라리 나을 것이다. 그렇게 하면 부질없이 근심하지 않을 것이다.

어느 나병 환자가 밤중에 애를 낳았다. 그녀는 황급히 불을 켜 들고 갓난아기를 비추어 보았다. 그 애가 혹시 자기를 닮지나 않았는가 걱정이 되어서 그랬을 것이다.

〈해설〉

＊ 절양(折楊), 황과(皇荂) : 『장자』 외편이 씌어지던 시대에 유행하던 속된 가곡의 이름.

근심 걱정을 한다고 해서 사정이 조금도 나아지지 않는다면 차라리 그 근심 걱정을 전부 다 내 탓으로 돌리고 나 자신의 중심 속에 놓아 버리는 것이 상책이라는 얘기와 상통하는 대목이다.

내 앞에 닥친 역경을 놓고 고민하고 한탄하기보다는 그것을 극복할 방안을 차분히 강구하는 쪽이 차라리 나을 것이다.

나병 환자가 아이를 낳아 놓고 마음을 졸이면서 그 아이가 자기를 닮은 나병 환자가 아닌가 하고 일희일비에 매달리기보다는, 차라리 그 희비의 차별 의식 그 자체에서 벗어나자는 얘기다.

16

백 년 묵은 나무라도 베어져서 제사에 쓰일 술통으로 만들어지고, 파랑과 노랑으로 색칠이 되고 나면 그 나머지 쓰다 남은 나무토막들은 개천에 버려진다. 술통과 버려진 나무토막들은 잘생기고 못생긴 차이는 있을지언정 나무로서의 본성이 상실된 점에서는 차이가 없다.

이러한 이치는 사람에게도 적용될 수 있다. 도둑놈인 도척과 군자인 증삼, 사추는 정의를 실행하고 실행하지 않는 차이는 있을지언정 사람으로서의 본성을 잃은 점에서는 차별이 있을 수 없다 하겠다.

그런데 사람이 그 본성을 잃게 되는 데는 다음과 같은 다섯 가지 원인을 생각해 볼 수 있다.

첫 번째는 오색(五色)에 눈이 현혹되어 마땅히 보아야 할 것을 제대로 보지 못하는 경우다.

두 번째는 오성(五聲)에 귀가 현혹되어 응당 들어야 할 것을 제대로 듣지 못하는 경우다.

세 번째는 오취(五臭)에 코가 심한 자극을 받아 냄새를 바르게 분별하지 못하는 경우다.

네 번째는 오미(五味)가 혀의 기능을 마비시켜 맛을 제대로 가리지 못하는 경우다.

다섯 번째는 분별하고 차별하는 의식이 마음을 어지럽혀서 사람의 본성을 어지럽히는 경우다.

이 다섯 가지는 모두가 인간의 생명을 손상시키는 것들이다.

그런데 양주(楊朱)와 묵적(墨翟)이 이것을 열심히 추구한 끝에 자신의 본성을 체득했다고 장담하지만, 그것은 내가 말하고자 하는 본성의 체득과는 거리가 멀다.

자기 자신의 생명력 구사에 어려움을 느끼고 있으면서도 본성을 체득했다고 자부하는 자가 있다면, 그것은 마치 비둘기나 올빼미가 새장 속에 갇혀 있으면서도 자유를 체득했다고 자부하는 것과 같다.

그리고 분별심과 음성과 색채로 자기 마음을 현혹시켜 놓고, 가죽 고깔이나 새 깃을 단 관을 쓰고 홀(笏)을 허리에 꽂고 긴 띠로 자기 몸을 구속해 놓고 의기양양해하는 사람이 있다. 이것은 갖가지 울타리로 마음을 가두어 놓고 몇 겹의 띠로 몸을 묶어 놓고도 오히려 자유를 찾았다고 자처하는 사람과 같다.

만약 그것이 사실이라면 포승으로 양팔을 묶이고 손목에 수갑을 찬 죄인이나 울안에 갇혀 있는 호랑이와 표범을 보고 자유를 찾았다고 하는 것과 무엇이 다르겠는가.

〈해설〉

＊ 오색(五色) : 파랑, 노랑, 빨강, 하양, 까망.

＊ 오성(五聲) : 궁(宮), 상(商), 각(角), 치(徵), 우(羽).

＊ 오취(五臭) : 쉰내, 단내, 향내, 비린내, 짠내.

＊ 오미(五味) : 시고 쓰고 달고 맵고 짠맛.

제13부 천도(天道)

1

천도(天道)는 끝없이 운행하여 막힘이 없으므로 만물이 생성한다. 이상적 제왕의 도 역시 끝없이 운행하여 어느 한 지방이나 나라를 편애하는 일이 없으므로 온 세상 사람들이 그에게 심복하는 것이다.

천도에 밝고 성인의 도에 통달하며 제왕의 도의 전모를 파악한 사람이 있다면 그 사람의 행동이야말로 자연 그것이어서 어리숙하면서도 고요함 그 자체가 아닐 수 없다.

성인이 고요하다는 것은 고요한 것이 좋은 것이라는 판단이 서 있어서 고요해지는 것이 아니라 이 세상 그 어떠한 것도 그의 마음을 어지럽히지 못하기 때문에 고요한 것이다.

물이 고요히 안정되어 있으면 그 물속에 비친 사람은 그의 얼굴 모습은 말할 것도 없고 그의 수염이나 눈썹까지도 그대로 반영한다. 그 평탄함은 수준기 구실까지도 하게 되어 목수조차 이것을 표준으로 삼는다.

이처럼 물이 고요히 가라앉아 있어야 만물을 있는 그대로 비출 수 있다. 그러하거늘 영묘한 성인의 마음의 고요한 정도야 더 말해 무엇 하겠는가. 그것은 천지의 거울 그 자체일 뿐만 아니라 삼라만상의 거울도 될 수 있는 것이다.

2

무릇 자기 마음을 비우고 고요하면 무슨 일에나 담담한 태도로 임할 수 있다. 언제나 마음이 고요하여 인위를 떠나는 것이야말로 천지의 안정된 모습이며 자연 그대로의 도덕적 극치라고 아니할 수 없다. 바로 이 때문에 이상적 제왕이나 성인도 이 경지에 머무는 것이다.

이러한 경지에 머물게 되면 마음을 텅 비울 수 있고, 마음을 텅 비우면 도리어 일체를 받아들일 수 있어서 충실해진다. 충실해지면 저절로 도리를 갖추게 된다.

또 마음을 비우면 자연히 고요해지고, 고요하면 만물에 응해 자유롭게 움직일 수 있고, 자유로이 움직이면 반드시 정당성을 확보할 수 있다. 그리고 고요한 것은 인위적인 데가 없고 인위적인 데가 없으므로 무슨 일을 맡으면 반드시 그 책임을 완수할 수 있다.

더구나 인위를 떠나면 항상 즐겁다. 그렇기 때문에 근심도 스며들 여지가 없고 수명도 오래 연장될 수 있다. 이처럼 마음을 비우고 고요하면 무엇에도 구애되지 않으며, 바로 그 고요함 때문에 인위에서 벗어나는 것은 만물의 근본이다.

이러한 이치를 명백히 깨달은 다음에 남면하여 천자가 된 사람이 요였고, 이러한 이치를 확실히 터득한 뒤에 북면하여 신하가 된 것은 순이었다. 이러한 진리에 바탕을 두고 윗자리에 처하는 것이 제왕이나 천자의 덕이며, 이 진리에 입각하여 아랫자리에 서는 것이 성인이 나아갈 길이다.

이 이치에 입각하여 세속에서 물러나 자연을 즐기면 강과 바다, 산과 숲속에 숨어 사는 은사들도 따를 것이다. 이 진리를 따라 세상에 나아가 정치를 하면 그 업적이 커져서 이름을 빛낼 뿐만 아니라 천하를 통일할 수도 있을 것이다.

이 도를 마음의 중심에 지니고 고요히 안주하고 있으면 성인이 될 것이고, 적극적으로 나서서 활동하면 왕이 될 수 있을 것이고, 아무 일도 하지 않고 있으면 저절로 존귀해질 것이다. 소박한 채로 그냥 가만히 있으면 천하의 그 누구도 그와 탁월함을 겨루지 못할 것이다.

〈해설〉

우리는 흔히 노장(老莊)이라고 해서 노자와 장자를 마치 공맹(孔孟)처럼 같은 계열로 보는 경향이 있다. 그러나 『도덕경』을 읽어 보면 『장자』의 '내편'과는 판이하게도 노자는 정치에 대하여 집요한 관심을 가지고 있었다는 것을 알 수 있다.

노자가 무위자연을 주장한 것도 실은 인생의 근본 문제를 해결하기 위한 것이 아니고 위정자가 갖추어야 할 덕목과 품성으로 제기된 것이다. 그렇기 때문에 노자의 무위자연은 어디까지나 그의 정치적 이상향을 구현하기 위한 방편에 지나지 않았다.

그러나 장자는 이 점에 있어서 노자와는 하늘과 땅의 차이가 있다. 『장자』의 내편을 읽어 보면 그의 정치에 대한 지나칠 정도의 무관심에 놀라지 않을 수 없다. 그는 정치나 사회 문제보다는 개인의 구원, 죽음을 해결하는 문제와 같은 인간의 근본적인 문제와 집요하게 대결하는 참구도자의 자세를 보여 주고 있다. 그런 의미에서 여기 나온 제2장은 장자 본래의 의도와는 한참 빗나간 것이다.

3

천지의 덕인 무위의 도리를 명백히 깨닫는 것이야말로 만물의 근원인 하늘과 한몸이 되는 것이다. 이것은 또한 천하를 조화시키는 일도 되고 사람들을 화합시키는 일이기도 한다. 사람과 사람이 화합하는 것을 일컬어 인락(人樂)이라고 하고, 하늘과 사람이 조화를 이루는 것을 천락(天樂)이라고 한다.

장자는 말했다.

"나의 스승인 도여, 나의 스승인 도여, 그대는 때로 만물을 부수었건만 마음속에 노여움을 품지 않았으며, 혜택을 만년 후에까지 미치면서도 그것이 어진 일임을 의식하지 않는다. 그대 자신은 아득한 태곳적부터 있어 왔으면서도 오래 살았다고 생각하지 않았고, 천지를 창조하고 만물의 형태를 만들어 내면서도 스스로 그러한 재능이 있다고 생각한 일이 없으니 이것이 천락이다.

그러기에 이러한 옛말이 있다.

'천락을 아는 사람은 살아 있을 때는 자연 그대로 행동하고 죽을 때는 변화의 법칙을 그대로 따른다. 고요히 있을 때는 음의 기운과 그 작용을 같이하고, 움직일 때는 양의 기운과 그 움직임을 같이한다.'

그러므로 천락을 아는 자는 하늘을 원망하는 일이 없고, 남의 비난을 사지도 않고, 외물에 마음이 속박당하는 일도 없고, 귀신의 책망을 당하는 일도 없다.

그러므로 다음과 같은 옛사람의 말도 있다.

'움직일 때는 하늘과 같고 고요할 때는 대지와 같다. 한 마음이 무심의 경지에 이르러 천하에 군림하게 된다. 이러한 사람에게는 귀신도 재앙을 내리지 못하고 그 혼은 지칠 줄 모른다. 한 마음이 안정을 찾음으로써 만물이 복종하게 된다.'

다시 말해서 텅 비워져서 고요해진 마음은 천지에까지 미치고 만물에까지 통하게 되는 것이니 이것이 바로 천락이다. 천락이란 성인의 마음으로 천하 만물을 키워내는 것이다."

〈해설〉

제3장은 별다른 내용도 없는 소리를 중언부언하는 것 같은 느낌을 준다. '내편'에서 우리가 읽었던 저 천의무봉(天衣無縫)의 웅혼(雄渾) 활달(豁達)한 필치와는 도저히 비교가 되지 않는다. 이러한 글이 어떻게 '내편'을 쓴 사람과 동일한 필자에게서 나왔다고 볼 수 있겠는가.

4

대체로 제왕의 덕은 천지의 도를 근본으로 삼고, 자연 속의 도의 작용을 주체로 하고, 무위(無爲)를 일상의 규범으로 삼는다. 무위로 임하면 신하를 부려서 천하를 다스리고도 남음이 있지만, 유위(有爲)로 임하면 일이 번거로워져서 천하를 다스리기는커녕 도리어 천하로부터 부림을 당하게 되어 아무리 애를 써도 늘 부족함을 느끼게 된다. 그러니까 옛사람들은 무위를 존중한 것이다.

그러나 군주도 무위의 덕을 지니고 신하도 무위의 덕을 지니게 되면 상하가 덕을 같이하는 것이 된다. 만약에 이처럼 신하가 임금과 똑같은 덕을 지니게 된다면 이것은 신하이면서도 신하가 아니라는 말이 된다.

이와는 대조적으로 아래에 있는 신하가 유위의 덕을 지니고 위에 있는 군주도 유위의 덕을 지닌다면 이것은 위에 있는 군주가 아래에 있는 신하와 도를 같이하는 것이 된다. 이것은 군주가 군주다움을 스스로 포기한 것이 된다.

따라서 군왕은 반드시 무위의 덕으로 천하 사람들을 다스려야 하며, 신하는 반드시 유위의 덕으로 천하를 위하여 부림을 당해야 하는데 이것은 영원불변의 도다.

〈해설〉

노자가 비록 무위자연을 존중하기는 했지만 이것을 꼭 군주에게만 한정한 것은 아니었다. 하물며 노자에 비해서 훨씬 더 세속과 정치에 관심이 없었던 장자는 더 말할 것도 없다. 여기서는 무위는 제왕의 덕이고 유위는 신하의 덕이라고 하여, 무위는 제왕이 아닌 사람에게는 사용 금지되어야 하는 것으로 보았다.

이것은 노자의 생각도 아니고 장자의 견해는 더욱 아니다. 어찌하여 이러한 후퇴와 쇠락이 있을 수 있었는지 의문이 아닐 수 없다. 일찍이 구양수(歐陽脩)도 이것을 보고 장자답지 않다고 갈파한 일이 있다.

5

그러므로 태고에 천하를 지배한 왕은 그의 지혜가 비록 천지를 감쌀 정도였다고 해도 자기 개인의 생각으로 이를 표현하는 일이 없었다. 그

언변이 삼라만상을 두루 논할 정도라고 해도 자기 개인의 자격으로 논하는 일이 없었다. 천하를 다스릴 만한 재능이 있었다고 해도 자기 개인의 뜻으로는 아무 일도 하지 않았다.

하늘은 무엇을 낳겠다는 생각이 없지만 만물은 저절로 생겨나고, 땅은 무엇을 키우겠다는 뜻을 갖지 않았지만 만물은 스스로 자라게 마련이다. 제왕 역시 무위인 채로 있어도 천하의 정치는 이루어지는 것이다.

그러므로 옛사람도 다음과 같이 말했다.

'하늘보다 영묘한 것은 없고 땅보다 부유한 것은 없으며 무위의 제왕보다 위대한 것은 없다.'

또 이러한 말도 있다.

'무위의 제왕의 덕은 천지와 짝한다.'

이 무위야말로 천지의 작용을 그대로 이용해서 만물을 마음대로 부리고 수많은 사람들을 다스려 나가는 도인 것이다.

대체로 근본이 되는 것은 위에 있고 말단이 되는 것은 아래에 있어야 한다. 따라서 정치의 주요한 부분은 제왕이 장악하고 그 지엽적인 사무는 신하에게 맡겨져야 한다.

삼군(三軍), 오병(五兵)을 움직이는 일 같은 것은 제왕의 덕에서 볼 때는 지엽말단에 지나지 않는다. 상벌을 시행하여 백성들에게 화복을 주고 오형(五刑)의 법을 세워 형을 시행하는 것은 제왕의 교화에서 볼 때는 역시 지엽말단에 속하는 것이다. 예법과 제도를 제정하는 일이나 관리가 직책을 충실히 수행했는지의 여부를 자세히 평가하는 일 같은 것은 제왕의 정치에서 볼 때는 역시 지엽말단에 지나지 않는다.

쇠붙이나 북 따위 악기라든가 무용할 때 쓰이는 새 깃털 장식 같은 것은 진정한 음악에서 볼 때는 지엽말단에 지나지 않는다. 또 죽은 사람을 위해 곡하고 상복을 입는 일이라든가, 친소(親疏)에 따른 상복의 규정 같은 것은 죽은 사람에 대한 애도의 정에서 볼 때는 역시 지엽말단에 지나지 않는다.

이처럼 지엽말단에 속하는 다섯 가지는 정신의 작용이나 의지의 발동을 기다려서 비로소 운영되는 성질의 것이다. 이런 지엽적인 것을 배우는 것은 옛사람들 중에도 그 예가 없었던 것은 아니다. 그러나 이것을 앞세우려 하지는 않았던 것이다.

〈해설〉

✻ 삼군(三軍) : 대국(大國)이 가진 군대로 그 병력이 3만 7천5백 명이었다.

✻ 오병(五兵) : 궁(弓, 활), 모(矛, 갈고리 모양의 창), 수(殳, 몽둥이), 과(戈, 두 갈래로 갈라진 창), 극(戟, 세 갈래로 갈라진 창)의 다섯 가지 무기.

✻ 오형(五刑) : 묵형(墨刑, 몸에 죄명을 새기는 형벌), 의형(劓刑, 코 베는 형벌), 월형(刖刑, 발꿈치 자르는 형벌), 궁형(宮刑, 성기를 자르는 형벌), 대벽(大辟, 목을 베는 형벌).

6

군주가 앞장을 서고 신하가 그 뒤를 따르고, 아버지가 앞서고 자식이 그 뒤를 따르며, 형이 앞서고 아우가 그 뒤를 따른다. 나이 많은 사람이 앞서고 나이 적은 사람이 그 뒤를 따르며, 남자가 앞장서고 여자가 그 뒤를 따르고, 지아비가 앞장서고 지어미가 그 뒤를 따르도록 세상은 되어 있다.

이처럼 존귀한 자가 앞서고 비천한 자가 뒤따르는 것은 천지 운행의 법칙인 것이다. 그러므로 성인도 이 천지의 운행법칙을 본떠서 사회의 질서를 제정한 것이다.

하늘이 높고 땅이 낮은 것은 인지를 초월한 신성한 위계질서다. 봄과 여름이 앞서고 가을과 겨울이 그 뒤를 잇는 것은 사시의 순서다. 식물을 살펴보아도 그 싹에 곧은 것과 굽은 것의 차이가 있고 또 그것이 자라남에 따라 성쇠의 구분이 있는 것은 변화의 과정이다.

이처럼 천지는 지극히 영묘한 존재이지만 존비, 선후의 질서가 있다. 하물며 사람의 도에 있어서야 더 말해 무엇 하랴.

종묘에서는 촌수가 가까운 자가 존귀한 대우를 받는다. 조정에서는 지위가 높은 자가 존중되고, 향리에서는 연장자가 윗자리에 앉는다. 나라를 다스리는 데 있어서는 현명한 자가 지도자가 된다.

이것은 천지자연의 법칙을 따른 것이라고 할 수 있다. 도를 말하면서도 그 질서를 가리지 못한다면 그것은 진정한 도라고 할 수 없다. 도를 말하면서도 그것이 도가 아니라 한다면 어찌 그것을 도라고 하겠는가.

그러기에 옛날에 대도(大道)를 명백히 체득한 사람들은 먼저 자연을 밝히고 나서 그다음에 도덕을 밝혔다. 도덕을 밝히고 나서 그다음에 인의를 밝혔다. 인의를 밝히고 나서 그다음에 분수를 밝혔다. 분수를 밝히고 나서 그다음에 명목(名目)과 실재(實在)를 밝혔다.

명목과 실재를 밝히고 나서 재주에 따라 벼슬에 임명하는 일을 밝혔다. 재주에 따라 벼슬에 임명하는 일을 밝히고 나서 그다음에 직무 수행의 실정을 밝혔다. 직무 수행의 실정을 밝히고 나서 그다음에 시비의 판단을 내렸다. 시비의 판단을 내리고 나서 상벌을 내렸다.

상벌을 밝히고 나서 어리석은 자와 지혜 있는 자에게 분수에 맞는 자리를 주고, 귀천도 각기 제자리를 잡게 되었다. 인인(仁人)이나 현인이나 어리석은 사람이나 각기 그 실정에 맞는 대우를 받아 제각기 그 능력에 맞는 지위를 얻게 되었고, 반드시 그 직분의 명칭에 알맞은 일을 하게 되었다.

이 도리에 바탕을 두고 신하는 임금을 섬기고 임금은 신하를 양성했다. 이 도리에 기초를 두고 백성을 다스리고, 이 도에 입각해서 자기 몸을 수양하여 인위적인 지모를 쓰지 않고 자연의 법칙에 따랐다. 이것을 일컬어 태평성대라 했고 최상의 정치라 했다.

〈해설〉

구양수(歐陽脩)는 위 대목을 보고 "또한 천박하고 졸렬하다"고 했다. 사회 질서를 강조하고 그것이 법에 의해 유지될 것을 주장하는 정도라면 구태여 장자에게까지 빌붙을 필요 없이 삼류 유학도나 별 볼 일 없는 법가(法家) 부류라도 능히 해낼 수 있는 일이다.

7

그러므로 고서에도 "사실이 있으면 반드시 명칭이 있다"고 했다. 이것으로 보아 옛사람들도 내용과 명목을 존중한 것을 알 수 있다. 그러나 그들은 그것이 근본적인 것이라고는 생각지 않았다.

옛사람들이 대도를 논할 때에도 처음부터 헤아리어 다섯 번째에 가서야 '내용과 명칭'이 운위되었고, 아홉 번째 가서야 '상벌'이 문제된 데 지나지 않았다. 그러니까 갑자기 '내용과 명목'에 대하여 논하는 것은 사물의 근본을 모르기 때문이다.

그리고 갑자기 '상벌'의 필요성을 문제삼는 것은 사물의 순서를 모르기 때문이라고 아니할 수 없다. 도의 순서를 거꾸로 말한다든가, 도의 순서에 어긋나게 말하는 자는 잘해 보았자 남의 지배를 받는 것이 고작이다. 따라서 남을 다스릴 자격은 갖지 못한다.

그리고 갑자기 내용과 명목에 대하여 논하고 상벌에 대하여 논하는 사람은 정치적 방편에 대해서는 알고 있을지 몰라도 정치의 근본인 도에 대해서는 문외한임에 틀림없다. 이런 사람이라면 고작 남에게서 부림이나 당할지언정 천하를 자기 뜻대로 다스리지는 못할 것이다.

이런 사람은 입만 잔뜩 까지고 대국적으로 사물을 바라보지 못한다. 예법과 제도, 내용과 명목의 자세한 대조 같은 것을 옛사람들도 시행하기는 했지만, 이것은 틀림없이 아랫사람이 윗사람을 섬기는 도리일 뿐 결코 윗사람이 아랫사람을 다스리는 데 필요한 도라고는 볼 수 없다.

〈해설〉

왕부지(王夫之)도 지적했듯이 형명(刑名)이나 상벌을 중시한 것은 도저히 장자의 사상이라고는 볼 수 없다. 아마도 법가의 영향을 많이 받은 후세의 도가의 머리에서 나온 글로 보인다. 한편, 형명, 상벌의 필요성을 내세우면서도 글 쓴 사람은 자기가 본래 장자학파에 속하는 사람이라는 생각은 남아 있었으므로 이것을 낮게 평가하는 듯한 태도를 취했다는 것을 알 수 있다. 그러나 사실은 형명, 상벌에 본뜻이 있음을 내비치고 있다.

그가 만약 진정한 장자의 제자였더라면 그따위 인위적인 것에 관심을 기울이지는 않았을 것이다.

8

옛날에 순이 요에게 물었다.

"제왕의 마음가짐은 어떠해야 하겠습니까?"

요가 대답했다.

"자기 자신의 고통을 호소할 길조차 없는 딱한 서민이라고 해서 결코 얕보지 않을 것이며, 곤궁한 백성이라고 해도 못 본 체하지 않을 것이오. 죽은 사람이 있을 때는 슬퍼해 주고, 어린이들을 귀여워해 주고, 과부들을 가엾이 여길 것이오. 이것이 내 마음가짐이오."

순이 말했다.

"그것은 훌륭하다면 훌륭하다고 할 수 있겠습니다만 위대하다고는 말할 수 없을 것입니다."

요가 말했다.

"그럼 어떡해야 되겠소?"

순이 말했다.

"자연의 덕(天德)을 따른다면 무슨 일을 하든지 마음은 편안해질 것입니다. 해와 달이 비치고 사시가 바뀌고 밤낮의 구분이 정해져 있는 것과 같이, 그리고 구름이 나타나고 비가 내리는 것과 같이 어떠한 일이든지 자연스럽게 처리하는 것이 좋을 것입니다."

요가 말했다.

"과연 옳은 말이오. 막상 생각해 보니 내 방법은 복잡하고 번거로운 것이었소. 그대의 덕은 하늘과 합치할 만하오. 그러나 나는 고작 사람들의 마음에 영합한 데 지나지 못했소."

이처럼 천지자연의 무위의 도는 예로부터 위대한 것으로 존중되어 왔다. 그래서 황제나 요순도 다 같이 이를 찬양했다. 그러므로 옛날의 위대한 제왕들이 어떻겠는가 하면 그들은 오직 천지의 도를 따랐을 뿐이다.

〈해설〉

요와 순은 다 같이 전설적인 제왕이고 두 사람 사이에는 실제로 무슨 뚜렷한 차이가 있었던 것도 아니었는데도 이 글에서는 요를 인위적인 정치를 한 제왕으로, 순은 무위의 덕을 갖춘 제왕으로 만들어 놓았다. 그리고 두 사람의 대화의 수준도 유치하기 짝이 없다. 이 글 역시 장자의 글이 아니고 후세의 장자학파들 중의 수준이 지극히 낮은 사람에 의해 써진 것 같다.

9

공자가 서쪽에 있는 주(周)나라에 가서 그곳 서고에 자신의 저서를 납본하여 영구 보존하려고 했다. 그때 자로(子路)가 한 계책을 알려 주었다.

"제가 들은 바에 따르면 주(周)의 왕립도서관의 벼슬아치에 노담(老聃)이라는 사람이 있다고 합니다. 지금은 벼슬을 그만두고 고향에 내려가 있다고 하는데 선생님께서 납본을 하시려면 그를 먼저 한 번 만나서 부탁해 보시는 것이 좋을 것입니다."

공자는 그 말에 찬성했다.

"그거참 좋은 생각이오."

그래서 공자는 노담을 만나 보았지만 그는 좀체로 공자의 청을 들어주려 하지 않았다. 그러자 공자는 자신이 지은 십이경을 펼쳐 놓고 그의 취지를 설명하기 시작했다. 잠시 공자의 설명을 듣고 있던 노담은 설명을 멈추게 했다.

"너무 번잡하니 요점만을 말해 보시오."

"요점은 인의에 있습니다."

그러자 노담이 물었다.

"묻고 싶은 것이 하나 있는데, 그 인의는 본성에서 나오는가?"

공자가 대답했다.

"그렇습니다. 군자가 인의를 행하지 않고는 아무 일도 이루어지지 않으며 불의를 행하고는 살아갈 수 없습니다. 인의야말로 진정으로 사람의 본성에서 나오는 것입니다. 이것을 젖혀 놓고 무엇을 할 수 있겠습니까?"

노담이 다시 물었다.

"그럼 또 하나 묻겠는데, 무엇을 보고 인의라고 하는가?"

공자가 대답했다.

"마음속으로부터 남들과 화해하고 그들을 널리 사랑하되 사심이 없는 것이야말로 인의의 내용입니다."

노담이 말했다.

"아, 그대는 무슨 부질없는 소리를 하는 거요? 사람을 널리 사랑하다니 이 얼마나 비현실적인 소리요? 또 사심이 없게 한다는 것은 바로 사(私)에 얽매이는 것이 아니겠소. 만약에 그대가 천하의 백성들로 하여금 소박한 천성을 잃지 않게 하려고 한다면 자연을 본받는 것이 좋을 것이오.

이 천지에는 처음부터 일정한 법칙이 있어서 스스로 움직여 가고, 해와 달은 본래부터 밝게 비치고 있지 않은가. 별들 역시 처음부터 하늘에 널려 있으면서 반짝이고, 금수는 원래 떼를 지어 살고 있고, 나무는 대지 위에 우뚝 서 있는 것이오.

그런즉 그대도 무위의 덕을 본받아 시행하고 무위의 도를 따라 나아가면 그것으로 족한 것이오. 무엇 때문에 거기에다 어마어마하게 인의를 표방하고 장구치고 북을 울리면서 잃은 아이 찾듯 부질없이 부산을 떨 필요가 있겠는가. 그대야말로 사람의 본성을 어지럽게 하고 있는 것이 아닌가 그 말이오."

〈해설〉

＊ 십이경(十二經) : 육경(六經)과 육위(六位), 위서(緯書)는 경서(經書)의 부족을 보충하기 위해서 한대(漢代)에 만들어진 것이다.

공자가 노자를 찾아가 도를 물었다는 얘기는 꽤 널리 퍼져 있었던 모양으로 『사기(史記)』 '노자전'에도 나와 있다. 그러나 이것은 역사적인 사실과는 거리가 먼 얘기다. 노자가 사실은 공자보다 훨씬 후대 사람이기 때문이다. 그것이 만약에 사실이라면 『논어』에 전연 언급이 안 되었을 리가 없다.

도가 사상이 세력을 잡았던 한대 초기에 이런 전설이 생겨난 것으로 보인다. 십이경이라는 말이 생긴 것도 한대 이후의 일이다. 따라서 이 글이 후세의 창작임은 더 말할 나위도 없다.

10

사성기(土成綺)가 노자를 만나서 물었다.

"선생님이 성인이라는 소문을 듣고 저는 먼 길을 마다않고 선생님을 뵈옵고자 이렇게 찾아왔습니다. 발은 부르텄고 주막에서 여러 밤을 새우면서 불원천리하고 이렇게 달려왔습니다. 그런데 막상 선생님을 대하니 과연 이런 분이 성인이라고 할 수 있을까 하는 의문이 일어나는 것은 어쩔 수 없습니다.

부엌 쥐구멍에는 밥찌꺼기가 널려 있는데 이를 내버려두고서야 어찌 어질다고 할 수 있겠습니까? 선생님께서는 날음식과 익은 음식이 눈앞에 널려 있는데도 재산 모으기에 열을 올리고 계시니 이래가지고서야 어찌 성인이라고 할 수 있겠습니까?"

노자는 멍청하니 듣고만 있을 뿐 일언반구 대꾸도 하려 하지 않았다. 다음날 사성기는 다시 노자를 만나서 말했다.

"어제는 제가 선생님을 헐뜯었습니다만 오늘은 그러고 싶은 생각이 사라져 버렸습니다. 이건 어인 까닭이옵니까?"

노자가 대답했다.

"교묘한 지혜를 자랑하고 성인의 경지에 들었다고 우쭐대는 사람들의 부류에서 나는 일찍이 뛰쳐나왔다고 자처하오. 어제 그대가 나를 보고 소 같은 놈이라고 불렀다고 해도 나는 정말 나를 소라고 생각했을 것이오. 나를 보고 말 같은 놈이라고 불렀다고 해도 나는 정말 나 자신이 말이라고 생각했을 것이오.

적어도 사람들이 어떤 대상을 놓고 그렇다고 생각하여 그런 이름을 붙였는데도, 그것을 솔직하게 받아들이지 않는다면 나는 반드시 재앙을 받게 될 것이오. 내가 그대가 말한 대로 순응하는 것은 나의 평소의 행동을 그대로 옮긴 것일 뿐, 내가 새삼스레 그대의 말대로 따르려고 해서 그런 것은 아니오."

사성기는 떠나가는 노자의 뒤를 따라가고 있었다. 그의 그림자를 밟을세라 조심하면서 잔걸음으로 쫓아가 물었다.

"몸을 닦으려면 어떻게 해야 하겠습니까?"

노자가 대답했다.

"그대의 얼굴은 오만하고 그대의 눈빛은 사물을 꿰뚫어볼 듯이 빛나고 있다. 이마는 거만하게 높고 넓적하다. 입은 탐욕스럽게 크고 몸매는 사나워 보인다. 마치 막 뛰쳐나가려는 야생마를 말뚝에 억지로 묶어 놓은 것 같다. 언제나 뛰쳐나갈 수 있도록 잔뜩 기다리고 있다가 일단 뛰쳐나가기만 하면 화살처럼 빠르게 달려나갈 것이다.

빈틈없이 형세를 살필 줄 알고, 영리하고 자신만만한 데가 있어 사람들로부터 찬양받는 일에만 눈을 돌리게 될 것이다. 그리고 무슨 일을 해도 남으로부터 신뢰받지 못할 것이다. 국경 한쪽 구석에 한 사람이 있는데 이름을 도둑이라고 한다네. 자네는 그와 비슷한 인물일세."

〈해설〉

＊ 사성기(士成綺) : 가공의 인물.

11

노자가 말했다.

"도라고 하는 것은 아무리 크다고 해도 끝이 없고, 아무리 작다고 해도 버려지는 일이 없다. 그러니까 도는 만물 속에 내재하면서 만물을 만물답게 한다고 할 수 있다. 그것은 또 넓고 넓어서 포용하지 못하는 것이 없고, 깊고 깊어서 헤아릴 수 없는 것이 없다.

그러므로 형태니 덕이니 인의니 하는 것은 영묘한 도의 작용에서는 지엽말단에 지나지 않는다. 그러니 지인이 아닌 이상 그것이 근본인지 지엽말단인지 판단하기가 어려울 것이다.

그렇거늘 이 지인이 천하를 다스린다면 얼마나 위대할 것인가. 그러나 그것도 그의 마음을 번거롭게 하지는 못할 것이다. 천하 사람들이 권력을 다투는 경우에도 그는 거기에 끼어드는 일은 없을 것이기 때문이다.

그는 거짓 없는 진실에만 안주하여 일시적인 이익으로 혹하는 일은 없을 것이다. 그러므로 천지도 마음에 두지 않고 만물의 존재도 망각하므로 그의 정신은 조금도 고통을 받지 않게 될 것이다. 무위의 도에 통달하고 무위의 덕과 한몸이 되어 있으므로 인의를 물리치고 예악을 하찮게 여기게 된다. 이처럼 지인의 마음은 불변의 경지에 머무는 것이다.

12

세상 사람들이 도를 구하는 데 있어서 소중하게 생각하는 것은 책이다. 책은 말을 기록한 것에 지나지 않는다. 말은 그 자체를 위한 것이 아니라 그 속에 소중한 뜻이 들어 있는 경우에만 귀해지는 것이다. 다시 말해서 말 속에서 중요한 것은 그 뜻이다.

그 의미에는 뒤따르는 것이 있는데 그것이 대상이다. 그런데 그 대상은 원래 말로는 전달이 불가능하다. 그런데도 세상에서는 말이 존중되어 책이 씌어져서 후세에 전달되고 있다.

그러나 아무리 세상에 그것을 소중히 여긴다고 해도 나에게는 존중할 만한 가치가 전연 없는 것으로밖에는 여겨지지 않는다. 전연 존중될 가치가 없는 것이 존중되고 있기 때문이다. 세상 사람들이 눈으로 보아서 알아볼 수 있는 것은 고작 형태와 빛깔이다. 귀로 들어서 알 수 있는 것은 이름과 소리다.

아, 슬프도다. 세상 사람들은 형태나 빛깔이나 이름이나 소리만으로 그 사물의 본질을 파악할 수 있다는 착각에 빠져 있다. 그러나 형태나 빛깔이나 이름이나 소리만 가지고는 사물의 본질을 파악할 수 없는 것이 사실이다. 그렇다면 옛말 그대로 "진실을 아는 자는 말하려 하지 않고, 말하는 자는 진실을 모른다"는 말이 된다. 세상 사람들은 과연 이러한 이치를 알고나 있을까?

〈해설〉

상고 시대 사람들은 누구나 다 언어에는 어떤 주술적인 힘 또는 영적인 힘이 깃들어 있다고 믿었다. 언어 이외의 영적인 힘은 전달하기가 어렵다는 것을 체험한 장자는 늘 언어에 대한 불만을 느끼고 있었다.

언어란 음성으로 어떤 뜻을 나타내는 것이고 뜻은 어떤 사물에서 추상해 낸 것이라고 볼 수 있다. 그렇다면 '별'이라는 말이 장님에게 별의 존재를 인식시킬 수 있을까? 거기서 한 걸음 더 나아가 아무런 형태도 지니지 못한 도(道)나 도에 대한 체험의 경지에 이르러서는 문제는 더욱 어려워진다.

이러한 장자의 생각은 후세에 와서 선종이 수입되었을 때 그것을 수용하는 데 결정적인 역할을 한 것이다.

13

환공(桓公)이 언젠가 방에서 책을 읽고 있었다. 때마침 수레를 만드는 직공인 윤편(輪扁)이라는 사람이 당하(堂下)에서 수레바퀴를 깎다가 무슨 생각이 들었는지 망치와 끌을 놓고 일어나서 환공에게 물었다.

"감히 한말씀 여쭙겠습니다만, 상감께서 읽으시는 책은 누구의 말씀을 적은 것이옵니까?"

"성인의 말씀이니라."

"그러면 그 성인은 지금도 살아 있습니까?"

"아니. 벌써 옛날에 돌아가셨느니라."

"그렇다면 상감께서 읽으시는 것은 옛사람의 도의 찌꺼기군요."

그러자 환공이 버럭 화를 냈다.

"어허 고이한지고. 과인이 책을 읽는데, 한갓 수레 만드는 대목인 주제에 감히 그런 소리를 하다니, 무엄하구나. 변명할 만한 합당한 말이 있다면 모를 것이로되, 그렇지 못하다면 죽고 살아남지 못할 것이니라."

윤편이 대답했다.

"소생 비록 미련하오나 일하면서 얻은 경험으로 미루어 말씀드렸을 뿐이옵니다. 수레바퀴를 깎을 때 천천히 깎으면 헐렁해서 테두리에 알맞게 꽉 끼이지 않습니다. 그렇다고 해서 급히 깎으면 너무 꽉 조여서 들어가지 않습니다. 그러므로 늦지도 않고 너무 급하지도 않게 적절하게 손을 놀려야 합니다. 그런데 그것은 손으로 익혀 마음으로 짐작할 뿐 입으로는 뭐라고 나타낼 수가 없습니다.

그게 바로 요령이라는 것이옵니다. 그런데 이 요령은 자식에게조차도 제대로 물려주지 못하고 있거니와 자식놈도 익히지 못하고 있습니다. 그래서 나이 일흔이 되도록 이렇게 수레바퀴를 소생이 직접 깎고 있나이다.

옛날의 성인들 역시 자기의 생각을 제자들에게 제대로 물려주지 못하고 죽어 갔을 것입니다. 그렇다면 상감께서 지금 읽으시는 그 글도 틀림없이 옛사람들이 지녔던 도의 찌꺼기가 아니고 무엇이겠습니까?"

〈해설〉

＊ 환공(桓公) : 춘추 시대의 패자이던 제(齊)의 군주.

불교의 선종에서 말하는 불립문자(不立文字), 교외별전(敎外別傳), 직지인심(直指人心), 견성성불(見性成佛), 이심전심(以心傳心)은 스승이 구도 중에 체험한 것을 언어로는 도저히 전달을 할 수 없는 데서 나온 말들이다. 그렇다면 그 체험은 어떻게 전달될 수 있을까?

그것은 오직 스승과 제자 사이에 구도에 대한 공감대가 형성된 가운데 마음과 마음이 부딪칠 때에만 부지중에 전달이 되는 것이다. 이러한 사고방식은 이미 장자에게도 있었다. 또한 이심전심법은 장자에 의해 포착된 지나인의 특질이었던 것이다. 이것이 바로 불교의 선(禪)을 동아시아의 선종으로 발전시키는 데 결정적인 역할을 다한 것이다. 그러나 이것

이 지나치면 논리적 사고의 빈곤을 초래할 수 있는 약점도 있음을 간과
할 수 없다.

제14부 천운(天運)

1

하늘은 움직이고 있는 것일까? 땅은 머물러 있는 것일까? 낮과 밤의 교체는 해와 달이 그 장소를 서로 빼앗고 있는 것일까? 누가 이 자연의 움직임을 주재하고 있는 것일까? 누가 이러한 질서를 유지하게 하는 것일까? 누가 자기 자신은 무위인 채로 있으면서 이러한 자연의 변화를 추진하고 있는 것일까?

무슨 조화의 섭리가 있어서 어쩔 수 없이 움직이지 않을 수 없는 것일까? 아니면 저절로 움직이지 않을 수 없게 되어 있어서 스스로 멈추려고 해도 멈출 수 없는 것은 아닐까?

구름이 비가 되는 것일까? 아니면 비가 구름이 되는 것일까? 누가 구름을 일으키고 비를 오게 하는 것일까? 누가 자기 자신은 무위의 경지에서 즐거움을 탐하면서 구름과 비를 조종하고 있는 것일까?

바람은 북쪽에서 일어나 서쪽으로 가는가 하면 다시 동쪽으로 분다. 그리고는 하늘 높이 치솟아 올라가 소용돌이친다. 누가 바람을 이렇게 숨쉬게 하는 것일까? 누가 자기는 무위인 채로 있으면서 바람을 이쪽으로 불게 하는 것일까? 묻노니 누가 이것들을 뒤에서 조종하는 것일까?

무함(巫咸)이 고하여 말했다.

"오라. 내가 너에게 일러 주리라. 자연에는 육극(六極)과 오상(五常)이라는 불변의 법칙이 있다. 제왕이 이를 따르면 천하가 다스려지고 이를 거스르면 천하가 어지러워진다. 우왕(禹王)이 하늘에서 받았다는 구주(九疇)와 낙서(洛書)에도 육극과 오상에 의한 정치의 지침이 적혀 있다고 하거니와 이를 따르면 천하는 다스려지고 제왕의 덕도 갖춰지게 된다.

그 지침을 따라 천하에 군림한다면 사람들은 충심으로부터 그를 제왕으로 추대할 것이다. 이런 사람을 최상의 제왕이라고 한다."

〈해설〉

＊ 육극(六極) : 동, 서, 남, 북, 상, 하.

＊ 오상(五常) : 목, 화, 토, 금, 수.

2

송(宋)나라 재상 탕(湯)이 장자에게 물었다.

"인(仁)이란 무엇입니까?"

"호랑이와 이리가 인입니다."

"그게 무슨 뜻입니까?"

"호랑이나 이리도 어미와 새끼 사이에는 사이가 좋은데 어찌 불인(不仁)하다고 할 수 있겠소?"

"내가 알고 싶은 것은 그런 게 아니고 지극한 인이오."

"지극한 인에는 친함이 없소."

재상이 말했다.

"내가 알기로는 친함이 없으면 애정이 없고 애정이 없으면 불효가 될 수밖에 없다고 하오. 그렇다면 지극한 인이 불효라는 말인가요? 그래도 좋은가요?"

"그렇지 않소. 지극한 인이란 더없이 존귀한 덕이오. 효도가 이와 같은 것이어서 그것을 나타낸다는 것은 불가능한 일이오. 지극한 인이란 효도를 초월한 경지인데도 불구하고 당신의 말은 효도를 초월한 것이 아니라 도리어 효도보다도 못한 것을 문제삼고 있소. 방향이 정반대요.

남쪽으로 여행하는 자가 이미 초(楚)의 서울인 영(郢)까지 와 버렸다고 칩시다. 그는 아무리 북쪽을 살펴보아도 명산(冥山)을 볼 수 없을 것이오. 왜 그럴까요? 명산이 있는 쪽과는 반대 방향으로 와 버렸기 때문이오. 지극한 인에 도달하기 위해서는 방향을 바로잡을 필요가 있는 것이오. 그래서 옛사람들도 말했다오.

'존경하는 마음을 가지고 효도하기는 쉬워도 애정을 가지고 효도하기는 어렵다. 애정을 가지고 효도하기는 쉬워도 부모의 존재를 잊기는 어렵다. 부모의 존재를 잊기는 쉬워도 부모로 하여금 자기를 잊게 하기는 어렵다. 부모로 하여금 자기를 잊게 하기는 쉬워도 널리 천하 사람들의 존재를 잊기는 어렵다.'

천하 사람들의 존재를 잊기는 쉬워도 천하 사람들로 하여금 널리 자기를 잊게 하기는 어렵다. 이것이 지극한 인을 향해 나아가는 순서요.

이 경지에 도달하고 나면 요순 같은 성인 따위의 존재는 새까맣게 잊어버리고 그런 사람을 본받고 싶은 생각도 사라지게 된다오. 또 이런 사람이 비록 은혜를 만세에까지 끼쳤다고 해도 그것이 아주 자연스럽게 행해지기 때문에 천하 사람들 중 아무도 그들의 덕이라고 생각하는 사람은 없어지게 될 것이오.

이러한 경지에까지 도달하면 어찌 한숨을 쉬면서 인이니 효니 하는 것에 새삼스레 찬사를 보낼 수 있겠소. 대체로 효제(孝悌), 인의(仁義), 충신(忠信), 정렴(貞廉) 같은 덕목은 저절로 타고난 우리의 덕을 그대로 놔두지 못하고 억지로 끌어내어 혹사한 데서 생긴 것들이오. 이런 것은 가치 있는 것이라고는 도저히 생각할 수 없는 것이오. 옛사람들도 말했소.

'최고의 귀(貴)는 존귀한 벼슬을 버리고 돌보지도 않는 것이고, 최고의 부(富)는 막대한 재산을 버리고도 아무렇지도 않게 여기는 것이고, 최고의 소원(至願)은 명예를 버리고 돌아보지도 않는 것이다.'

이처럼 자연의 도는 무엇에도 의존하지 않으므로 영원히 변하지 않는 것이라오."

〈해설〉

＊ 영(郢) : 초(楚)의 수도.

＊ 명산(冥山) : 북극에 있다는 전설상의 산.

3

북문성(北門成)이 황제(黃帝)에게 물었다.

"마마께서 함지(咸池)의 교향악을 동정(洞庭)에서 연주하셨을 때, 저는 그것을 듣고 처음에는 두려운 생각이 들었습니다. 그러나 좀더 듣고 있자니까 어쩐 일인지 온몸이 노곤해지는 권태에 사로잡혔습니다. 다시 좀더 듣고 있으려니까 이번에는 뭐가 뭔지 모르게 되었습니다. 정신은 몽

롱해지고 말도 나오지 않는 것이 마치 자기 자신을 상실한 것 같았습니다. 왜 그렇게 되었는지 모르겠습니다."

황제가 말했다.

"그럴 수도 있었겠지. 나는 처음에는 인간계의 도를 연주하다가 하늘의 도를 잇달아 연주했다. 인간계의 근본인 예의에 따라 시작했다가 무위자연의 도를 따라 연주하여 절정에 달하게 한 것이다.

최고의 음악이란 먼저 인간계의 일을 다루다가 하늘의 법을 따라 전개해 나가게 되어 있다. 오덕(五德)에 바탕을 두고 나아가다가 마침내 무위자연의 경지에 도달하게 되어 있는 것이다. 이렇게 되면 사계절까지도 고르게 되고 삼라만상까지도 크게 조화를 이루게 된다.

내 연주도 이러한 이치에 따라 계절이 차례차례 일어나고 만물이 때를 따라 생겨나는 것처럼 높이 치솟는가 하면 밑으로 곤두박질치기도 한다. 화려한 문(文)의 음향과 힘찬 무(武)의 음향이 서로 질서를 만들어 내고 음양의 두 기운으로 맑은 음색과 탁한 음색을 조화시켜 나아갔다.

그 음향은 흐르는 빛과도 같이 천지에 흘러넘치고 땅속에 움츠리고 있던 벌레들이 봄 하늘에 울려 퍼지는 우레 소리에 놀라 기어나올 때처럼 북을 강하게 잇달아 두드려서 사람들의 귀를 놀라게 했던 것이다.

또 갑자기 음악이 끊어져서 마치 꼬리가 잘린 것 같기도 했는가 하면 또 어떤 때는 갑자기 본음악이 흘러나와 머리가 없는 것 같기도 했다. 죽었는가 하면 살아났고 넘어지는 것 같다가도 일어났다. 그 변화가 무궁무진해서 누구도 예측할 수 없는 연주였다. 그러기에 네가 두려워한 것이다.

나는 다시 제2 악장을 음양의 조화에 따라 연주하여 일월의 광명으로 그것을 비춰 나갔다. 그 소리는 길기도 하고 짧기도 했다. 부드러운가 하면 강하기도 했다. 모든 변화를 나 자신 속에 갈무리하고 있었으므로 어떠한 것에도 얽매이는 일이 없었다.

골짜기를 향하면 골짜기에 가득 퍼지고, 작은 구멍을 만나면 구멍 속을 그대로 채워 나갔다. 마음이 흐트러지는 것을 막고 정신을 순일하게 지켜 나갔고 언제나 자기를 버리고 대상에 순응했다. 그 소리는 부드럽게 넘쳐흘렀고 그 음향은 하늘 높이 울려 퍼졌다. 이것을 들으면 귀신들까지도 유명(幽冥)의 세계에서 편안히 머물 것이고 일월성신(日月星辰)도 자기 궤도를 따라갈 것이다.

다시금 나는 음악을 부동의 극점에 머물게 하기도 하고, 때로는 그칠 새 없이 흐르게 하기도 했다. 이 지묘한 음색이야말로 네가 제아무리 머리를 굴려도 이해하지 못할 것이고, 제아무리 응시해도 보지 못할 것이며, 제아무리 쫓아가도 따라갈 수 없을 것이다.

너는 고작해야 멍한 채 허무감에 사로잡혀 서성대다가 힘없이 책상에 의지하여 신음을 토할 것이다. 네 눈빛은 이 음악의 정체를 붙잡으려고 해도 끝내 붙잡지 못할 것이고, 네 힘은 그 정체를 추구하려 해도 맥이 풀리고 말 것이다.

이렇게 말하는 나 자신도 어쩔 수 없다. 그 소리를 듣기만 해도 내 육신은 공허해지고 외물에 하늘하늘 홀린 듯 따라갈 것이다. 너 역시도 자기를 잊고 그 외물을 별수 없이 따라가고 싶어졌을 것이다. 그만큼 권태감에 사로잡혀 있을 것이다.

내가 제3 악장을 연주할 때는 긴장된 소리를 사용했다. 또 그 음향이 자연의 생명의 리듬에 조화되도록 했다. 그러므로 혼연일체가 되어 일어나는 것 같고, 또 숲에서 불어오는 바람처럼 걷잡을 수 없어서 아무런 형상에도 걸리지 않는 것이다.

널리널리 울려 퍼져서 어느 한 음향에 매이지 않고 또 음성의 경지를 넘어선 유명의 세계에서 서성이는가 하면 집착 없는 무의 세계 속에 안주하는 것 같기도 하다.

이 음악을 들은 사람들은 죽음의 소리라고도 하고 혹은 생명의 소리라고도 한다. 혹은 열매라 하고 혹은 꽃이라고 한다. 끊임없이 이합집산을 거듭하기 때문에 일정한 소리로서 포착하지 못한다. 그래서 세상 사람들은 이상하게 생각한 나머지 성인들에게 알려 달라고 한다.

그 성인이란 무엇인가?

성인이란 삼라만상의 진정한 모습을 알고 자연이 부여한 운명에 순종하는 사람이다. 이러한 성인이라면 하늘의 오묘한 진리에 마음을 쓰지 않더라도 오관(五官)의 작용은 완벽하게 갖추고 있다. 여기까지 도달한 상태를 천락(天樂)이라고 한다. 천락을 얻은 성인은 언어를 초월한 세계에 몸을 두고 마음에는 늘 기쁨을 안고 지낸다.

유염씨(有焱氏)는 그러한 심정을 다음과 같이 토로했다.

'들으려 해도 그 소리 아니 들리고
보려 해도 그 형상 아니 보여라.
하늘 땅 그 사이를 가득 메우고
세상의 저 끝까지 휩싸는구나.'

너는 이 천락을 나타내는 지묘한 음악을 듣고도 아무것도 포착할 수 없어서 당황했을 것이다. 내 음악은 듣는 자에게 두려움을 주는 것으로 시작한다. 그러나 두려움뿐이어서는 재앙이 일어날 염려가 있다. 그래서 제2 악장을 권태로운 색으로 채운 것이다. 권태가 계속되면 세상의 속박에서 벗어날 수 있기 때문이다.

제3 악장에서는 미혹의 음색을 썼다. 혹하면 모든 지혜를 버리고 어리석어지며 어리석어지면 무위의 도와 일체가 된다. 도와 일체가 되어야 비로소 도를 안고 살아갈 수 있다.”

〈해설〉

＊ 북문성(北門成) : 황제(黃帝)의 신하라고 하지만 가공의 인물이다.

＊ 오덕(五德) : 인(仁), 의(義), 예(禮), 지(智), 신(信).

＊ 오관(五官) : 눈, 귀, 코, 혀, 살갗.

4

공자가 서쪽의 위(衛)나라로 유세를 떠났을 때의 일이다.

본국에 남아 있던 안연(顔淵)이 노(魯)나라의 악관(樂官)인 사금(師金)에게 물었다.

“선생님의 이번 여행에 대하여 당신은 어떻게 생각하십니까?”

사금이 대답했다.

“유감이지만 당신의 선생님은 곤경에 빠지게 될 겁니다.”

“왜요?”

“제사 때에는 짚으로 엮은 개를 쓰거니와 그것이 진열되기 전까지는 대로 만든 상자에 넣어져 수놓은 헝겊으로 싸여져서, 목욕재계한 시축(尸祝)이 손수 소중히 다루게 됩니다. 그러나 일단 제사가 끝나고 나면 길가에 내버려져 행인들은 그 목이나 등을 막 밟고 지나가고 나무꾼은 이것이 눈에 띄면 주워다가 불을 때지요.

만약 이것을 주워다가 상자에 넣고 수놓은 헝겊으로 소중히 싸서 모셔 놓고 그 곁에서 살든가 자는 사람은, 편안한 꿈을 꾸지 못하고 반드시 몇 번이고 가위눌려서 헛소리를 하게 될 것입니다.

그런데 지금 당신의 선생님도 옛날의 왕들이 쓰다가 버린 짚으로 만든 개를 어디선가 주워다 놓고, 제자들을 모아 그 밑에서 한가로이 지내거나 누워 잠을 자기도 하지 않습니까? 그 때문에 공자께서는 송(宋)에 가셨다가 어느 나무 밑에서 쉬고 있었는데, 어떤 자가 그 나무를 베어 쓰러뜨리는 통에 하마터면 그 나무에 깔릴 뻔하셨습니다.

또 위나라에서는 발자국까지 지워져야 하는 배척을 당하셨고, 상(商)과 주(周)의 국경에서는 진퇴유곡의 곤경을 맛보셨습니다. 이것이 바로 짚으로 엮은 개 밑에서 자다가 가위를 눌리는 것이 아니고 무엇입니까?

또 진(陳)과 채(蔡)의 국경에서는 오해를 받아 포위까지 당한 끝에 7일간이나 불로 익힌 음식을 들지 못하시어 생사지경을 헤매신 일도 있었습니다. 이것이 어찌 짚으로 엮은 개 때문에 가위눌린 일이 아니라고 할 수 있겠습니까?

물 위로 가는 데는 배만큼 편리한 것이 없고, 뭍 위로 가는 데는 수레가 제일입니다. 그런데 물 위로 가게 되어 있는 배를 육지로 끌어올려서 밀고 가려고 한다면 제아무리 애를 써도 촌척의 거리밖에는 가지 못할 것입니다.

옛날과 현재 사이에는 물과 육지 정도의 차이가 있는 것이 아닐까요? 또 주(周)와 노(魯) 사이에는 배와 수레만큼이나 차이가 있는 것이 아닐까요? 주에서 시행되던 정치와 도덕을 현재의 노에서 실현하려 하는 것은, 마치 배를 뭍으로 끌어올려서 밀고 가려는 것과 다름이 없을 것입니다.

애쓰는 것만큼 효과가 없을 뿐 아니라 반드시 재앙을 초래하고야 말 것입니다. 그분은 아직도 아무것에도 구애받지 않는 움직임, 만사에 자유롭게 순종하는 생활방식을 모르시는 것 같습니다.

또 당신은 두레박틀을 알고 있을 것입니다. 잡아당기면 내려가고 손을 놓으면 올라오게 되어 있지요. 그 두레박은 사람이 조종하는 데 따라 움직일 뿐, 그것 자체가 사람을 끌고 가려고는 하지 않습니다. 그렇기 때문에 올라가거나 내려가거나 사람들로부터 비난을 받지는 않습니다.

그러니까 태고의 삼황오제가 만든 예의와 제도도 그것들이 반드시 똑같아서 가치가 있었던 것이 아니고, 세상을 잘 다스렸기 때문에 가치가 있었던 것입니다. 다시 말해서 삼황오제가 만든 예의와 제도는 아가위, 배, 귤, 유자 따위가 맛은 각기 다르면서도 다 같이 맛이 있다는 점에서는 동일한 것과 같습니다.

따라서 예의와 제도는 시대의 추이에 따라 바뀌어야 합니다. 원숭이를 데려다가 주공(周公)이 입던 옷을 입혀 준다면 틀림없이 물어뜯고 잡아찢고 하여 벗어던져야 성이 찰 것입니다. 옛날과 지금의 차이를 볼 때 그 사이에는 어찌 원숭이와 주공 정도의 차이밖에 없다고 할 수 있겠습니까?

그래서 다음과 같은 옛이야기가 있습니다.

미인으로 유명했던 서시(西施)는 가슴앓이를 하고 있었습니다. 그 때문에 그녀는 자기 마을에서는 언제나 눈썹을 찡그리고 다녔습니다. 그런데 그 마을의 추녀들이 이것을 보고는 그 어여쁜 자태에 감탄하여 자기들도 가슴에 손을 대고 눈썹을 찡그리면서 마을 안을 돌아다녔다고 합니다.

그러자 그 마을의 부자들은 차마 그 꼴을 못 보겠다고 대문을 걸어 잠그고 나오지 않았고, 가난한 사람들은 처자를 데리고 도망쳐 버렸다고 합니다. 이들 추녀들은 눈썹 찡그리는 서시의 아름다움에는 감탄했어도 무엇이 눈썹 찡그리는 서시를 어여쁘게 했는지는 알려고 하지 않았던 것이지요.

성인이 한 일이라고 해서 덮어놓고 흉내부터 내려고 하는 것은 이들 추녀들과 같다고 할 수 있습니다. 이러한 이유들로 해서 당신의 선생님은 곤경에 빠지게 될 것입니다."

〈해설〉

＊ 안연(顔淵) : 공자의 수제자. 이름은 회(回), 자는 안(顔).

＊ 사금(師金) : 사(師)는 악사임을 표시하고 금(金)은 이름이다.

＊ 삼황오제(三皇五帝) : 삼황(三皇)은 천황(天皇), 지황(地皇), 인황(人皇)이고 오제(五帝)는 황제(黃帝), 전욱(顓頊), 제곡(帝嚳), 당요(唐堯), 우순(虞舜).

위의 4장은 비교적 조리 있고 명쾌한 문장으로 외편에서는 단연 눈길을 끈다. 공자의 맹목적인 복고주의적 경향을 날카롭게 비판하고 있다. 현실을 무시한 한갓 이상에 들뜬 복고주의는 허상에 불과한 것이다. 선대의 성인들이 이용했던 도덕과 제도를 무작정 현시대에 적용하려고 하면 원숭이에게 주공(周公)의 옷을 입히는 것과 같이 어색해진다는 것이다.

옛 성인들의 도덕과 제도를 따르되 그동안 변화된 현실에 알맞게 창조적으로 응용해야 한다는 점을 강조하고 있다. 이러한 주장은 한비자(韓非子)의 주장과도 비슷한 것을 볼 때 법가에 접근했던 도가의 머리에서 나온 글인 것 같다.

5

공자는 쉰한 살이 되었건만 아직 도에 대하여 알고 있지 못했다. 그래서 남쪽으로 여행하여 패(沛)로 가서 노자를 만났다. 노자가 말했다.

"어서 오시오. 나는 당신이 북쪽의 현인이라는 소문을 일찍부터 듣고 있었소. 당신은 진정한 도를 체득했습니까?"

공자가 대답했다.

"아닙니다. 아직은 체득하지 못했습니다."

"당신은 무엇에서 도를 구했습니까?"

"저는 도를 수리(數理)에서 구하려 애를 썼습니다만 5년이 지나도 체득하지 못했습니다."

"그 밖에 또 무엇에서 도를 구하려 했소?"

"저는 또 음양의 이치 속에서 도를 구했습니다만 12년이나 지났는데도 별 효과를 보지 못했습니다."

"그럴 거요. 도를 무슨 물건처럼 구해다가 누구에게 바칠 수 있는 것이라면 그것을 자기 나라 임금에게 바치지 않을 사람이 없을 것이오. 또 누구든지 도를 구할 수 있다면 자기 부모에게 그것을 가져다 바치지 않을 사람이 어디 있겠소?

또 그것을 남에게 말해서 이해를 시킬 수 있는 것이라면 자기 형제자

매에게 일러 주지 않을 사람이 어디에 있겠습니까? 도가 물건처럼 누구에라도 줄 수 있는 것이라면 이것을 자기 자손에게 물려주려 하지 않을 사람이 없을 것입니다.

그런데도 불구하고 그것을 실행하지 못하는 것은 무엇 때문인가? 별다른 이유가 있어서 그런 것은 아닙니다. 도라는 것은 각자 자기 내부에 주체성이 확립되어 있지 않으면 그에게 머물러 있지 않습니다. 또한 도는 밖으로 도에 어울리는 바른 행위가 표출되지 않으면 그에게 와 있어 주지를 않습니다.

또 도를 체득한 사람이 마음속에서 이것을 끌어내어 보여 주고 싶어도 상대가 받아들일 태세가 되어 있지 않은 이상 이를 나타내 보일 수가 없습니다. 게다가 도를 가르쳐 주려고 해도 받아들이는 측에서 주체성이 확립되어 있지 않으면 성인은 그런 사람을 상대하려 하지 않습니다.

언어는 천하의 공기(公器)지만 의사전달에는 한계가 있으므로 너무나 이것에만 의존해서는 안 되고, 인의는 옛날의 성인들이 묵던 주막이므로 하룻밤쯤 묵어가는 것은 몰라도 언제까지나 그곳에 머물려고 해서는 안 됩니다. 만약에 오래 묵으려고 하면 할수록 여러 사람들의 눈에 띄어서 비난의 화살을 맞게 될 것입니다.

옛날의 지인들은 인을 일시적 방편으로 삼아 하룻밤을 의에서 자고 갔을 뿐입니다. 그들은 누구의 구속도 받지 않는 자유자재한 경지에서 노닐면서, 자기 한몸이 살아가는 데 필요한 식량을 밭에서 얻을 뿐 남을 도와줄 여유도 없는 자그마한 토지로 만족했습니다.

구속당하지 않는 경지에서 노닐고 있으므로 인위가 없고 간소한 생활에 만족하므로 살기가 쉬웠습니다. 남을 도와주는 일이 없었으므로 자기 것을 끌어내는 번거로운 일도 없었습니다. 옛날에는 이것을 일컬어 ‘진실에 입각한 놀이(采眞遊)’라고 했습니다.

부를 좋아하는 자는 자기 재물을 남에게 양보해 주지 못합니다. 영예를 좋아하는 자는 명성을 남에게 양보해 주지 못합니다. 권세를 좋아하는 자는 권세를 남에게 양보해 주지 못합니다. 이런 사람들은 일단 그런 것들이 손안에 들어오면 다시 빠져나가지 않을까 전전긍긍하여 그것만을 근심 걱정하고, 그러다가 조금이라도 잃게 되면 슬픔에 잠기게 됩니다.

진실에는 무엇 하나에도 눈을 돌리려 하지 않고 쉬지 않고 이욕만을 챙기는 데 혈안이 되어 있는 자, 이러한 사람을 가리켜 ‘천벌을 받을 자’라고 합니다.

원한과 은혜를 갚는 것, 뺏는 것과 주는 것, 간하는 것과 가르치는 것, 살리는 것과 죽이는 것, 이 여덟 가지는 천하를 바르게 다스리는 수단입니다. 그러나 만물의 변화에 순응해서 어느 한군데에 얽매이지 않는 자는 이것을 쓸 수 있습니다.

그래서 옛사람들도 말했습니다.

‘정치란 자기를 바로 하고 남을 바르게 하는 일이다.’

마음으로부터 이러한 이치를 수긍하지 못하는 자에게는 도로 들어가는 문이 열리지 않을 것입니다.”

〈해설〉

＊ 패(沛) : 강소성(江蘇省) 서주(徐州) 부근의 지명. 노자의 출생지라고 하는 고현(苦縣)과 멀지 않다. 후세에는 한고조(漢高祖)의 고향으로 널리 알려져 있다.

공자는 스스로 50에 천명(天命)을 알았다고 했다. 그런데 이 글에는 51세가 되었는데도 도를 체득하지 못한 것으로 되어 있다. 이것은 공자 자신의 말을 부정한 것으로 해석된다. 그러나 5장의 문장은 그 논리가 하도 정연하여 도가의 이치에 벗어난 것은 눈에 뜨이지 않는다.

다만 문제가 되는 것이 있다면 이른바 여덟 가지 통치 수단 중에 나오는 원한이니 죽이는 것이니 하는 것들은 도가 본래의 의도와는 상반되는 것이라고 생각된다. 아무래도 법가의 영향을 단단히 받은 도가의 머리에서 나온 글인 것 같다.

6

공자가 노자를 만나 인의에 관한 자기 의견을 말하자 노자가 대답했다.

"겨를 뿌려 눈에 들어가게 하면 사람들은 천지 사방의 방향 감각을 잃어버리게 될 것이며, 모기나 등에가 살을 쏘면 사람들은 하룻밤 내내 잠을 이루지 못하게 될 것이다. 그대의 인의에는 이보다 더한 독이 깃들어 있어서 사람들의 마음을 혹하게 만들어 세상을 최악의 상태로 어지럽혀 놓았다.

그대가 만약 천하 사람들의 순박함을 잃지 않게 하고자 한다면 그대 자신이 바람처럼 자연스럽게 움직여서 무위의 덕을 지켜 나가는 것이 좋을 것이다. 구태여 북을 치면서 잃은 자식 찾는 것처럼 부산을 떨 필요가 어디에 있단 말인가.

백조는 매일 목욕을 하는 것도 아니건만 언제나 희고 까마귀는 매일 검은 칠을 하는 것도 아니지만 언제나 검다. 자연으로 정해진 흑백, 선악은 아무리 논해 보아도 바뀌지는 않을 것이다. 인의로 만들어 낸 명예 따위는 어차피 대단한 것은 못 되지 않는가.

샘물이 마르자 물고기들이 마른 바닥에 모여 습기 찬 물거품을 불어 내어 서로 적셔 주는 광경은 기특하다면 기특하다고 할 수 있을 것이다. 그러나 그런 잔재주를 부리기보다는 어찌하여 망망한 강하나 호수에서 서로 상대의 존재를 잊은 채 유유히 노닐 수 없단 말인가."

〈해설〉

물고기들이 마른 바닥에 모여 습기 찬 물거품을 불어 내어 서로 상대를 적셔 주는 구차한 행위를 인의로, 망망한 강하나 호수에서 서로 상대의 존재를 잊은 채 유유히 노니는 것을 무위자연으로 본 탁월하고 호쾌한 비유가 눈길을 끈다.

7

공자는 노자를 만나고 돌아와서 사흘 동안이나 말이 없었다. 이상하게 여긴 제자가 물었다.

"선생님께서는 노자를 만나셔서 그에게 무엇을 가르치려 하셨습니까?"

"나는 이제야 비로소 진짜 용을 보았다. 용은 기운을 한곳으로 모으면 훌륭한 체구를 이루고 기운을 흩어 버리면 천변만화하는 무늬를 이룬다. 그리고 구름을 타고 무심히 날아다니고 만물의 근원인 음양을 따라 자기 자신을 기르는 것이 바로 용이다.

바로 이 용과도 같은 노자를 만나 본 나는 벌어진 입이 다물어지지 않는구나. 그러한 내 주제에 어떻게 노자를 가르친단 말이냐?"

제자인 자공(子貢)이 말했다.

"그렇다면 사람들 중에는 본래 몸은 송장처럼 고요히 지니고 있으면서도 정신만은 용처럼 무한정 변화하고, 깊은 못처럼 침묵하고 있으면서도 그 소리는 우레처럼 울려 퍼지고, 일단 움직였다 하면 천지 같은 위력을 발휘하는 사람이 있다는 말씀이군요. 저도 그분을 만나 볼 수 있겠습니까?"

마침내 공자의 인도로 자공도 노자를 찾아갔다. 때마침 노자는 방에서 편히 앉아 쉬고 있었는데, 자공을 보자 나직한 소리로 말했다.

"나는 이제 늙을 만큼 늙었다. 그대는 그러한 나에게 무엇을 가르치려 하는가?"

자공이 말했다.

"삼황오제가 천하를 다스린 방식은 제각기 달랐습니다만 그분들이 받은 성인이라는 평판은 똑같았습니다. 그런데도 선생님께서는 그분들이 성인이 아니라고 하신다고 들었습니다. 그것은 무엇 때문입니까?"

"젊은이, 좀더 가까이 오게나. 자네는 왜 그들의 통치 방식이 달랐다고 하는가? 무슨 이유라도 있거든 말해 보게나."

자공이 대답했다.

"요는 순에게 왕위를 물려주었고, 순은 또 우에게 왕위를 물려주었습니다. 우는 치수를 위하여 힘을 이용했고, 탕은 걸을 치기 위하여 무력을 사용했습니다. 문왕(文王)은 주(紂)에게 순종했을지언정 반기를 드는 일은 없었지만, 무왕(武王)은 주에게 순종치 않고 반역했습니다. 바로 이 때문에 그분들의 태도가 달랐다고 말씀드린 겁니다."

"젊은이 좀더 가까이 오게. 삼황오제가 천하를 다스린 방법에 대해서 말해 주겠네. 처음으로 황제가 천하를 다스렸을 때에는 백성들의 마음이 하나가 되게 하였다. 그래서 어버이가 숨을 거둔 뒤 곡하지 않는 자가 있어도 그를 비난하는 사람은 아무도 없었다.

요가 천하를 다스릴 때에는 친밀함의 정도에 따라 마음을 쓰게 하였다. 따라서 부모상을 간소하게 치르는 일이 있어도 그르다고 말하는 자가 없었다.

순이 천하를 다스릴 때는 백성들로 하여금 경쟁심을 갖게 하였다. 그 때문에 임신한 여인들은 열 달 만에 아이를 낳게 되었고, 아이는 다섯 달도 못 되어 말을 하고 웃기 시작하기 전부터 남의 얼굴을 알아보았다. 이 때부터 사람들은 자기의 수명대로 못 살고 일찍 죽는 자가 있게 되었다.

그 뒤 우가 천하를 다스릴 때에는 민심이 크게 바뀌게 되었다. 사람들은 꾀를 생각해 내게 되었고, 무기를 사용하게 되었으며, 도둑을 죽여도 살인이 아니라는 궤변이 생겨났다. 사람들은 당파를 만들어 온 천하가 다투게 되었다.

이 때문에 천하는 말할 수 없이 어지러워졌다. 이를 구제하기 위해서 유가와 묵가 등이 등장했다. 처음에는 바른 질서가 있었지만 지금은 이런 꼴이 되었다. 자넨들 무슨 할 말이 있겠는가?

내 자네에게 가르쳐 주리라. 삼황오제가 천하를 다스렸다고 하지만 사실은 그들만큼 천하를 어지럽힌 자들은 없는 것이다. 삼황의 지식은 위로는 일월의 광명을 흐리게 했고, 아래로는 산천의 정기를 흩트렸고, 가운데로는 사시의 혜택을 망가뜨렸다.

그들의 지모는 전갈의 꼬리보다 악독하여 작은 짐승조차 타고난 본성 그대로 살지 못하게 만들었다. 그런데도 그들은 성인이라고 자처하고 있

118

으니 이 얼마나 후안무치한 일인가?"

자공은 하도 놀란 나머지 다리가 부들부들 떨려 제대로 서 있을 수조차 없었다.

〈해설〉

노자는 공자보다 훨씬 후세 사람인데도 불구하고 도가에서는 유가를 공격하기 위하여 이처럼 소설적 형식을 빌려 마치 공자가 노자에게 가르침을 구한 것처럼 꾸며 놓았다. 형식이야 어떻든 간에 우리는 도가가 유가를 공격한 이유와 그 타당성에 관심을 기울이지 않을 수 없다. 인의 대 무위자연의 대결이라고 할까.

8

공자가 노자에게 말했다.

"나는 시(詩), 서(書), 예(禮), 악(樂), 역(易), 춘추(春秋)를 배우고 연구했고, 또 그 내용에 대해서도 속속들이 모르는 것이 없다고 자부하고 싶습니다. 이렇게 공부한 것을 밑천으로 천하를 편력하면서 72명의 제후들에게 유세한 일이 있습니다. 그 옛날 성왕(聖王)들이 행한 도를 논하고 주공(周公), 소공(召公)의 공적을 밝혔습니다만 어느 한 임금도 내 주장을 채택하려고는 하지 않았습니다. 남을 설득하고 도를 밝히는 것이 이렇게 어려운 줄은 미처 몰랐습니다."

노자가 말했다.

"그대가 천하를 제대로 잘 다스리는 임금을 만나지 못한 것은 오히려

다행이었다. 육경(六經)이란 무엇인가? 그것은 옛 성왕들이 남긴 낡은 발자취에 지나지 않을 뿐, 그 발자취를 만든 행동이나 정신 그 자체는 아니다. 지금 그대가 하는 말도 그 발자취에 지나지 않는다. 발자취란 신발에서 생긴 것이기는 하지만 발자취가 신발 그 자체는 아니다.

저 역새라는 새는 암수가 서로 열심히 바라보기만 해도 생식작용이 이루어진다고 한다. 또 벌레들은 수놈이 바람 부는 쪽에서 울고 암컷은 바람 받는 쪽에서 우는 것만으로도 생식작용이 성취된다. 어디 그뿐인가? 어떤 유(類)는 한몸에 자웅 양성이 갖추어져 있어서 생식행위를 혼자서 해결한다.

본성은 바꾸지 못하고 운명은 변하지 못하게 되어 있다. 또 시간의 흐름은 멈출 수 없고 도의 작용은 막을 수 없다. 그래서 지인은 자연 그대로를 따라 살고 있다. 만약에 도를 체득하면 무슨 일을 해도 막히지 않겠지만 이를 잃는다면 모든 일은 엉망이 될 것이다.”

이 말을 들은 공자는 석 달 동안이나 집에서 나오지 않고 사색에 사색을 거듭했다. 그러고 나서 다시 노자를 만났다.

“이제야 저는 도를 이해하게 되었습니다. 까마귀와 까치는 알을 낳아 새끼를 까고, 물고기는 입에서 거품을 내뿜어 생식작용을 하고, 나나니는 뽕나무 벌레를 자기 자식으로 삼아 기릅니다. 사람은 어떠한가? 동생이 생기면 형은 어머니의 애정을 빼앗김으로써 울게 마련입니다.

만물만생에는 제각기 그 본성이 갖추어져 있습니다. 참으로 오랫동안 저는 만물의 변화를 자연 그대로 받아들일 줄 모르고 살아왔습니다. 변화와 일체가 되지 못하고서야 어떻게 남을 교화할 수 있겠습니까?”

노자가 말했다.

"좋다. 그대도 도를 얻은 것이 분명하다."

〈해설〉

* 육경(六經) : 시(詩), 서(書), 역(易), 예(禮), 춘추(春秋), 악(樂).

여기서 말하는 본성과 운명은 우주 자연의 변화 그 자체를 말한다. 도를 체득한다는 것은 이 우주 자연의 변화와 하나가 되는 것을 말한다. 그래서 "본성은 바꾸지 못하고 운명은 변하지 못하게 되어 있다"고 한 것이다.

제15부 각의(刻意)

1

마음을 단련하고 행동을 고상하게 하여 속세를 떠나 세풍에 동조하지 않는 고답적인 이론을 말하는가 하면, 세상을 원망하고 비난하면서 스스로 고고한 척하는 사람이 있다. 산림의 선비, 세속을 비난하는 사람, 괴로움에 바짝 마른 몸으로 못에 달려가 몸을 던지는 자들이다.

인의(仁義)와 충신(忠信)을 말하고 공손하고 겸양하며, 오로지 몸을 닦는 데만 전념하는 사람이 있다. 평화를 애호하는 선비, 남을 착한 행위로 이끄는 사람, 천하를 유세하고 학교를 만들어 교육에 종사하는 학자들이다.

큰 공적에 대하여 말하고 위대한 명성을 세우고, 군신의 예를 정하고 상하의 질서를 바로잡아 오직 나라를 다스리는 데 전념하는 사람이 있다. 조정의 관리, 군왕의 위치를 존엄하게 하고 나라를 강하게 만들고자 염원하는 사람, 공을 세우고 남의 나라를 집어삼키는 일을 즐기는 사람들이다.

숲이나 진펄을 헤치고 들어가 거친 들에 살면서 조용한 곳에 앉아 낚시질이나 하고 오로지 무위자연의 생활을 하는 사람이 있다. 강과 바다에 은둔하는 선비, 세속을 등진 사람, 한가한 생활을 즐기는 사람들이다.

심호흡을 하여 낡은 공기를 토해 내고 신선한 공기를 들이마시면서,

마치 곰이 나무에 기어오르고 새가 목을 빼는 듯한 운동을 함으로써 오래 살기만을 바라는 사람이 있다. 신선술(神仙術)에 의해 생명을 연장하려는 선비, 건강에 치중하는 팽조(彭祖)처럼 장수하고자 하는 사람들이다.

그러나 마음을 구태여 단련하지 않아도 저절로 그 행위가 고상해지고, 인의의 마음을 일부러 쓰려고 하지 않아도 자연히 수행이 되고, 공명(功名)을 일부러 세우지 않아도 나라가 잘 다스려지고, 강이나 바다까지 일부러 가지 않아도 마음은 한가로워지고, 신선술을 배우지 않아도 장수를 누릴 수 있는 경지에 도달하면 일체를 망각할 수 있고 따라서 일체를 소유할 수 있게 될 것이다.

게다가 물욕을 벗어난 마음은 끝없이 즐거울 것이고, 온갖 미덕은 그에게 모여들 것이다. 이것이야말로 천지자연의 도이며 성인의 덕임에 틀림없다.

그래서 다음과 같은 옛말이 전해 온다.

"허심(虛心)인 채 고요하며, 허위(虛位) 속에서 무위의 덕을 지키는 것이 천지 속에서 가장 평화로운 생활방식이며 도덕의 본질이다."

또 다음과 같은 말이 있다.

"성인은 다름 아닌 이러한 경지에 안주한다."

무위에 안주하면 마음은 편하고 즐거우며, 편안하고 즐거우면 근심이 마음속에 침입하지 못할 뿐만 아니라 병 같은 사기(邪氣) 따위도 몸속에 스며들지 못한다. 이렇게 되면 그 사람의 덕은 완전할 수 있고 정신도 손상되는 일이 없게 된다.

〈해설〉

위의 글을 쓴 필자는 장자가 말하는 도가의 위상을 밝히고 있다. 필자는 다섯 가지 부류의 사람들을 열거하고 있다. 첫째가 사회에 대한 불평불만이 가득찬 비분강개파이고, 둘째가 예의 도덕을 내세우는 유교도, 셋째가 정치가, 넷째가 은둔자, 다섯째가 신선술을 실행하는 양생가(養生家)다.

필자는 이들 다섯 부류를 모조리 비판적인 안목으로 보고 있다. 그런데 이 중에서 은둔자와 양생가도 한몫에 부정해 버린 것은 다소 의외가 아닐 수 없다. 종래에는 은둔과 신선술은 도가 사상으로 간주되었었기 때문이다. 이것은 분명 도가의 지위를 격상시킨 것이 아닐 수 없다. 무위자연에 투철하면 위의 다섯 부류가 얻으려는 덕목을 모조리 획득하고도 남음이 있음을 시사하고 있는 것이다.

2

그래서 옛사람들은 다음과 같이 말했다.

"성인이란 살아서는 자연과 함께 움직이고, 죽을 때는 만물이 변화하는 법칙을 그대로 따른다. 가만히 있을 때는 음의 기운과 그 덕을 같이 하고, 움직일 때는 양의 기운과 함께 흘러간다. 또 남보다 앞서서 복을 구하지도 않는다. 그런가 하면 재앙을 초래할 일도 저지르지 않는다.

밖으로부터 자극을 받아야 비로소 반응을 보이고, 닥친 후 동하고, 어쩔 수 없는 경우가 아니면 움직이려 하지 않는다. 지모와 인위를 포기하고 자연 그대로의 도리를 따른다."

따라서 성인은 하늘의 재앙을 받는 일도 없고 어떤 외물에 말려들어

가는 일도 없다. 남에게서 비난을 사는 일도 없고 귀신에게서 책망을 듣는 일도 없다.

살아 있을 때는 흐르는 물에 몸을 맡기듯 운명에 순종하고, 죽을 때는 휴식이나 얻듯 고요히 죽음을 맞이한다. 근심 걱정에 사로잡히는 일도 없고 미리부터 무엇을 획책하는 일도 없다. 지혜를 지니고 있으면서도 그 빛을 겉으로 드러내지 않고, 성실한 생활태도를 갖고 있으면서도 그것을 내색하지 않는다.

잠잘 때는 꿈을 꾸지 않고, 깨어 있을 때는 마음을 괴롭히는 일이 없다. 그 정신은 언제나 순수하고 그 영혼은 피로를 모른다. 그리고 자기 자신을 무로 돌려 물욕에서 떠나 있으므로 자연의 덕(天德)과 한몸이 될 수 있는 것이다.

3

그러므로 옛사람들은 이렇게 말했다.

"슬픔과 즐거움은 자연의 덕을 손상하고, 기쁨과 노여움은 자연의 도를 벗어나게 하고, 좋은 것과 싫은 것은 자연의 덕을 잃게 한다."

그러니까 마음에 근심이나 즐거움이 없는 것이야말로 덕의 극치다. 자연의 도와 일체가 되어 변하지 않는 태도야말로 고요함의 극치다. 그 무엇에든지 저항하지 않는 것이야말로 허심한 태도의 극치다. 외물과의 교섭이 끊어진 경지야말로 담백한 심경의 극치다. 무엇에든지 거슬리지 않는 것이야말로 순수의 극치다.

그러므로 다음과 같은 옛말이 있다.

"몸을 수고롭게 하고 휴식하지 않으면 지치고, 정신을 계속 혹사하면 피로해지고, 피로하면 생명력도 고갈된다."

물의 본성은 불순한 것이 섞이지 않으면 맑지 않을 수 없게 되어 있고, 움직이지만 않으면 수평을 이루게 마련이다. 그러나 막아서 흐르지 못하게 하면 아무리 맑은 물이라고 해도 언제까지나 맑아질 수는 없다. 이러한 물의 성질은 자연의 덕을 잘 상징하고 있는 것이다.

그래서 옛사람들도 다음과 같이 말했다.

"정신을 순수하게 하여 잡념을 품지 않고 오직 고요함을 지켜 변하지 않으면서도 담담하여, 인위를 떠나고 움직일 때는 자연 그대로를 따라 행동한다."

이것이 바로 정신을 풍족하게 만들어 가는 길이다.

〈해설〉

내편에서는 도란 마음 바깥에 있는 외재적인 무위자연을 본받아야 한다고 했지만, 여기서는 도를 우리들 각자의 내부에 있는 내재적인 것으로 파악하려 한 경향이 뚜렷하다. 확실히 진일보한 태도라고 보아야겠다.

다시 말해서 희구애노탐염(喜懼哀怒貪厭)의 감정에 좌우되지 말고 오직 허심탄회하고 담담하고 고요한 마음이 흔들리지 않으면 도와 일체가 될 수 있다고 말하고 있다. 이것은 훗날 선종의 직지인심(直指人心), 자심즉불(自心卽佛)의 사상을 낳은 모태가 되었던 것이다.

4

오(吳), 월(越)에서 생산되는 명검을 가지고 있는 사람들은 그것을 상자에 넣어 소중하게 보관하고 함부로 사용하지 않는다. 명검을 소중히 여기기 때문이다. 그럴진대 이런 명검과는 비교도 할 수 없이 소중한 정신을 가볍게 다루어서야 되겠는가.

사람의 정신 작용은 사방에 끝없이 뻗어 나가서 이르지 않는 곳이 없다. 위로는 하늘에까지 닿고 아래로는 땅끝까지 번진다. 그뿐만 아니라 만물을 생육하고 그 밖에도 이루 말할 수 없이 많은 일을 한다. 이처럼 위대한 존재이므로 하나님과 같다고 하는 것이다.

순수하고 소박한 도란 오직 영묘한 마음의 작용을 잘 지켜 나가는 것이다. 잘 지켜서 상실하지 않는다면 영묘한 마음과 일체가 되고, 이것이 다시 번져 나가면 하늘의 이법과도 합치하게 된다.

세상에 떠도는 말 중에 다음과 같은 것이 있다.

"대중은 이익을 구하고, 청렴한 선비는 명예를 구하고, 현인은 의지를 구하고, 성인은 정신을 구한다."

정신이 얼마나 귀중한가 하는 것은 이것을 보아도 안다.

순수하고 소박함이란 무엇인가? 소박이란 잡다한 것이 섞이지 않았다는 말이고, 순수란 신을 손상당하지 않은 것을 말한다. 이렇게 순수함과 소박함을 체득한 사람을 가리켜 진인(眞人)이라고 한다.

제16부 선성(繕性)

1

타고난 본성을 세속적인 학문을 닦아 개선해 나아감으로써 자기의 본래 면목을 찾으려는 사람이나, 세속적인 천박한 지모로 욕심을 다스려 진리에 도달하기를 바라는 사람을 보고 마음이 막힌 바보라고 한다.

옛날에 도를 닦은 사람들은 물욕을 떠난 고요한 심경으로 지혜를 길러 왔다. 바꾸어 말하면 타고난 본성을 그대로 지킬 뿐, 인위적인 방법으로 지혜를 구하는 일은 없었다. 이것이야말로 진정한 지혜로, 물욕에 얽매이지 않는 고요한 심경을 터득해 나가는 과정이라고 할 만하다.

이와 같은 진정한 지혜와 고요한 심경이 서로 어울릴 때만이 조화와 이치가 저절로 인간의 본성으로부터 나오게 마련이다.

덕이란 화합하는 작용이며 도란 조리(條理)를 말한다. 덕이 일체를 포용하는 것이 인(仁)이며, 도가 만물에 이치를 부여하는 것이 의(義)다. 이 의가 명백해지고 서로 친애의 정을 갖게 되는 것이 충(忠)이며, 속으로 순수하고 성실한 마음을 지니고 인간 본래의 입장으로 돌아가는 것이 악(樂)이다. 안에 있는 성의가 행동이 되어 나타나고 그것이 우아함을 수반하는 것이 예(禮)다.

이 예악(禮樂)도 도에서 이탈하여 편벽해지면 천하를 혼란에 빠뜨릴 것이다. 또 군왕이 천하를 바로잡는답시고 자기의 타고난 덕을 막아버리면 그 덕은 백성을 감싸 줄 만한 것은 도저히 될 수 없을 것이다. 그런데도 불구하고 이 부자연한 덕으로 만민을 감싸 주려고 한다면 백성들은 틀림없이 자신들의 본성을 상실하고 말 것이다.

〈해설〉

도란 무엇인가? 어떤 사람은 도란 만물을 지배하는 '이치'라고 했다. 그러나 이것은 노자나 장자의 주장은 아니다. 노자와 장자는 도를 우주의 근원이라고 생각하고 인간의 힘으로는 파악할 수 없는 것으로 보았다. 그러나 여기서는 도를 '타고난 본성 그대로'라고 보았다.

다시 말해서 도란 우리들 자신 속에 내재해 있는 본성으로 본 것이다. 그러므로 바깥에 있는 도를 구할 것이 아니라 우리들 각자의 내부에 존재하는 본성으로 돌아가야 한다. 이것은 유교의 '중용'이나 선종과도 거의 같은 주장이다.

또 여기서는 도를 구하는 과정에 인, 의, 예, 악과 같은 유교의 덕목까지도 긍정적으로 보았다. 내편에 나타난 장자라면 상상도 할 수 없는 엄청난 변모이다.

2

옛날 사람은 혼돈 속에서 살면서 누구나 무위자연의 고요함을 유지할 수 있었다. 당시에는 음양의 기운도 서로 조화를 이루어 편안했다. 그리하여 귀신도 세상을 어지럽게 하는 일이 없었다. 게다가 봄, 여름, 가을,

겨울 사계절 운행이 절기를 따르니 만물은 상하는 일이 없었고 모든 생물은 요절하는 일이 없었다.

사람들은 비록 좋은 꾀가 생각나도 이를 쓰는 일이 없었다. 이러한 상태를 지일(至一) 즉 완전한 통일이라고 했다. 이 시대에는 무슨 일을 하든지 인위를 버리고 언제나 자연 그대로를 따르고 있었다.

그러나 무위의 덕은 시간이 흐르면서 점점 쇠퇴하여 마침내 수인씨(燧人氏), 복희씨(伏羲氏)의 시대가 되자 비로소 인위적인 방법으로 천하를 다스리기에 이르렀다. 따라서 이때 사람들은 아직은 자연의 도를 따르기는 했지만 자연의 도와 일체가 되지는 않았다.

무위의 덕이 더 쇠하여 신농, 황제에 이르러 천하를 다스리게 되었다. 이런 까닭으로 편안하기는 했지만 따르지는 않았다. 다시 시간은 흘러 무위의 덕은 더욱더 쇠퇴일로를 걷게 되었고, 요순의 세상이 되자 한층 더 심하게 인위로 세상을 다스리게 되었다. 그리하여 예의, 규범으로 천하를 규제하고 교화하려는 경향이 나타나게 되었다. 그 결과 순일한 덕은 엷어지고 소박한 본성은 상실되었으며 선악의 차별로 말미암아 도는 흩어졌고 인위에는 더욱더 힘이 실리게 되었다.

그 후 사람들의 본성은 더욱더 본래의 면목을 잃어 갔고 분별심만 조장되어 갔다. 사람들은 지식 쌓기 경쟁을 벌이게 되었지만, 그 지식이라는 것은 사람들의 마음을 안정시키기에는 너무나도 무력했다.

시대가 내려오면서 지식은 갖가지 모양으로 겉치장을 하기에 바빴고 더구나 박학을 자랑하는 풍조가 생겼다. 허식은 실질을 감쇄시켰고 박학은 순수를 좀먹어 들어갔다. 그 후 사람들은 의지할 만한 도를 잃고 허둥대게 되었으며, 따라서 그 본성으로 돌아가고 근본으로 복귀하는 일은 요원한 일이 되어 버렸다.

〈해설〉

＊ 수인씨(燧人氏) : 불을 처음으로 발명하여 생활에 이용했다는 상고 시대의 전설상의 제왕.

3

이러한 추세로 미루어 볼 때 세상이 도를 상실하고 있는 동시에 도 역시 자기를 펼칠 세상을 잃어버리게 되었다. 세상과 도가 서로 상대를 상실하여 따로따로 떨어져 나가게 되었다. 이러한 분위기 속에서야 어떻게 도를 체득한 사람이 세상에 나타날 수 있겠는가? 또 이러한 세상이 어떻게 도를 부흥시킬 수 있겠는가?

도는 세상을 다시 일으킬 방도가 없고, 세상은 도를 다시 일으킬 방도가 없는 것이다. 성인이 비록 산속에 숨어 버리지는 않았다고 해도 그 덕은 저절로 세상에서 자취를 감추지 않을 수 없게 되었다. 이미 이처럼 무위의 덕이 숨겨진 이상 성인들이 일부러 몸을 숨길 필요는 없게 되었다.

옛날의 소위 은사라는 사람들도 굳이 그 몸을 숨겨서 세상 사람들의 눈에 띄지 않도록 한 것은 아니었다. 굳이 그 입을 다물어 말을 안 한 것은 아니었다. 일부러 그 지혜를 숨기고 나타내지 않으려고 한 것은 아니었다. 다만 시운이 불우했기 때문에 그렇게 할 수밖에 없었던 것이다.

그들이 좋은 때를 만나서 자기 뜻을 천하에 펼칠 수만 있었다면 사람들을 차별 없는 도로 복귀시킬 수는 있었겠지만 추호도 인위적인 흔적을 남기지 않았을 것이다. 그러나 때를 잘못 만나서 천하에 자기 뜻을 펼칠 여지가 조금도 없다는 것을 알았기 때문에, 자기의 생명을 은밀히 기르면서 무위의 도를 간직한 채 조용히 때가 오기를 기다릴 수밖에 없었던 것이다. 이것이 바로 명철보신(明哲保身)하는 길이다.

〈해설〉

은둔에 대한 이야기로 일관하고 있다. 벼슬살이하다가 수틀리면 고향에 내려가 세속과 등지고 학문이나 닦으면서 음풍농월하는 것을 동양에서는 예부터 하나의 덕목으로 여겨져 왔다. 남명(南冥) 조식(曹植, 1501~1572)과 같이 아예 처음부터 벼슬에 무관심한 것이 아니라 필요할 때는 언제든지 벼슬살이를 하다가도 세가 불리할 때는 미련 없이 그만두는 도연명(陶淵明)식 은둔을 말한다.

그러나 이러한 방식의 은둔은 내편에 등장하는 장자의 의도와는 전연 다르다. 그는 처음부터 철두철미하게 정치에는 무관심했다.

사람들은 흔히 은둔이라고 하면 노장을 떠올리지만 실상은 그렇지 않다. 노자의 무위는 인위를 떠난 자연의 덕으로 나라를 통치하자는 것이었다. 이처럼 노자는 처음부터 정치를 염두에 두고 있었다는 점에서 공자와 다른 것이 없었다. 세상이 더러우니까 피한다는 식의 은둔은 노자에게는 또 다른 인위로밖에 비치지 않았던 것이다.

'천하에 도가 행해지면 나가서 일하고 도가 행해지지 않으면 숨는다'는 식의 유교적 은둔사상은 정치 참여에 대한 유연한 자세에 지나지 않는다. 이러한 유교식 은둔사상을 수용한 것으로 보아 위에 나온 3장의 글은 유교의 영향을 상당히 받은 장자학파의 머리에서 나온 것 같다.

4

자기 몸을 제대로 보존하는 데 관심이 많았던 옛사람들은 언변으로 자신의 지혜를 꾸미려 하지 않았다. 또 자기의 지혜로 천하의 온갖 이치를 다 알려고도 하지 않았다. 더구나 자기의 지혜로 자연의 덕을 다 알아내려고 하지도 않았다. 스스로 몸을 바로 하여 자기의 본분을 지키고 자기의 본성으로 돌아가려고 했을 뿐이니 무슨 인위적 노력을 기울일 필요가 있었겠는가.

도라는 것은 본래 인위적인 노력으로 얻을 수 있는 것이 아니고, 덕은 원래 인위적인 지혜로 이해할 수 있는 것이 아니다. 하찮은 인위적 지식은 도리어 덕을 손상할 것이며, 보잘것없는 인위적 노력 역시 도를 해칠 것이다.

그래서 옛사람들은 말했다.

"문제는 자기 일신을 바로잡는 데 있다."

이처럼 자기중심을 잡고 그 무엇에도 흔들리지 않는 즐거움을 확보하는 것을 일컬어 "뜻을 얻었다"고 말한다.

옛사람들이 뜻을 얻었다고 말한 것은 고위 고관이 되었다는 뜻은 분명 아니었다. 자기 자신의 일신의 즐거움에 만족하여 그 이상은 바라지 않는 것을 말한 것이다. 그러나 요즘 사람들이 뜻을 얻었다고 말한 것은 분명 고관대작이 되었다는 것을 의미한다.

그렇다면 고관대작이 되었다는 것은 과연 무엇을 의미하는가? 그것은 내가 타고난 본성과는 아무 관련도 없는 것이 명백하다. 단지 밖에서 우연히 찾아온 것이 잠시 내 몸에 기생한 것에 지나지 않는다. 밖에서 우연히 찾아온 것이 고관대작이라면 그것은 오는 것을 막을 수 없고 가는 것을 말릴 수 없는 그러한 성질의 것에 지나지 않을 뿐이다.

그러니까 자기가 높은 지위에 올랐다 해서 뽐낼 것도 못 되고, 가난하다고 해서 벼슬을 얻으려고 세간의 풍속을 따라 동분서주할 것도 못 된다. 진정한 마음의 즐거움은 고관대작이 되든 안 되든 같으므로 어떤 경우에라도 마음에 걱정이 있을 수 없는 것이다.

자기 몸에 기생하는 부귀 따위를 즐기는 사람은 그것이 자기에게서 떠날 경우 즐거움을 상실하게 될 것이다. 그렇다면 그 즐거움은 자기 자신 속에서 나온 것이 아니라 바깥에서 들어온 것이므로, 비록 즐겁다 해도 진정한 즐거움은 되지 못할 것이고 고작 퇴폐적인 즐거움에 지나지 못할 것이다.그래서 옛사람들은 말했다.

"외부의 사물 때문에 자기를 상실하고 세속 때문에 자기의 본성을 잃은 사람을 보고 본말이 전도된 사람이라고 한다."

〈해설〉

무엇이 본성이고 무엇이 외물인가? 무엇인 주(主)이고 무엇이 객(客)인가? 무엇인 본(本)이고 무엇이 말(末)인가? 무엇이 본이고 무엇이 쓰임인가? 무엇이 참나이고 무엇이 거짓 나인가?를 여기서는 분명히 밝히고 있다. 그리고 자기중심을 잡고 외물에 흔들리지 말 것을 강조하고 있다. 외재적인 도에서 내재적인 도로 일대전환을 했다는 점에서 확실히 진일보한 것이다.

제17부 추수(秋水)

1

마침 가을장마로 온갖 물이 황하(黃河)로 모여드니 그 물결은 참으로 크고 넓다. 한쪽 기슭에서 맞은편 기슭을 바라보니 하도 아득하여 그곳에 있는 것이 소인지 말인지 구별이 안 될 지경이다.

황하의 신(神) 하백(河伯)은 천하의 아름다움이 모두 자기에게 모여든 듯 우쭐했다. 그는 물결 따라 동쪽으로 흘러내려가 북해(北海)에 이르렀다. 동녘을 향해 눈을 돌리자 망망하여 끝 간 데 없었다. 하백은 비로소 뒤를 돌아보고는 망연자실하여 북해의 신 약(若)을 향해 탄성을 질렀다.

"속담에 '겨우 백 개쯤의 도리를 듣고는 자기만큼 유식한 자가 천하에 없는 줄 안다'는 말이 있습니다만 바로 나를 두고 하는 말이었습니다.

나는 공자의 견문도 보잘것없다든가 백이(伯夷)의 의라는 것도 별게 아니라는 말을 들은 일이 있습니다만 지금까지는 그것이 믿어지지 않았습니다. 그러나 지금은 당신의 무한한 모습을 발견하고는 그럴 수도 있으려니 하는 생각을 갖게 되었습니다.

당신에게 오지 않았던들 나는 언제까지나 엉뚱한 착각 속에서 살 뻔했습니다. 아마도 영원히 식자들의 조소를 살 뻔했습니다."

2

북해의 신 약(若)이 말했다.

"우물 안 개구리에게 바다 이야기를 해 줄 수 없는 것은 좁은 우물 속에만 움츠리고 있기 때문이다. 여름철 벌레에게 얼음 이야기를 해 줄 수 없는 것은 여름철에만 얽매여 있기 때문이다. 견식이 좁은 사람에게 도에 대한 이야기를 해 줄 수 없는 것은 상식에만 속박당해 있기 때문이다.

그러나 그대는 좁은 강물 기슭으로부터 벗어 나와 대해(大海)를 바라봄으로써 자기가 보잘것없는 존재라는 것을 알았으니까 그대와는 더불어 진리를 이야기할 수 있을 것이다.

천하 만물 중에서 바다처럼 큰 것은 없다. 온갖 개울과 강은 모조리 바다로 흘러 들어오게 마련이고, 그 흐름이 언제 그칠지 모르건만 바다는 넘치는 법이 없다. 바다 밑에는 미려(尾閭)라는 구멍이 있어서 그곳으로부터 물이 새어 나가게 되어 있다. 언제 그것이 그칠지 모르지만 바닷물은 결코 마르는 법이 없다. 바다는 계절이 바뀌어도 변함이 없고 장마나 가뭄을 타지 않는다. 장강이나 황하에 비해 바다가 얼마나 더 큰지 이루 헤아릴 수 없다.

그래서 나는 일찍이 나 자신을 대단한 존재라고 생각해 본 일이 없다. 왜냐하면 내 몸이라야 고작 천지 사이에 널려 있는 만물 중의 하나에 지나지 않고, 음양의 기운을 받아 생겨난 무수한 존재들 중의 하나에 불과하기 때문이다. 내가 천지 사이에 존재하는 것은 조그만 돌멩이나 나무가 큰 산 한 귀퉁이에 붙어 있는 것과 다름이 없기 때문이다.

나에게는 나 자신이 보잘것없음만 눈에 띈다. 어떻게 나 자신을 위대하다고 생각할 수 있겠는가? 이 세계가 천지 사이에 존재하는 모양을 살펴보니 개미집이 큰 택지(澤地)에 있는 것과 무엇이 다를 것인가? 또 중국이 세계 속에서 존재하는 양상을 살펴볼 때 한 개의 피 알맹이가 창고 속에 있는 것과 무엇이 다르겠는가?

이 세상에 존재하는 사물은 참으로 많아서 '만(萬)'이라는 단위로 부르거니와 사람은 그중의 하나일 뿐이다. 그런데 사람들은 중국의 곡창지대와 교통이 편리한 곳에 모여 살고 있다. 이 막대한 사람의 수효에 비한다면 개인은 그 엄청난 수효 중의 하나에 지나지 않는다. 그렇다면 한 개인을 여러 사람들과 비교할 때 한 개의 터럭이 말 몸뚱이에 붙어 있는 것과 무엇이 다르겠는가?

그렇다면 삼황이 다투었던 왕위나, 오제가 완성한 사업이나, 인인(仁人)이 세상을 근심한 일이나, 정치가가 고생하여 완수하려던 임무도 결국은 이 터럭 끝 같은 것에 지나지 않는다고 할 수 있다. 백이는 바로 이 터럭 끝만 한 일을 사양했기에 명성을 얻었던 것이다.

공자 역시 바로 이 터럭 끝만 한 일을 이야기했다고 해서 박학하다는 명성을 얻은 데 지나지 않는다. 이런 것을 스스로가 대단한 것처럼 생각한다는 것은 조금 전까지 그대가 황하를 대단한 듯이 생각한 것과 무엇이 다르겠는가?"

3

그러자 황하의 신 하백이 물었다.

"그렇다면 천지를 크다 하고 터럭 끝을 작다고 하면 되겠습니까?"

북해의 신 약이 대답했다.

"아니다. 그렇지 않다. 사물의 분량은 끝이 없고 시간 역시 다함이 없다. 또한 만물에 부여된 운명은 늘 변화하게 마련이다. 따라서 처음과 끝은 서로 맞물려 순환하므로 어느 한곳에 고정되는 일이 없다.

그러므로 큰 지혜를 가진 사람은 언제나 원근을 한눈에 보므로 차별을 하지 않는다. 그래서 제아무리 작은 것이라도 작다고 생각하지 않으며, 제아무리 큰 것이라도 크다고 생각하지 않는다. 왜냐하면 만물의 분량이란 결국은 이해하기 어렵다는 것을 알고 있기 때문이다.

또 큰 지혜를 가진 사람은 고금의 시간의 흐름이 무한하다는 것을 명백히 알고 있다. 그러므로 아무리 오래 살아도 싫어하지 않고, 아무리 단명한 경우에도 억지로 장수하려고 하지 않는다. 왜냐하면 시간의 흐름이란 그치는 법이 없으며 그 장단의 구별 같은 것은 무의미하다는 것을 알고 있기 때문이다.

또 큰 지혜를 가진 사람은 사물에는 성쇠가 있음을 잘 알고 있다. 그러므로 무엇이 자기 소유가 되었다 해서 기뻐하지도 않고 잃었다고 해서 걱정하지도 않는다. 왜냐하면 사람에게 주어진 운명에는 고정불변한 것이 있을 수 없다는 것을 알고 있기 때문이다.

또 큰 지혜를 가진 사람은 도에는 차별이 없다는 것을 잘 알고 있다. 그렇기 때문에 태어난다고 해서 기뻐하지도 않고 죽는다고 해서 불행하다고 생각하는 일도 없다. 왜냐하면 사물은 처음과 끝이 서로 맞물려 순환하므로 같은 곳에 고정되어 있는 일이 없다는 것을 알고 있기 때문이다.

사람이 알 수 있는 범위는 알 수 없는 범위에 훨씬 못 미친다. 또 우리가 살 수 있는 시간의 길이는 아직 태어나기 이전의 유구한 시간에 비하면 아무것도 아니다. 이처럼 우리는 아주 미소한 존재임에도 불구하고 무한한 크기를 지니고 있는 세계의 온갖 것을 이해하려 들기 때문에 혼란을 일으키게 되는 것이다.

이상과 같은 관점으로 살펴볼 때 터럭 끝이 가장 작은 것의 한계라고 어떻게 단정할 수 있단 말인가? 그리고 어떻게 이 천지가 우주에서 가장 큰 세계라고 말할 수 있겠는가?"

〈해설〉

유위계(有爲界)인 상대세계에 살고 있는 우리는 삼라만상을 상대적으로 보는 데 익숙하다. 그러나 알고 보면 사물의 대소, 장단, 경중 따위의 차별은 그것들을 초월한 세계에는 별 의미가 없다. 하나의 먼지 알갱이 속에도 우주가 들어 있는 진리의 세계에서 보면 대소, 장단, 경중 따위는 그야말로 철없는 아이들의 소꿉장난에 지나지 않는다. 내편에 나오는 만물제동설의 부연임에 틀림없다.

4

하백이 물었다.

"이론을 좋아하는 사람들은 이런 말을 하고 있습니다. '가장 미세한 것은 형태로서 포착할 수 없고 가장 큰 것은 그것 전체를 감쌀 수 없다'고 합니다. 이 말은 진실일까요?"

"미세한 쪽에서 거대한 것을 보면 그 전체의 크기를 온전히 바라볼 수 없으며, 거대한 측에서 미세한 것을 보면 극미의 세계를 확실하게 보지 못한다. 왜냐하면 극미한 것은 작은 것 중에서도 가장 작은 것이고, 거대한 큰 것 중에서 가장 큰 것이어서 서로 맞지 않기 때문이다. 이것은 자연의 이치다.

원래 작으니 크니 하는 것은 형태가 있는 것을 전제로 해서 하는 말이다. 따라서 '형태가 없는 것'이란 이론적으로는 헤아릴 수 없는 것이다. 정말로 '감쌀 수 없는 것'이란 이론적으로는 이해되지 않는 존재를 이르는 말이다.

대체로 말로 표현할 수 있는 것은 형태를 가진 것의 거대한 측면일 뿐이며, 마음으로 이해할 수 있는 것 역시 형태를 갖춘 미세한 측면일 뿐이다. 그러므로 말로 나타낼 수 없고 마음으로 이해할 수 없고 형태가 없는, 진리에 관한 한 대소라는 차별적 기준으로는 포착이 되지 않는다."

〈해설〉

무니 영원이니 하는 말을 우리는 곧잘 입에 올린다. 그러나 궁극적으로 무엇이 무이고 무엇이 영원이냐고 따져 든다면 입을 다물어 버릴 수밖에 없다.

다 알다시피 우리 인간은 태어난 이상 죽을 수밖에 없는 유한적인 존재이다. 따라서 우리의 모든 인식 작용은 유한적일 수밖에 없다. 그러한 유한적인 존재인 우리가 무니 영원이니 하는 문제를 논한다는 것 자체가 말이 되지 않는다.

실례로 무에 대해서 논해 본다고 치자. 그러나 따지고 보면 무란 유를 전제로 하지 않는 한 인식할 수 없다. 따라서 우리가 말하는 무는 유의 한 측면일 수밖에 없다. 영원 역시 유한을 전제로 하지 않는 한 인식 자체가 성립되지 않는다.

그러므로 우리가 무엇에 관해 논하려고 입만 뻥긋했다 하면 진리는 벌써 저만치 도망쳐 버리게 마련이다. 우리의 말 자체가 분별지 또는 상대적인 인식에 기초를 두고 있기 때문이다. 여기에서 진리에 도달하려면 상대지, 분별지에 의존할 것이 아니라 차라리 이를 포기해 버리고, 인식과 언어 이전의 무언과 침묵의 상태로 돌아가야 한다는 주장이 대두하게 된다.

장자가 바로 이러한 견해를 취했던 것으로 보인다. 그리고 이것은 그 후세의 선종의 불립문자, 교외별전, 직지인심, 이심전심의 경지와도 상통한 것이다.

5

북해의 신인 약(若)의 말은 더 계속되었다.

"그러므로 도를 체득한 사람의 행동은 남을 해치지도 않을 뿐만 아니라 사랑이나 은혜를 소중히 여기지도 않는다. 이익을 위해 움직이지도 않거니와 남의 집 문지기가 되어 일하는 것을 경멸하지도 않는다. 재물 때문에 남과 다투지도 않을 뿐 아니라 사양을 반드시 미덕으로 치지도 않는다.

무슨 일이 있을 때마다 남의 힘을 빌리지도 않거니와 그렇다고 해서 자기 힘으로만 살아가는 것을 높이 사 주는 것도 아니고, 탐욕스런 행위를 천하게 여기는 것도 아니다.

그 행위는 세속의 그것과 다르지만 그렇다고 해서 괴팍한 행위를 존중하는 것도 아니다. 그의 행동은 뭇사람들의 그것을 따르지만 아첨하는 무리라고 해서 멸시하는 일도 없다. 세상의 벼슬이나 녹(祿)에 의해 마음이 동요되지도 않고, 형벌이나 모욕을 받아도 부끄럽게 생각하지 않는다. 그는 시비를 가릴 수 없음을 알고, 대소의 한계를 정할 수 없음을 알고 있기 때문이다.

이런 옛말을 들은 적이 있다.

'도인은 세상에 알려지지 않고, 지극한 도를 갖춘 이는 덕을 의식치 않으며, 대인은 자기 자신조차 잊어버린다.'

이런 사람이야말로 자기의 본분을 잘 지켜 나간다고 할 수 있겠다."

6

하백이 다시 물었다.

"어디서 사물의 귀천과 대소의 구별이 지어지는 것일까요? 사물의 바깥일까요, 안일까요?"

"만물제동의 도의 입장에서 본다면 어디에도 귀천의 차별은 없다. 그러나 사물에 얽매인 상대적 입장에서 본다면 자기 자신을 존귀하게 여기고 상대를 깔보는 차별이 생긴다. 그리고 세속적 입장을 중심으로 해서 사물을 볼 때에는 귀천의 판단은 세속적 기준에 의해 내려진다. 그러므로 귀천을 판단하는 기준은 자기에게는 없는 것이다.

모든 것에는 차별이 있다는 견해에 동조하여 어떠한 사물이든지 다른 것에 비하여 크다고 한다면 만물에는 크지 않은 것이 없게 된다. 또한 모든 것은 다른 것에 비해서 작다는 뜻에서 작다고 한다면 만물에는 작지 않은 것이 없게 된다.

그렇다면 만물은 어느 것이나 크기도 하고 작기도 하다는 말이 되므로 대소의 차별이란 결국 없는 것이나 마찬가지여서, 천지도 한 개의 피 알갱이와 다를 것이 없고 작은 터럭 끝도 태산이나 다를 것 없이 크다고 할 수 있을 것이다. 이렇게 되면 차별이 생겨나는 원리가 명백해져서 그것이 얼마나 상대적인가를 알 수 있을 것이다.

다음은 효용성에 대해서 생각해 보자. 어떤 사물이 어느 면에서 유용하다고 해서 유용하다고 한다면 만물 중에서 유용하지 않은 것은 없게 된다. 또 어떤 점에서 유용하지 않다고 해서 유용하지 않다고 한다면 만물 중에서 유용한 것은 없게 된다.

동과 서는 서로 반대되는 것이면서도 서로 상대가 없으면 성립될 수 없는 것과 같이, 이 유용성이라는 것도 상대적이라는 것을 알 수 있다.

다음으로 자기의 취향에 따라 자기가 긍정하는 것을 긍정한다면 삼라만상은 모두 긍정하지 않을 수 없게 될 것이다. 또 자기가 부정하는 것을 부정한다면 만물은 모두 부정되어야 할 것이다.

성왕(聖王)인 요와 폭군인 걸이 제각기 자기가 옳고 상대가 그르다고 하는 것을 보면, 인간의 취향이나 주의가 무엇을 근거로 삼고 있는가 하는 것을 알 수 있고 그것이 또한 상대적이라는 것을 알게 될 것이다."

〈해설〉

우리는 선악, 귀천, 대소, 경중과 같은 가치 기준에 얽매이거나 사로잡혀서 사물을 판단한다. 인간의 온갖 고민이라는 것도 알고 보면 이러한 분별심에서 생겨난다고 해도 과언이 아니다. 그러나 다시 한 번 생각해 보자. 선악, 귀천, 대소, 경중이 그렇게 확연히 구분될 수 있는 것일까? 그것들이 한갓 편견에 지나지 않는다는 것을 글쓴이는 밝혀내고 있다. 무위의 세계, 진리의 세계에는 그러한 차별 같은 것은 존재하지 않는 것이다. 만물제동 사상이 부연 발전되고 있는 것을 볼 수 있다.

7

북해의 신 약의 말은 더 계속되었다.

"옛날에 요는 순에게 왕위를 물려주어 훌륭한 제왕이 되었으나, 연왕(燕王) 쾌(噲)는 재상인 자지(子之)에게 왕위를 물려주다가 목숨까지 잃고 말았다. 은(殷)의 탕왕(湯王)이나 주(周)의 무왕(武王)은 제각기 걸왕(桀王), 주왕(紂王)과 싸워 이긴 끝에 왕이 되었다. 그러나 초(楚)의 백공승(白公勝)은 왕위를 다투다가 몸을 망쳤다.

이것으로 미루어 보아 왕위를 물려주고 다투고 하는 예법이라든가, 요 같은 선행이라든가 걸 같은 악행도, 그 가치의 고하는 그 시대에 따라 결정되는 것으로서 일정불변한 것이 아니라는 것을 알 수 있다.

대들보나 동자기둥에 쓰는 큰 나무는 성을 쳐서 무너뜨리는 데는 유용하지만 조그마한 쥐구멍을 막는 데는 쓸모가 없다. 이것은 물건에 따라 용도가 다르다는 것을 보여 주는 실례다. 훌륭한 말은 하루에 천리를 달리는 재주가 있지만 쥐를 잡는 데는 고양이를 따를 수 없다. 이것은 사물에 따라 재주가 다른 것을 보여 주는 실례다. 올빼미는 밤에도 벼룩을 잡고 한 올의 터럭 끝까지도 볼 수 있지만 백주에 밖에 나오면 눈을 뜨고도 산마저 구별하지 못한다. 이것은 사물에 따라 그 본성이 다르다는 것을 보여 주는 실례다.

그러므로 나는 말한다. 긍정만을 존중하고 부정을 무시하고, 안정만을 존중하고 불안을 무시하는 사람은 천지를 일관하는 도리와 만물의 진상을 모르는 사람이라고. 그런 사람은 마치 하늘만을 존중하고 땅을 무시하고 음만을 존중하고 양을 무시한 것과 같아서 보편타당성을 잃게 된다. 그럼에도 불구하고 계속 이런 주장을 철회하지 않는 자는 바보가 아니라면 억지를 쓰고 있는 것이다.

옛날의 제왕들조차도 왕위를 물려주는 방법에 있어서 각기 다른 태도를 취했다. 하, 은, 주 3대에도 왕위 계승 방법은 각기 달랐다. 같은 일을 해도 시대의 흐름에 어긋나고 그 당시의 풍속에 역행하면 찬탈자가 되었고, 시세의 흐름을 타고 그때의 풍속에 알맞은 일을 했을 경우에는 바른 사람이라는 소리를 들었다.

잠자코 있을지어다. 하백이여, 그대에게 귀천, 대소의 구별이 이해될 리가 없으리라."

〈해설〉

도덕과 선악에는 시대를 관통하는 고정불변하는 절대적인 기준 같은 것이 있을 수 없다는 점을 지적하고 있다. 어떤 사람은 왕위를 순순히 물려주었다고 해서 성인이라는 칭찬을 받았는가 하면 또 어떤 사람은 똑같은 일을 하고도 신세를 망치고 세상의 비난을 샀다.

그렇다면 선악, 시비의 기준이라는 게 시대와 환경에 따라 달라진다는 것을 알 수 있다. 도덕을 역사적인 관점에서 고찰하고 있다.

8

하백이 말했다.

"그렇다면 저는 무엇을 해야 하고 무엇을 하지 말아야 하겠습니까? 사퇴하거나 받아들이거나 나아가거나 멈추거나 할 때 저는 결국 어떻게 처신하는 것이 좋겠습니까?"

북해 약이 말했다.

"도의 입장에서 보면 무엇을 귀하게 여기고 무엇을 천하게 여긴다는 차별 같은 것은 있을 수 없다. 이런 경지를 반연(反衍)이라고 하는데 일체의 구별이 끊어진 혼돈의 상태를 말한다. 자기 뜻에만 맞게 하려고 해서는 안 된다. 그렇게 되면 자연의 도에 어긋나는 것이 되기 때문에 난처한 경우를 당하게 될 것이다.

도의 입장에서 보면 무엇이 적고 무엇이 많다 하여 차별하는 일이 없다. 이러한 경지를 사시(謝施)라고 하는데 임기응변하는 행동을 말한다. 자기 행동을 한 방향에만 한정해서는 안 된다. 그렇게 되면 끝없는 변화를 안에 간직한 도에 어긋나게 된다.

도를 체득한 사람은 마치 한 나라에 엄정한 국왕이 군림하는 것 같아서 특정한 사람을 편애하는 일은 있을 수 없다. 또 제사 때 강령하는 토지신처럼 마음이 넓고 온화하여 특정한 사람에게만 혜택을 주는 일은 없다. 또 끝없이 펼쳐진 상하사방의 공간같이 넓어서 어디에도 한계를 그을 수가 없다.

또한 널리 만물을 자기 안에 포용하여 특정한 것만을 받아들인다든가 하는 일이 없다. 이러한 경지를 무방(無方)이라고 하여 온갖 방향을 포괄

하는 입장을 말한다. 삼라만상은 원래가 평등한 것이므로 어느 것이 낫고 어느 것이 못하다고 말할 수 없다.

도는 시간을 초월한 것이므로 처음도 끝도 없지만, 시간의 구애를 받는 만물에는 태어남과 죽음이 있다. 그러므로 우리의 삶이 성취되었다 해서 의지할 만한 것은 못 된다. 흥망성쇠가 무상하여 일정한 형태 속에 머무는 일이 없다.

먹어 가는 나이는 줄여 볼 재간이 없고 흘러가는 세월은 멈출 수 없다. 이리하여 생성과 소멸, 실재와 허무를 되풀이하다가 한 번 끝나면 다시 시작하는 것이다. 이것이야말로 내가 바른 대도의 양상을 논하고 만물의 원리에 대하여 논하는 이유이다.

만물만생이 이 세상에 살고 있는 것은 마치 말을 달리는 것과도 같다. 끊임없이 움직이고 있으므로 변하지 않는 것이란 없고 다만 일순이라도 위치를 옮기지 않는 것은 없다. 그렇다면 무엇을 하여야 하고 무엇을 하지 말아야 하는가 하는 것은 문제도 되지 않는다. 오직 자연의 변화를 따를 뿐이다."

〈해설〉

생로병사를 장자는 처음과 끝이 항상 맞물려 돌아가는 하나의 순환고리로 보았다. 『천부경』의 일시무시일 일종무종일(一始無始一 一終無終一)의 이치와 상통한다. 따라서 그는 죽음을 새 생명의 시작으로 보았다. 삶은 삶이 아니요 죽음은 죽음이 아니라는 생사대사(生死大事)를 그는 일찍부터 깨달았던 것이다. 이른바 만물제동의 원리인 것이다. 하나는 전체요 전체는 하나인 것이다.

이러한 큰 깨달음을 얻는 순간 우리는 지금까지 얽매어져 있던 개아(個我)에서 벗어나 우주와 나는 하나라는 것을 터득하게 된다. 하늘이 무너져도 흔들리지 않을 부동심은 바로 이때 얻어지는 것이다.

그러나 우리는 항상 자기 자신의 개별적인 자아에 늘 사로잡혀 있다. 이 개별적인 자아를 '거짓 나'라고 한다. 우리가 이 거짓 나에 묶여 있는 한 언제까지나 우아일체를 심정적으로 받아들일 수 없다. 왜냐하면 개아의 죽음은 나의 최후를 뜻하는 것이고 내 삶은 오직 금생 한 번밖에 없는 것이기 때문이다.

그러나 우리가 마음을 완전히 비우고 우주 전체를 진정으로 내 것으로 받아들일 때 나와 너의 구별은 사라지게 된다. 이때 개체적 생명은 전체적인 생명으로 탈바꿈하게 된다. 바로 이 사실을 깨닫는 순간 우리에게서 생사는 사라지는 것이다.

범부가 말하는 죽음은 생명의 존재 양상의 변화일 뿐이고 진정한 의미의 죽음 같은 것은 더이상 존재하지 않게 된다. 생사를 초월하는 순간이다. 이것을 경험한 사람은 더이상 생사 문제 따위에 시달리는 일은 없게 될 것이다.

9

하백이 말했다.

"그렇다면 도를 왜 귀하게 여깁니까?"

북해 약이 말했다.

"도를 아는 자는 반드시 만물에 구비되어 있는 도리에 통달하게 되고, 이 도리에 통달한 사람은 예외 없이 만물의 변화에 적응하는 능력을 지니게 된다. 만물의 변화에 적응할 수 있는 사람은 외부의 사물에 의해 자기가 손상당하는 일이 없다.

이런 최고의 덕을 갖춘 사람은 불에 태워 죽일 수도 없고 물에 빠뜨려 죽일 수도 없으며, 더위나 추위도 그를 해치지 못하고 금수도 그를 상하게 하지 못한다. 그렇다고 해서 그가 이러한 위험을 경시하는 것은 아니다. 안위를 잘 살피고 화복 어느 것에 안주하여도 마음이 흔들리지 않으며, 거취를 신중히 하기 때문에 무엇이든지 그를 해치지 못한다.

그래서 이런 옛말이 있다.

'우리는 자연을 속에 갖추고 있다. 인위적인 것은 이런 자연에서 빠져나와 밖으로 달려 나간다. 그러니까 진정한 덕은 우리 속에 있다.'

이 자연과 인위의 차이를 잘 인식하여 오로지 자연의 입장에 서서 무위의 덕에 몸을 맡기고 환경의 변화에 따라 자유자재하게 나아가고 물러난다면, 근원적인 도의 자리에 복귀하여 궁극적인 진리에 대하여 말할 수 있는 사람이 될 것이다."

"그럼 무엇을 자연이라 하고 무엇을 인위라고 합니까?"

"소나 말이 네 개의 발을 가지고 있는 것을 자연이라 하고, 말의 목에 고삐를 매고 소의 코를 꿰는 것을 인위라고 한다.

그래서 옛사람도 말했다.

'인위로 자연을 손상해서는 안 되며 인위적인 지혜로 자연에서 받은 성명(性命)을 해쳐서는 안 된다. 그리고 자연에서 받은 것을 명성을 위해 희생해서는 안 된다.'

이처럼 자연에서 받은 것을 삼가 지키고 상실하지 않는 것을 자기의 진실한 면목으로 복귀한다고 한다."

〈해설〉

도에 통달한 사람, 그리고 최고의 덕을 갖춘 사람은 어떠한 재해에도 피해를 입는 일이 없다고 했다. 불에도 타지 않고 물에도 빠지지 않고 어떠한 짐승도 해치지 못한다고 했다. 그렇다면 도통한 사람은 보통 사람이 갖지 못한 초능력을 갖고 있다는 얘기일까? 어떠한 경우에도 그는 육체적으로 손상을 입지 않을 수 있다는 말인가?

어딘지 아리송하고 석연치 않다. 만약에 진정한 도인은 어떠한 경우에도 그의 육체에 손상을 입는 일이 없다고 한다면 초능력을 옹호하는 것밖에는 되지 않는다. 도인도 육체 인간으로 태어난 이상 자연의 이치에 따라 조만간 육체 인생을 마감하게 되어 있다. 여기에는 어떠한 초능력도 통하지 않는다.

그러니까 초능력을 숭상하는 것은 진정한 의미의 도와는 상관이 없다. 뭐니 뭐니 해도 도의 진수는 생사를 초월하는 데 있기 때문이다. 진정한 도인이라면 육체적인 생사 따위에 구애받지 않는다. 삼라만상을 하나로 보는 한, 육체의 죽음 따위는 진정한 의미의 죽음이 아니고 단지 생명의 존재 양상의 변화에 지나지 않는다.

그래서 생불생이요 사불사인 것이다. 다시 말해서 육체와 같은 형상에 얽매이는 일은 결코 없는 것이 진정한 생사를 초월하는 것이다. 위의 글을 쓴 사람은 생사일여를 아직도 깨닫지 못했거나 잠깐 무엇을 착각한 것이 아닐까?

10

발이 하나밖에 없는 기(虁)는 발이 많은 지네를 부러워하고, 지네는 발이 없어도 자유로이 움직이는 뱀을 부러워하고, 뱀은 형체가 없이도 자유롭게 갈 수 있는 바람을 부러워하고, 바람은 가지 않고도 멀리 볼 수 있는 눈을 부러워하고, 눈은 보지 않고도 많은 것을 알 수 있는 마음을 부러워한다.

한번은 기(虁)가 지네에게 말했다.

"나는 한 발로 겅중겅중 뛰어다니지만 그 한 개의 발조차도 마음대로 움직여지지 않는다. 그런데 그대는 수없이 많은 발을 사용하고 있다. 도대체 그 많은 발들을 어떻게 일일이 움직이는가?"

지네가 대답했다.

"별 뾰족한 수가 있어서 그런 것은 아니다. 당신은 사람들이 침 뱉은 모양을 보지 못했는가? 침을 힘차게 내뱉으면 큰 것은 구슬처럼 되어 튀어 나가고 작은 것은 안개처럼 흩어져 나간다. 이처럼 크고 작은 것이 어우러져서 입에서 튀어 나가는 숫자는 이루 헤아릴 수 없을 것이다.

그러나 침을 뱉는 사람이 일부러 그렇게 하려고 한 것은 아니다. 나 역시 내 속에 갖추어진 자연의 기능에 따라 움직이고 있을 뿐 어떻게 돼서 그렇게 되는지는 잘 모른다."

다음엔 지네가 뱀에게 물었다.

"나는 여러 개의 발을 움직여 가는데도 발이라고는 하나도 없는 그대를 따라갈 수 없으니 도대체 어떻게 된 거요?"

뱀이 대답했다.

"나는 자연에게서 받은 기능에 따라 움직이고 있을 뿐, 이렇게밖에는 달리 도리가 없다. 나에게는 발 같은 것은 소용이 없다."

뱀이 바람에게 말했다.

"나는 등이나 갈비뼈를 움직여서 이동하는데, 이것은 아직도 발을 움직여 나아가는 것과 비슷한 점이 있다. 그런데 그대는 휙휙 소리를 내면서 북해에서 일어나 남해 쪽으로 씽씽 날아간다. 그런데도 아무런 모습도 나타내지 않으니 어떻게 된 건가?"

바람이 대답했다.

"그렇다. 나는 휙휙 하면서 북해에서 일어나 남해로 씽씽 날아간다. 그러나 손가락 하나로 나를 막는 자가 있어도 나는 그것을 꺾지 못하고, 또 누가 나를 발길로 걷어차도 나는 어쩔 수가 없다. 그러나 큰 나무를 꺾고 큰 집을 날리는 일은 나만이 할 수 있는 일이다.

그러니까 나는 작은 것에는 지고 큰 것에는 이기는 것이다. 이렇게 큰 승리를 거둘 수 있는 것은 오직 성인만이 할 수 있는 일이다."

〈해설〉

＊ 기(夔) : 용과 비슷한 모습이면서도 발이 하나인 짐승. 『산해경(山海經)』에 나온다.

11

공자가 광(匡)이라는 지방에 갔을 때였다. 송(宋)나라 사람들이 몇 겹으로 에워싼 채 그를 해치려고 했지만, 그는 태연자약하게 거문고를 뜯으면서 노래 부르기를 그치지 않았다.

자로(子路)가 공자에게 말했다.

"어찌하여 선생님께서는 그렇게도 즐거운 척하고 계실 수 있습니까?"

공자가 대답했다.

"이리 가까이 오라. 내 너에게 그 까닭을 말해 주리라. 나는 역경을 꺼리고 싫어한 지 오래되었건만 그 역경에서 벗어날 수 없는 것은 운명이라는 것을 깨달았다. 나는 또 내 뜻대로 모든 일이 되어 가기를 바라고 살아온 지 오래되었건만 그 소망이 이루어지지 않은 것은 시절 탓임을 알았다.

요순시대에는 천하에 불우한 자는 아무도 없었다. 그것은 그때 사람 모두가 지혜가 있었기 때문만은 아니었다. 또 걸주 때에는 천하에 뜻을 얻은 자는 아무도 없었다. 그것은 그 사람들 모두가 지혜가 없어서 그렇게 된 것은 아니었다. 그들이 만난 시절이 우연히 그랬던 것뿐이었다.

물에서 도롱뇽이나 용을 두려워하지 않는 것은 어부의 용기이며, 육지에서 외뿔소나 호랑이를 피하지 않는 것은 사냥꾼의 용기이고, 칼날이 눈앞에서 번쩍여도 죽음을 삶과 같이 보는 것은 열사의 용기다. 자기가 불우한 것은 운명임을 알고, 자기 뜻대로 되는 것은 시절 탓인 줄 알고, 큰 곤경에 처해서도 두려워하지 않는 것은 성인의 용기다.

자로야, 마음을 조용히 가다듬고 듣거라. 내 운명은 하늘에 의해 이미 정해져 있느니라."

이런 대화가 있은 지 얼마 안 되어 무장한 장수가 나타나서 사과했다.

"저희들은 선생님을 양호(陽虎)인 줄만 알고 포위했었습니다. 그러나 이제는 실상을 알았으니 사죄를 올리고 물러가겠습니다."

〈해설〉

＊ 광(匡) : 광이란 지명은 위(衛), 정(鄭), 송(宋)에도 각기 다 있었다고 한다.

＊ 양호(陽虎) : 공자와 동시대인으로 악명이 높았던 정객. 그는 노(魯)에서 반란을 일으켰다가 도망쳤다. 일찍이 광(匡)에 해를 끼친 일이 있었으므로 그와 용모가 비슷한 공자를 보고 그곳 사람들이 그를 잡으려고 포위했었다.

여기 나오는 자로와 공자의 문답은 물론 도가가 꾸며낸 이야기다. 그러나 실제로 공자가 광(匡)에서 곤경을 겪은 일이 있었던 모양이다. 『논어』 자한편에도 그러한 기록이 나와 있다. 여기에 따르면 포위당한 공자는 그때 다음과 같이 말했다고 한다.

"하늘이 이 도를 버리려 하지 않았을진대 광인(匡人)들이 나를 어찌하겠는가?"

이것은 물론 유교적 신념을 갖고 살아간 공자의 심경을 잘 나타낸 것이라고 할 수 있다. 그러나 이것을 도가의 관점에서 살펴본다면 도가 무엇인지도 모를 뿐만 아니라 도에 역행하는 처사가 아닐 수 없다. 모든 것을 있는 그대로 받아들이고 선악과 시비의 판단은 지양하는 것이야말로 도가의 신념인 것이다. 따라서 여기 나오는 공자는 도가의 성인으로 변모된 것이다.

12

공손룡(公孫龍)이 위모(魏牟)에게 물었다.

"나는 어릴 때부터 성왕들의 도를 배우고 장성함에 따라 인의의 행위가 무엇인지 알게 되었습니다. 또 같은 것과 다른 것이 사실은 하나임을 증명하고 돌멩이의 굳은 성질과 흰 빛깔은 별개의 것이라고 논했습니다. 또 상식이 부정하는 것을 긍정하고 세상에서 불가능하다는 것을 가능하다고 주장해서, 제자백가의 지혜를 무색하게 하고 여러 사람들이 입을 못 열게 했습니다.

그리하여 제 딴에는 최고의 경지에 오른 것으로 알고 있었습니다. 그러나 이제 장자의 말을 듣고 나서는 망연자실하고 오직 감탄할 뿐입니다. 내 언변이 그에 못 미치는지 아니면 내 지혜가 그만 못한지는 모르겠지만 이제는 입을 열 용기가 나지 않습니다. 그 까닭을 알고 싶습니다."

위모는 책상에 기댄 채 길게 한숨을 내쉬더니 하늘을 향해 껄껄 웃었다.

"자네는 우물 안 개구리 얘기를 들어 보지 못했는가? 그는 동해에서 살다 온 자라를 보고 이렇게 말했다네.

'나는 산다는 것이 하도 즐거워 죽을 지경이다. 나는 우물 난간에서 뛰어놀기도 하고 우물 안에 들어가 깨진 벽돌로 쌓아 올린 벽에 기대어 쉬기도 한다. 물속에 들어가서는 두 손을 맞잡은 위에다가 턱을 받치고 떠다니기도 한다. 진흙을 걷어차도 발이 물에 잠길 뿐 아무런 흔적도 생기지 않는다.

장구벌레나 올챙이를 둘러보아도 나를 따를 자가 없다. 게다가 한 우물의 물을 독차지하고 이 우물 속에서는 내로라하고 큰소리치고 사는 재미야말로 그 무엇과도 비교할 수 없다. 그대도 가끔 찾아와 구경해 보는 것이 어떻겠는가?'

그 소리를 들은 자라는 시험 삼아 우물 속에 들어가 보려 했지만 왼쪽 발이 다 들어가지도 않았는데 벌써 오른쪽 무릎이 걸리고 말았다. 그래서 어정어정 뒷걸음질을 하면서 개구리에게 바다 이야기를 들려주었다.

'내가 사는 바다는 천리의 너비라는 말로는 그 너비를 나타낼 수 없고, 천리의 깊이라는 말로는 그 깊이를 다 헤아리지 못한다. 옛날 우왕 시절에는 10년 동안에 아홉 번이나 홍수가 났지만 바닷물은 그로 인해 더 느는 일이 없었다.

탕왕 때에는 8년 동안에 일곱 번이나 가뭄이 들었건만 기슭의 바닷물은 조금도 줄어들지 않았다. 시간이 흘렀다고 해서 변하지 않고 강우량의 다소에 따라 늘거나 줄지 않는 것이 동해에 사는 나의 큰 즐거움이다.'

우물 안 개구리는 이 소리를 듣자 깜짝 놀라 멍하니 넋을 잃어버렸다고 한다."

〈해설〉

* 공손룡(公孫龍) : 제자백가(諸子百家) 중 논리학파라고 할 수 있는 이른바 명가(名家)에 속했던 사람. 조(趙)의 태생으로 서기전 3세기 전반을 중심으로 활약했을 것으로 추측된다.

* 위모(魏牟) : 위(魏)의 종실로서, 공자모(公子牟)라고도 한다.

13

위모가 다시 말을 이어나갔다.

"게다가 그대는 시비의 한계조차 모르는 지혜로 더욱 장자의 말뜻을 이해하려고 나대니 기가 막힌다. 그것은 마치 모기에게 산을 지우고 파리를 보고 날아서 황하를 건너가라고 하는 것과 같다. 그대의 능력으로 될 일이 아니다. 또 극묘한 도를 논하는 말도 이해하지 못하는 주제에

논쟁에서 일시적으로 승리했다고 해서 만족해하는 것은 우물 안 개구리와 무엇이 다르겠는가?

게다가 장자라는 인물은 아래로는 황천(黃泉)에까지 이르고 위로는 하늘 끝까지 올라가, 남쪽도 북쪽도 없이 널리 사방으로 번져서 헤아릴 수 없는 깊이에 도달해 있다. 그리고 동서의 구분도 없는 깊은 도의 극치로부터 나와 대도로 복귀하고 있는 것이다.

그런데 그대는 좀스럽게도 장자의 본질을 자신의 관점으로 이해하려 하고 차별적인 엉터리 논리로 탐구하려 한다. 이것은 가는 대롱으로 하늘을 엿보려는 것과 같고 송곳으로 땅을 뚫어서 그 깊이를 헤아리려는 것과 같은 태도다. 너무나 소견이 좁다고 생각지 않는가? 어서 돌아가도록 하라.

그리고 그대는 저 수릉(壽陵)의 젊은이가 한단(邯鄲)으로 걸음걸이를 배우러 갔던 얘기를 듣지 못했는가? 그들은 한단의 멋진 걸음걸이를 배우기는커녕 자기 자신의 본래의 걸음걸이도 잊은 채 엉금엉금 기어서 돌아왔다고 하지 않던가? 그대도 속히 돌아가지 않으면 그대의 본래의 보행법까지 잊어버리게 될 것이다. 그리하여 그대가 자랑하는 변론술까지도 상실당하고 말 것이다."

공손룡은 입이 벌어진 채 다물어지지 않았고, 혀가 말려 들어간 채 펴지지 않았다. 결국 그는 뒤도 돌아보지 않은 채 도망치고 말았다.

14

장자가 복수(濮水)에서 낚시질을 하는데 초왕(楚王)이 대부(大夫) 두 사람을 그에게 보내어 자기의 뜻을 전하게 했다.

"폐가 될지 모르겠으나 나라 안 정치를 선생에게 맡기고 싶소."

장자는 낚싯대를 든 채 돌아보지도 않고 말했다.

"나는 초국에 신령스러운 거북이가 있다는 얘기를 들었소. 그 거북이는 죽은 지 3천 년이나 되었는데도 왕은 이것을 비단으로 감싸서 상자에 넣고 종묘 안에 소중히 모셔 두고 있다고 하오. 그런데 이 거북이는 죽어서 뼈만 남은 채 소중하게 모셔지기를 바라겠는가 아니면 살아서 진흙 속에서라도 꼬릴 내밀고 기어다니기를 바라겠는가?"

"그야 살아서 진흙 속에서 꼬리를 끌고 기어다니는 쪽이 낫겠죠."

장자가 말했다.

"어서 돌아가라. 나도 진흙 속을 기어다니고 싶으니!"

〈해설〉

『사기(史記)』에는 이 이야기를 사실로 보았고, 여기 나오는 초왕은 위왕(威王)이라고 했다. 꾸며낸 우화도 진실성이 있으면 사실로 둔갑할 수 있음을 보여 준다.

정치에 평생을 바친 끝에 이름이 천추에 남을 공적을 세우기보다는 비록 빈천한 생활을 할망정 자기 뜻대로 자유롭게 사는 길을 택하겠다는 과연 장자다운 발언이다. 이 얘기는 생사에 차별을 두었다는 점에서 만물제동 사상과는 모순되는 것처럼 보일지도 모른다.

그러나 장자는 노자와는 달리 처음부터 정치에는 철저하게 무관심했다는 것을 보여 줌으로써 오히려 장자의 진면목을 그대로 전한 것으로 보인다.

15

혜자(惠子)가 양(梁)의 재상이 되었다. 장자가 그를 만나러 갔다. 그러나 어떤 자가 한발 앞서 혜자에게 고자질했다.

"장자가 찾아오는 것은 당신을 대신하여 재상이 되려고 하기 때문입니다."

이 말에 잔뜩 겁을 집어먹은 혜자는 장자를 잡으려고 밤낮 사흘 동안 나라 안을 이 잡듯 했다. 그러나 장자는 제 발로 혜자 앞에 나타나 말했다.

"남방에 원추(鵷鶵)라는 새가 있는데 당신도 아는지 모르겠소. 그런데 이 새는 남해를 떠나 북해로 날아가는데 도중에 오동나무가 아니면 앉지를 않고, 대나무 열매가 아니면 먹지를 않으며 맛이 단 샘물이 아니면 마시지 않았소.

한번은 소리개가 썩은 쥐를 주워먹으려는 참인데 이 새가 그곳을 지나가게 되었다오. 소리개는 먹이를 빼앗길까 봐 겁이 나서 그 새를 쳐다보며 '꺅'하고 위협하는 소리를 내어 질렀지. 당신은 지금 양나라 재상이라는 하찮은 벼슬자리를 빼앗길까 겁이 나서 나를 보고 '꺅'하고 소리를 질러 위협하자는 것인가?"

〈해설〉

＊ 혜자(惠子) : 논리학파인 명가(名家)에 속하는 사람으로 장자의 친구. '소요유' 편에도 나온다.

＊ 양(梁) : 위(魏)의 별명. 대량(大梁)이라는 곳에 도읍했으므로 양(梁)이라고도 한다.

＊ 원추(鵷鶵) : 상상의 새.

16

장자가 혜자와 함께 호수(濠水)의 다리 위를 거닐고 있었다.

장자가 말했다.

"조어(鯈魚)가 물에 나와 유유히 노닐고 있군. 이것이야말로 물고기의 즐거움이렷다."

혜자가 대꾸했다.

"자네는 물고기도 아닌데 어찌 물고기의 즐거움을 알 수 있단 말인가?"

장자가 말했다.

"자네는 내가 아니거늘 어찌하여 내가 물고기의 즐거움을 모른다고 할 수 있단 말인가?"

혜자도 만만치 않았다.

"물론 난 자네가 아니니까 자네를 알 턱이 없지. 마찬가지로 자네는 물고기가 아니니까 자네가 물고기의 즐거움을 모를 것은 당연하지 않은가?"

장자가 말했다.

"이것 보게. 이야기를 처음으로 돌려놓고 생각해 보세. 자네가 처음에 나를 보고 '자네는 물고기도 아닌데 어찌 물고기의 즐거움을 알 수 있단 말인가?'하고 물은 것은 자네가 이미 내가 물고기의 즐거움에 대해 알고 있는지 모르고 있는지를 알고 나서 나에게 물은 것일세. 그렇다면 고기가 아닌 내가 고기의 마음을 모를 것도 없지 않은가? 나는 호수 위에 서 있으면서도 고기의 마음을 알 수 있단 말일세."

〈해설〉

얼핏 보면 독자들을 일종의 논리의 유희 속에 휘말려 들게 하는 것 같다. 혜자가 원래 논리학파인 명가(名家)에 속한 사람이니까 그런 것 같다. 그래도 유심히 읽어 보면 장자와 혜자 사이에는 근본적인 관점의 차이가 드러난다.

장자는 사람이면서도 물고기의 마음을 읽을 수 있다고 한 점에서 만물 제동의 견해를 피력하고 있다. 한편 명가인 혜자는 자기중심에 자리잡은 이렇다 할 근본적인 관점도 없이 덮어놓고 상대의 논리를 부정부터 해 놓고 보는 데만 급급한 것 같다.

제18부 지락(至樂)

1

이 세상에 지극히 즐거운 일이 있을까 없을까? 자기 몸을 안전하게 살리는 길이 있을까 없을까? 우리는 이제부터 무엇을 하고, 무엇에 바탕을 두고, 무엇을 피하고, 무엇에 몸을 두고, 무엇을 따르고, 무엇을 멀리하고, 무엇을 즐기고, 무엇을 싫어하면서 살아가야 하는 것일까?

무릇 세상 사람들이 알아주는 것은 부유한 것, 존귀한 것, 오래 사는 것, 착한 것 네 가지다. 세상 사람들이 즐기는 것은 몸이 편안한 것, 맛있는 음식, 멋있는 의복, 좋은 색채 그리고 듣기 좋은 음악이다. 세상 사람들이 천하게 여기는 것은 가난한 것, 누추한 것, 일찍 죽는 것, 나쁜 평판이다. 사람들이 고통으로 아는 것은 몸이 편안하지 못한 것, 맛있는 음식을 먹지 못하는 것, 좋은 옷을 못 입는 것, 좋은 색채를 못 보는 것, 좋은 음악을 못 듣는 것 따위이다.

만약에 원하는 일이 뜻대로 되지 않으면 몹시 걱정하고 두려워한다. 자기 몸을 위한답시고 하는 이러한 일들은 알고 보면 그야말로 어리석은 짓이 아닐까?

부자는 자기 몸을 괴롭히면서 일을 하여 많은 재산을 모으지만 그것들을 다 자기를 위해 쓰지도 못한다. 그렇다면 부유함으로 자기 몸을 위한다는 것은 아주 빗나간 생각이다. 또 고귀한 위치에 있는 사람은 밤낮 앉아서 정치가 잘되는지 안되는지 하는 문제에만 골몰하고 있다. 그도 역시 자기의 심신을 괴롭히는 것이므로 고귀한 지위로 자기의 몸을 위한다는 것도 빗나간 생각이다.

사람이 이 세상을 살아간다는 것은 근심과 함께 살아가는 것과 다를 바 없다. 그러므로 오래 사는 사람은 정신이 흐리멍덩해지고 공연히 근심만 오래 계속하면서 마음대로 죽지도 못하니 이게 또 얼마나 괴로운 일인가? 그렇다면 오래 사는 것으로 자기 몸을 위한다는 것도 역시 잘못된 생각임이 분명하다.

2

열사는 세상 사람들로부터 칭송을 듣지만 자기 몸을 보존하지는 못한다. 나는 세상에서 좋다고 칭송하는 것이 정말 좋은 것인지 좋지 않은 것인지 의심스럽다. 만약에 그것이 세상이 칭송하는 대로 정말 좋은 것이라면 자기 일신조차 보존하지 못한다는 것은 우스운 일이다.

또 세상의 칭송과는 달리 사실은 그것이 좋지 않다고 한다면 어떻게 되겠는가? 그럴 경우 열사의 행위가 여러 사람을 살리는 결과를 가져오는 엄연한 사실을 어떻게 해석하겠는가? 어느 면으로 따져 보아도 세상의 명성은 모순을 내포하고 있다.

그래서 옛사람들은 말했다.

"진심으로 간해도 듣지 않을 때는 상대의 뜻대로 따르되 다투지는 말라."

그러니까 오자서(伍子胥)가 군왕과 다툰 끝에 자기 목숨을 잃은 것은 이런 교훈을 따르지 않았기 때문이라고 할 수 있다. 그러나 몸만 사리고 군주에게 아부만 한다면 명성을 얻기는 어려울 것이다. 참으로 명성이라는 것이 좋은 것인지 나쁜 것인지 잘 판단이 서지 않는다.

〈해설〉

＊ 오자서(伍子胥) : 오왕(吳王) 부차(夫差)를 섬겨 큰 공을 세웠지만 왕의 뜻을 어겼기 때문에 죽임을 당했다.

유교와 도교의 근본적인 차이점은 무엇일까? 유교는 천하를 바르게 다스리는 것을 제일의 덕목으로 삼는다. 그러나 장자의 도교는 인간의 근본 문제인 죽음을 극복하여 생사일여를 달성하여 무위를 체득하는 것을 제일의 목표로 삼는다.

유교에서는 살신성인을 가장 큰 덕목으로 삼고 있으므로 죽어야 할 자리에 죽지 못하는 것은 부도덕한 것이 된다. 그러나 도가의 근본 사상은 정의니 불의니 하는 차별심을 초월하고 있으므로 명성이니 대의명분이니 하는 것이 안중에 있을 리가 없다.

3

세상 사람들이 하는 일이나 그들이 즐기고 있는 것을 살펴볼 때 그들이 즐거워하는 것이 과연 즐거운 것인지 즐겁지 않은 것인지 나는 알 수가 없다. 세상 사람들이 즐거움을 추구하는 모양은 꼭 사지를 향해 무작정 돌진하는 미쳐버린 소떼와 같아서 중도에 멈출래야 멈출 수 없어 보인다.

그러면서도 모두가 즐겁다 즐겁다 하지만 나에게는 그게 과연 즐거운 것인지 즐겁지 않은 것인지 모르겠다. 그렇다면 즐거움이란 과연 있는 것일까, 없는 것일까? 나는 무위야말로 진정한 즐거움이라고 보고 있지만 세상 사람들에게는 이것이 도리어 큰 고통이 되는 모양이다.

그래서 옛사람들은 다음과 같이 말했다.

"최고의 즐거움은 세속적 즐거움이 아니고, 최고의 명예는 세속적인 명예를 초월한다."

이와 마찬가지로 세상의 시비라는 것도 쉽게 결정짓기 어려운 점이 있다. 그러나 무위의 입장에서 보면 무엇이 과연 옳고 그른지 결정을 내릴 수 있다. 최고의 즐거움과 진정으로 자기를 살려 가는 길은 오직 무위 속에만 있는 것 같다.

시험 삼아 좀더 얘기를 계속하겠다. 하늘은 무위의 덕을 지녔으므로 저처럼 맑은 것이고, 땅 역시 무위의 덕으로 인해 이처럼 안정을 얻을 수 있음을 알아야 한다. 하늘과 땅의 두 무위가 어울려서 이처럼 만물이 생육할 수 있는 것이다.

천지조화는 하도 황홀해서 어디서 어떻게 되어 나오는지 알 수 없다. 그러므로 그저 막연히 그 형태를 포착할 수밖에 없다. 그런데도 만물은 끊임없이 무위에서 생겨나고 있다.

그래서 옛사람들도 다음과 같은 말을 했다.

"천지는 무위다. 그러므로 못 하는 일이 없다."

사람들 중에서 과연 누가 이 무위의 덕을 체득하겠는가?

〈해설〉

세속적인 부귀영화라는 것이 알고 보면 모두 다 한낱 뜬구름 같은 것임을 드러내 보이고 있다. 부귀영화를 벗어난 무위야말로 진정한 즐거움임을 논증하고 있다.

4

장자의 아내가 죽어서 혜자(惠子)가 조문을 갔다. 때마침 장자는 두 다리를 쭉 뻗고 앉아서 쟁반을 두들기면서 노래를 하고 있었다. 혜자는 하도 기가 막혀서 물었다.

"자네와 부부가 되어 같이 살았고 자식을 낳아 길렀으며 그대를 위해 늙지 않았는가? 그런 부인이 돌아가셨는데 곡은 하지 못할지언정 쟁반을 두들기면서 노래까지 부른다는 것은 좀 심하다고 생각지 않는가?"

장자가 대답했다.

"그렇지 않다. 처음 아내가 죽었을 때는 나라고 해서 어찌 슬프지 않았겠는가? 그러나 아내의 근원을 캐어 보니 원래는 생명도 없었음을 알아냈다네. 생명이 없었을 뿐만 아니라 원래는 육체도 없었음이 확실하네. 아니 단순히 육체만 없었을 뿐만 아니라 육체를 형성하는 음양의 두 기운조차 없었던 것이 사실이야.

모든 것이 혼돈 속에 뒤섞여 있는 중에 변화가 일어나 기(氣)가 생겼고, 그 기가 변화하여 형체를 이루었고, 다시 이 형체가 변화해서 생명이 생긴 것이다. 그런데 지금은 다시 한 번 변화가 되풀이되어 죽음으로 돌아간 것뿐이다.

이것은 춘하추동 사계절이 순환하는 것이나 다름이 없다. 지금 내 아내는 천지라는 거대한 방안에서 편히 잠들려 하는 판인데, 내가 시끄럽게 곡을 한다는 것은 아무래도 너무나 천명을 모르는 소행으로 생각된다. 그래서 곡하는 것을 그만둔 것이네."

〈해설〉

생이란 무엇인가? 생이란 원래 아무것도 아닌 것이다. 다시 말해서 허무다. 장자에 따르면 아무것도 없는 데서 무위자연의 도에 의해 생겨난 것이 생명인 것이다. 도에는 원래는 처음도 끝도 없다. 처음과 끝은 서로 맞물려서 끊임없이 순환한다. 밤과 낮, 춘하추동처럼. 그러므로 장자에겐 삶과 죽음은 무위자연의 순환과정에 지나지 않는 것이다.

따라서 장자는 자기 아내의 죽음을 새 생명을 잉태하기 위한 휴식으로 보았다. 곡을 하며 슬퍼하기보다는 도리어 새 생명의 탄생을 축하하기 위해 노래를 불렀던 것이다. 죽었다고 해서 슬퍼할 것도 없고 태어났다고 해서 기뻐할 것도 없다. 생사일여니까.

5

지리숙(至理叔)이 골개숙(滑介叔)과 같이 명백(冥伯)의 언덕, 곤륜(崑崙)의 뫼에 있는, 황제가 옛날에 놀았다는 유적을 구경했다. 그때 갑자기 골개숙의 왼쪽 팔꿈치에 혹이 생겨났다. 그는 찔끔했다. 불길한 생각이 들었던 것이다.

이것을 눈치챈 지리숙이 물었다.

"섬뜩한 느낌이 드는 모양이군?"

그러나 골개숙은 태연히 응답했다.

"천만에, 내가 왜 섬뜩하겠는가? 인생이란 본래 빚이라네. 여기저기서 이것저것 꾸어다가 육체라는 것이 만들어져 이렇게 살고 있는 것이라네. 그러니까 생명이란 먼지나 때와 다를 것이 없어요. 먼지와 티끌에서 꾸어다가 생겨난 생명이 때로는 다시 먼지와 때로 돌아가는 것이니까 생사란 주야가 교체하는 것이나 다를 바 없네.

그리고 나는 그대와 함께 만물의 변화를 구경하러 왔다가 그 변화의 하나가 나에게 나타난 것에 지나지 않는 것이네. 그런데 내가 왜 이것을 마다하겠는가?"

〈해설〉

＊ 지리숙(至理叔), 골개숙(滑介叔) : 모두 가공의 인물이다.

＊ 명백(冥伯)의 언덕, 곤륜(崑崙)의 뫼 : 모두 가공의 장소이다.

6

장자가 초(楚)나라에 갔을 때 길가에서 앙상한 해골을 보았다. 해골은 바싹 말라서 겨우 형태만 남기고 있었다. 그는 말채찍으로 그 해골을 두들기면서 물었다.

"너는 생만을 탐하고 생활에 절도를 잃어서 이 꼴이 되었느냐? 아니면 나라 망칠 일을 했다가 벌을 받아 이 꼴이 되었느냐? 그렇지 않으면 나쁜 짓을 했다가 부모와 처자에게 치욕이 돌아갈까 겁을 먹고 자살해서

이 꼴이 되었느냐? 아니면 추위에 얼고 주린 끝에 이 꼴이 되었느냐? 그렇지 않다면 네 수명이 그것뿐이었더냐?"

말을 마치자마자 장자는 그 해골을 베고 누워서 잠이 들어 버렸다. 밤중에 그 해골이 꿈속에 나타나 말했다.

"그대가 하는 얘기는 저 변론가들의 말과 흡사하군. 그대들이 말하는 것은 모두가 인생의 괴로움뿐인데 막상 죽어 보면 노상 그렇지만은 않다네. 그대는 죽음의 즐거움에 대하여 들어 보고 싶지 않나?"

"좋소이다. 들려주시오."

장자가 듣기를 원했으므로 해골이 말을 계속했다.

"죽음의 세계에는 군왕이 있는 것도 아니고 신하가 있는 것도 아니라오. 거기에는 또 사계절의 변화도 없소. 다만 천지와 더불어 유연히 세월을 보낼 뿐이오. 임금의 즐거움이라고 해도 여기서 더할 것은 없다오."

장자는 그 말이 곧이들리지 않았으므로 다시 물었다.

"내가 목숨을 주관하는 사명(司命)에게 부탁하여 그대의 육신을 부활케 하고 뼈와 살을 예전과 같이하여, 그대의 부모형제와 처자와 고향의 친지들에게 보내 준다면 그대는 그것을 원하겠는가?"

해골은 심히 못마땅하다는 투로 말했다.

"내가 왜 군왕과 같은 호사를 마다하고 다시금 인간의 고통을 되풀이하겠는가? 그런 소리는 두 번 다시 하지도 말게."

〈해설〉

＊ 사명(司命) : 수명(壽命)을 관장하는 신령.

장자는 내편에서도 만물제동설과 생사일여(生死一如)를 주장했지, 삶과 죽음 사이에 어떤 근본적이고 질적인 차이가 있다고는 말하지 않았다. 그러니까 삶은 고통이고 죽음은 즐거움이라고 말하는 것은 '개똥밭에 구르는 한이 있어도 저승보다는 이승이 낫다'는 속담과는 정반대의 논법이라고 하겠다.

생사는 하나이지 둘이 아니라는 것을 알아야 한다. 어떤 사람이 전생보다 금생이 더 고통스럽다면 그것은 그 사람 자신의 인과응보일 뿐이지 다른 이유가 있는 것은 아니다. 착하고 좋은 일 많이 한 사람은 복을 누릴 것이고 모질고 나쁜 짓 많이 한 사람은 재앙과 고통을 당하게 되어 있는 것이다. 우리가 유위계에 사는 한 인과응보의 법칙에서는 한 치도 벗어날 수 없는 것이다.

7

안연(顔淵)이 동쪽에 있는 제(齊)나라에 사신으로 가게 되었다는 소식을 접한 공자는 금세 근심스러운 얼굴이 되었다. 이것을 눈치챈 자공(子貢)이 공자에게 물었다.

"선생님께 감히 말씀드리겠습니다. 안회(顔回, 안연과 같은 사람)가 동방의 제나라에 가게 되었는데, 왜 선생님께서는 불편한 심기를 떠올리십니까?"

공자가 대답했다.

"너는 참 좋은 질문을 했다. 옛날에 관자(管子)가 한 말 중에 내가 좋아하는 말이 있다. 그것은 '주머니가 작으면 큰 물건을 넣지 못하고, 두레박줄이 짧으면 깊은 우물물을 길어 올리지 못한다'는 말이다. 타고난 운명은 이미 정해져 있고 모든 형태 있는 것은 제각기 그것에 어울리는 할 일이 있는데 그것은 줄이지도 늘리지도 못한다는 뜻이다.

나는 안회가 제나라 군주 앞에서 요순이나 황제의 도를 설명하고 수인씨(燧人氏), 신농씨(神農氏) 얘기를 꺼내지 않을까 그것이 걱정이다. 제나라 군주는 그들 성인들의 훌륭한 덕목을 자기 스스로 갖추지 못했다고 치자. 그렇게 되면 제나라 군주는 안회에 대해 의심을 품을 것이며 그것이 빌미가 되어 안회는 죽임을 당할지도 모른다.

너는 이런 말을 듣지 못했느냐?

옛날에 바닷새가 노(魯)나라 서울 변두리에 날아 온 일이 있었다. 노나라 군주는 그것이 상서로운 조짐이라고 해서 몸소 나아가 맞이하여 종묘에 잔치를 베풀고 구소(九韶)의 음악을 연주하여 새의 마음을 즐겁게 해주려고 하였다.

그뿐 아니라 소, 양, 돼지고기까지 갖춘 진수성찬을 대접했다. 그러나 새는 눈을 깜짝이면서 매우 슬픈 표정을 짓고 한 조각의 고기도 먹으려 하지 않았고 한 잔의 술도 들지 않더니 사흘째가 되자 죽어 버렸다.

왜 그랬을까? 그것은 새의 식성에 따라 새를 대접한 것이 아니고 인간의 식성에 따라 새를 대접했기 때문이었다. 새의 생활방식대로 새를 기른다는 것은 깊은 숲속에서 살게 하고 호숫가에서 놀게 하고, 넓은 강이나 호수에서 헤엄치게 하여 미꾸라지나 송사리를 잡아먹게 하고, 다른 새들과 어울려 날다가 나뭇가지에 앉아서 자유롭게 시간을 보내게 하는 것이다.

그 바닷새는 사람의 말조차 듣기 싫어하는 판인데 어찌 시끄러운 사람의 음악을 듣고 견디어 낼 수 있었겠는가? 함지(咸池)나 구소(九韶)의 음악을 동정(洞庭)의 들판에서 연주한다면 새들은 그것을 듣고 날아가 버리고, 짐승 역시 그 소리를 듣기가 무섭게 도망치며 고기는 물속 깊이 숨어 버릴 것이다.

오직 사람들만이 그런 음악을 들으면 신이 나서 삥 둘러서서 귀를 기울인다. 고기는 물이 아니면 살지 못하지만 사람은 물속에 들어가면 살지 못한다. 서로 생리가 다르기 때문에 생사의 조건도 달라지는 것이다.

그래서 옛 성인들은 만물의 능력을 동일하게 보지 않았으며 사람이 하는 일도 그 능력에 따라 차등을 두었다. 실정에 알맞은 이름을 지어 주고 실천해야 할 규범도 그 사람에게 어울리는 것 이상으로는 요구하지 않았다. 이러한 방식을 이치가 통하고 행복을 유지케 하는 비결이라고 한다."

〈해설〉

＊ 관자(管子) : 춘추 시대 제환공을 도와 패자가 되게 한 대정치가. 이름은 중(仲), 그의 저서라고 하는 『관자(管子)』가 전해 온다.

＊ 함지(咸池) : 요임금 때의 음악 이름.

＊ 구소(九韶) : 순임금이 만들었다는 음악.

8

열자(列子)가 여행 도중에 길가에서 밥을 지어 먹으려 할 때였다. 백 년은 족히 되었음직한 해골이 눈에 띄었다. 열자는 쑥을 뜯어 그것으로 해골을 가리키면서 말했다.

"오직 그대와 나만이 진정한 죽음도 없고 진정한 삶도 없다는 것을 알고 있다. 해골이 된 그대가 과연 슬픈지 이렇게 살아 있는 내가 즐거운지 누가 판단할 수 있겠는가? 만물이 생겨나는 씨앗에는 변화하고 생성하는 미묘한 작용이 있다. 만약에 그 씨앗이 물을 만나면 수초가 되고, 물과 흙이 맞닿는 곳에 있게 되면 물이끼가 되고, 언덕을 만나면 질경이가 된다.

그 질경이가 부토(腐土)를 만나면 오족(烏足)이 되고, 오족의 뿌리는 굼벵이가 되고 그 잎사귀는 호랑나비가 된다. 그 호랑나비는 곧 벌레로 변하는데, 그 벌레가 아궁이 근처에서 생겨나면 벌과 같은 모습이 되는데 구철(땅강아지)이라 불린다.

이 땅강아지가 천 일쯤 되면 새가 되는데 그 이름을 건여골(乾餘骨)이라 한다. 그 새가 뱉는 침이 사미(斯彌)라는 벌레가 되고, 그 사미는 식혜(食醯)라는 벌레가 된다. 이로(頤輅)라는 벌레가 이 식혜에서 생기고, 황황(黃軦)이라는 벌레는 구유(九猷)라는 벌레에서 생기고, 무예(瞀芮)라는 벌레는 부권(腐蠸)이라는 벌레에서 생긴다.

양해는 죽순이 나지 않는 오래된 대나무 근처에서 나며, 청녕(靑寧)이라는 벌레를 낳는다. 이 청녕이라는 벌레는 정(程)을 낳고, 정은 말을 낳고, 말은 사람을 낳는다. 그 사람이 죽으면 다시 원래의 미묘한 상태로 돌아간다. 이리하여 만물은 모두 미묘한 상태에서 태어났다가 미묘한 상태로 되돌아가는 것이다."

〈해설〉

현대의 식물학이나 동물학을 공부한 사람의 눈으로 볼 때는 의심스러운 점이 한두 가지가 아니다. '나무 잎사귀가 호랑나비가 되고… 벌레는 정(程)을 낳고, 정은 말을 낳고, 말은 사람을 낳는다'는 말은 황당하고 지나치게 비약적이다. 실례를 들어 말이 사람을 낳는다는 것은 진화 과정상 수많은 연결고리가 생략된 것이다. 그러나 그렇다고 해서 전체적인 발상 자체를 무시할 수는 없다.

다시 말해서 만물의 발생 과정 자체를 진화론적으로 설명했다는 점에서 우리의 주목을 끌고 있는 것이다. 현대과학으로도 아무것도 없는 무 즉 진공 상태에 산소, 수소, 질소 같은 기체가 주입되면 그것이 여러 단계의 변화 과정을 거쳐 물과 흙이 되고, 그것이 또 여러 과정을 거치는 동안 단세포 생물로 변하고 식물이 되고 그것이 변해서 곤충이 되고, 이것이 계속 변화 과정을 거쳐 짐승이 된다. 그 짐승이 다시금 수많은 변화 과정을 거쳐 마침내 사람이 된다. 그 사람은 죽음으로써 애초의 무의 상태로 되돌아간다는 것이 이 글의 줄거리이다.

이것이 물론 과학적인 근거가 있는 것은 아니지만 구도자들은 관(觀)과 명상을 통해서 직감적으로 이것을 알아낼 수 있다. 이와 비슷한 얘기가 『열자(列子)』에도 나온다. 그 취지는 무 또는 하나가 변하여 만물만상이 되었다가 결국은 다시 무 또는 하나로 되돌아간다는 발상이다.

다시 말해서 이것은 삼라만상을 하나로 보고, 삶과 죽음을 하나로 보는 진리에 대한 깨달음을 다루고 있다는 점에서 소중한 것이다.

제19부 달생(達生)

1

생명의 진실을 깨달은 사람은 생명의 본질로 보아 더이상 어떻게 해 볼 수 없는 일에는 처음부터 아예 체념을 하고 노력을 기울이려 하지 않는다. 천명(天命)의 진실을 통달한 사람은 인지(人智)로는 어쩔 수 없는 일은 처음부터 알려고 하지 않는다.

육체를 보전하기 위해서는 무엇보다도 물질이 필요하지만, 물질은 남아돌 정도로 가지고 있으면서도 자기 육체를 온전히 유지하지 못하는 사람이 있다. 생명을 보전하기 위해서는 무엇보다도 육체를 상실하지 말아야 한다. 그런데 육체를 상실하지 않았는데도 인간다운 진정한 삶을 잃고 있는 사람이 얼마든지 있다.

생명의 출현은 아무도 거부하지 못하며 생명의 소멸 역시 아무도 멈추게 할 수 없다. 그러나 안타깝게도 세상 사람들은 육체만 유지하면 그것으로 생명은 보전되는 것으로 알고 있다.

그러나 육체를 유지하는 것만으로는 생명을 보존하는 데 충분치 못하다는 것이 분명하다. 그렇다면 세상 사람들이 하는 많은 일은 부질없는 것이 되어 버린다. 해 볼 만한 가치가 없는데도 안 하고는 못 견디는 것은, 이 세상에 살고 있는 한 피할 수 없는 본능의 지배를 받기 때문이다.

육체를 유지하려는 속박에서 벗어나기 위해서는 세속에 대한 관심을 포기하는 것이 무엇보다도 중요하다. 세속에 대한 관심을 포기하면 번거로움이 없어질 것이며 번거로움이 없어지면 마음은 늘 편안해질 수 있다. 마음이 항상 편안하면 만물의 변화를 따라 언제나 새로워질 수 있다. 언제나 새로워질 수 있으면 생명의 진실을 체득할 수 있게 된다.

모든 세속적인 일은 일부러 버리지 않아도 자연히 버려지게 되고, 생명은 의도적으로 망각하지 않아도 자연히 망각하게 된다. 세속적인 일을 버리면 육체가 수고롭지 않고 생을 망각하면 정신은 손상받는 일이 없다. 만일 육체가 온전한 모습이 되고 정신이 본래의 상태로 되돌아간다면 자연 자체와 하나로 합쳐질 것이다.

천지는 만물의 어버이다. 하늘의 기운인 양과 땅의 기운인 음이 합쳐져서 형체가 생겨나고, 이 두 기운이 흩어지면 아무 생명도 없었던 원래의 상태로 되돌아간다. 육체와 정신이 손상되지 않은 상태를 보고 자연의 변화와 함께 돌아간다고 한다.

이렇게 하여 정신의 순수함을 끝까지 밀고 나가면 본원으로 되돌아가 하늘의 활동을 돕게 된다.

〈해설〉

몸과 마음을 온전하게 보존하는 양생법을 논하고 있다. 양생법의 비결은 육체만을 훌륭하게 보존하려는 인위와 사심을 버리는 일이다. 인위와 사심은 도리어 생명을 해치게 되므로 무위자연의 상태로 돌아가는 것이 생명을 올바르게 유지하는 길이라는 것이다.

2

열자(列子)가 노자의 제자인 관윤(關尹)에게 물었다.

"지인은 물속에 들어가도 질식하지 않고 불을 밟아도 데지 않으며, 만물을 굽어볼 수 있는 높은 곳에 올라가도 무서워서 떠는 일이 없다고 합니다. 어떻게 하면 이런 경지에 이를 수 있는지 가르쳐 주시기 바랍니다."

관윤이 대답했다.

"그것은 순수한 기운을 잘 지키기 때문이다. 지혜나 용기로 될 일이 결코 아니다. 자 그럼 거기 앉거라. 좀더 자세한 이야기를 들려주리다.

대체로 용모나 형태나 음성이나 색채를 지닌 것은 모두 물건이라고 한다. 물건과 물건 사이에는 본질적인 차이 같은 것은 없다. 그러므로 그 중에서 어느 것이 우수하다고 말할 수도 없다. 다 같이 형태와 빛깔에 얽매인 상태이기 때문이다.

물건에는 그 형태가 생겨나기 이전의 상태, 그 변화가 일어나지 않고 정지되어 있는 상태가 응당 있었을 것이다. 만약에 어떤 사람이 이것을 속속들이 환히 꿰뚫고 있다면 어떠한 유형의 물질이라도 이미 그 사람을 구속하지는 못할 것이다.

이러한 경지에 도달한 사람은 바깥에 보이는 물건에 빠지는 일도 없고 자기의 분수를 알아서 자기의 위치를 지킬 수 있다. 그리고 끊임없이 순환을 거듭하는 혼돈 속에 몸을 맡기고 만물만생이 거기서 시작되고 거기서 끝나는 조화의 세계에서 유유히 노닐면서, 자기의 본성을 순수하게 보존하고 정기를 기르고 무위의 덕과 일체가 되어 만물의 근원인 자연에 통달하게 된다.

이런 사람은 있는 그대로의 본능을 온전하게 보전하고 정신은 빈틈없이 충실해지게 된다. 바깥 물건이 침입하여 마음을 어지럽히는 일은 결코 있을 수 없다.

만취한 사람은 마차에서 굴러떨어져도 부상은 입을지언정 죽는 일은 없다고 한다. 여느 사람들과 똑같이 골절을 당해도 그 피해의 정도가 다른 것은 그 정신이 온전하여 무심한 상태에 있었기 때문이다. 다시 말해서 마차에 탈 때도 별다른 의식이 없었고 떨어질 때도 아무 의식이 없었으므로 죽음에 대한 경악이나 공포도 그의 가슴에는 비집고 들어갈 수가 없는 것이다. 그러니까 어떠한 위험에 처하더라도 끄떡도 하지 않는 것이다.

이처럼 완전한 무의식 상태를 술에 의해 얻는 경우에도 해를 피할 수 있다. 하물며 천도(天道)의 무위자연에 의해 완전한 정신을 얻은 사람이야 더 말해 무엇 하겠는가?

성인은 천도의 자연 속에 사는 사람이다. 그러므로 무엇에 의해서든지 마음을 상하는 일이 없는 것이다. 비록 복수하기 위해 싸우는 사람이라도 상대를 미워할망정 적이 사용하는 막야(鏌鎁)나 간장(干將)의 칼 자체를 꺾어 버리는 일은 없다. 또 아무리 사나운 사람이라도 바람에 불려서 자기에게 날아온 기와를 미워하지는 않는다. 왜냐하면 칼이나 기와는 아무 의식이 없기 때문이다.

그러므로 천하가 고루 태평하고 전쟁도 없고 사형도 없어지기 위해서는 이 자연의 도를 따라야 한다. 그러기 위해서는 인위적인 지혜를 넓히지 말고 자연의 도를 넓혀야 한다. 자연의 도를 넓히면 무위의 덕이 생기지만 인위적 지혜를 넓히면 세상을 해치게 된다. 자연의 도를 싫어하지 않고 인위적인 것에 대한 경계를 소홀히 하지 않는다면 백성들은 그 타고난 본성과 진실에 다가설 수 있을 것이다."

〈해설〉

＊ 관윤(關尹) : 관령(關令), 윤희(尹喜)라고도 한다. 노자가 관문을 나가 서쪽으로 가려고 할 때 그 관문을 지키는 책임자로 있던 그의 청에 의해 노자의 『도덕경』이 씌어졌다고 한다.

＊ 막야(鏌鋣), 간장(干將) : 둘 다 명검(名劍)의 이름.

내편의 경우 비록 무위자연, 만물제동, 생사일여 등이 설파되기는 했어도 그러한 경지에 도달하기 위한 구체적인 방편이 제시된 일은 없었다. 그러나 여기서는 인간의 내부 세계와 외부 세계를 엄격히 구분해서 외부 세계를 물질이 지배하는 곳으로 보고 바깥 물건 또는 외물이라고 하여 거기에 현혹되거나 빠지지 말 것을 강조하고 있다.

그 대신 인간의 내부 세계야말로 순수한 천성 즉 본성이 깃들어 있는 도의 근원으로 보고 있다. 다시 말해서 밖에서 찾지 말고 안에서 찾으라고 한 것이다. '하늘나라는 너희 안에 있다'고 한 예수의 말과도 상통한다. 그리고 직지인심 견성성불을 주장한 선종과도 맥을 같이한다. 그리고 '자성구자(自性求子)하라'고 한 『삼일신고』와도 뜻을 같이한다 하겠다. 장자 역시 진리는 안에 있지 밖에 있는 것이 아님을 알아챈 것이다.

3

공자가 초(楚)나라에 있을 때였다. 어느 숲속을 지나가다가 한 늙은 꼽추가 매미를 잡고 있는 것을 목격하게 되었다. 그는 마치 땅에 떨어진 물건을 주어 올리기라도 하듯 아주 수월하게 매미를 잡고 있었다. 그걸 본 공자가 물었다.

"참 잘도 잡으시는구면요. 무슨 비결이라도 있습니까?"

꼽추가 대답했다.

"비결이 있죠. 매미가 나오는 오뉴월에 장대 끝에 동그란 흙덩이 두 개를 포개 놓고 그것이 떨어지지 않도록 연습을 하면 매미를 놓치는 일은 아주 적어집니다. 세 개를 포개 놓고 안 떨어지게 할 정도가 되면 열 마리 중에서 한 마리씩은 놓치게 됩니다. 그러나 한 걸음 더 나아가서 다섯 개를 포개 놓아도 안 떨어질 수 있게 되면 땅에 있는 것을 줍는 듯이 아주 수월하게 매미를 잡을 수 있게 됩니다.

그런데 이 단계까지 오게 되면 내 몸놀림은 고목의 등걸 같아지고, 내가 뻗는 팔은 고목의 가지처럼 무심 그대로의 경지에서 움직이게 됩니다. 천지의 광대함과 만물의 다양함도 눈에 들어오지 않고 오직 매미만이 내 마음을 차지하게 됩니다. 나는 꼼짝도 하지 않기 때문에 그 무엇도 내 마음을 매미의 날개에서 떠나게 하지 못합니다. 이렇게 되면 매미 잡는 일은 식은 죽 먹기가 됩니다."

공자는 제자들을 돌아보면서 말했다.

"마음을 분산시키지 않고 한곳에 집중시킨다는 말이 있거니와 이 말은 바로 이 꼽추 노인을 두고 하는 말이 아니고 무엇이겠느냐."

〈해설〉

꼽추 노인은 매미 잡기에는 가히 입신의 경지에 들었다고 보아야 한다.

마치 자연의 도의 극치에 도달한 경우를 보는 느낌이다. 그러나 꼽추 노인이 그렇게 된 것은 아무 일도 하지 않았는데도 그렇게 된 것은 결코 아니었다.

그럼 무엇이 그로 하여금 그렇게 하도록 만들었을까? 그것은 두말할 것도 없이 그야말로 피나는 노력과 수련의 결과이다. 장대 끝에 동그란 흙덩이 다섯 개를 포개 놓아도 떨어뜨리지 않을 수 있는 고도의 정신집중이 있어야만 했던 것이다.

수많은 세월 동안의 인내와 시행착오의 극복을 통해서만 달성될 수 있는 지극한 인위적인 노력이 수반되어야 한다. 무위에 도달하기 위해서는 무수한 인위적인 노력이 뒤따르지 않으면 안 된다는 교훈을 말해 주고 있다. 무위자연만 주장하던 장자학의 놀라운 변모를 보여 주는 대목이다.

4

안회(顔回)가 공자에게 물었다.

"저는 상심(觴深)이라는 연못을 건넌 일이 있습니다만 그때에 저를 태워 준 뱃사공은 아주 귀신처럼 배를 잘 저었습니다. 그래서 저는 그에게 '배 젓는 법을 좀 배울 수 있겠느냐'하고 물었더니 이렇게 말했습니다.

'물론입니다. 헤엄을 잘 치는 사람은 연습만 하면 곧 배웁니다. 더구나 자맥질 잘하는 사람은 배를 한 번도 저어 본 일이 없어도 곧 저을 수 있습니다'

저는 그 까닭을 물었지만 대답해 주지 않았습니다. 왜 그랬을까요? 선생님께선 그 이유를 알고 계실 것 같아서 여쭈어봅니다."

공자가 대답했다.

"헤엄을 잘 치는 사람이 연습만 하면 곧 배를 저을 수 있는 것은 이미 그는 수영을 통해서 물을 의식하지 않아도 되는 경지에 도달해 있었기 때문이다. 그리고 자맥질 잘하는 사람이 배를 한 번도 저어 보지 않고도 저을 수 있는 것은, 그가 연못 물 보기를 언덕처럼 여기고 배가 비록 뒤집힌다고 해도 수레가 언덕에서 뒷걸음질 치는 것 정도로밖에 생각지 않기 때문이다. 배가 뒤집힌다든가 수레가 뒷걸음질 치는 사고가 일어나더라도 그의 마음은 동요를 일으키지 않는다. 이렇게 되면 무슨 일을 해도 여유만만하지 않겠느냐?

던져 맞추기 내기를 할 경우 기와 조각을 걸면 잘 맞힐 수 있지만 혁대 고리를 걸면 약간 손이 떨려 잘 맞추지 못한다. 더구나 황금을 걸면 눈앞이 아득해진다. 던지기 솜씨는 변함이 없지만 물건에 대한 집착 때문에 제 실력을 발휘하지 못하게 되는 것이다."

〈해설〉

아상과 물질에 대한 집착에서 떠나 무심의 경지에 도달하면 이 세상에서 불가능이 없음을 보여 준다. 이 무심의 경지야말로 우아일체의 길이기 때문이다.

5

전개지(田開之)가 주(周)의 위공(威公)을 뵈었다. 그러자 위공이 물었다.
"나는 축신(祝腎)이라는 사람이 양생법의 대가라는 말을 들었다. 그대는 그 축신에게 사사(師事)했다 하니 배운 것이 있을 것이다. 그에게서 어떤 가르침을 받았는가?"

전개지가 대답했다.

"저는 비를 들고 선생님 댁 뜰이나 쓸었을 뿐입니다. 제가 선생님한테서 무엇을 배웠겠습니까?"

"그렇게 사양만 하지 말라. 나는 꼭 듣고 싶노라."

전개지는 마지못해 입을 열었다.

"저는 선생님한테서 '양생을 잘하는 사람은 양을 치는 것처럼 한다. 뒤처진 놈이 눈에 띄면 채찍으로 쳐라'는 가르침을 받았습니다."

"그게 무슨 뜻인가?"

"노(魯)나라에 선표(單豹)라는 사람이 있었는데 바위굴 속에 살면서 물이나 마실 뿐 세속적인 이익을 추구하지 않았습니다. 그래서 나이 70이 되었는데도 얼굴빛이 어린애 같았습니다. 그런데 불행하게도 굶주린 호랑이에게 잡아먹히고 말았습니다.

또 장의(張毅)라는 사람이 있었는데 그는 부귀한 사람의 저택 앞을 지날 때면 반드시 종종걸음을 칠 정도로 예의범절에 투철한 사람이었습니다. 그러나 나이 40세에 열병을 앓아 죽고 말았습니다.

선표는 속마음을 잘 길렀던 것이 사실이지만 호랑이가 그 바깥쪽 육체를 먹어 버렸고, 장의는 그의 바깥쪽 행실은 잘 닦았지만 병이 그 안에서 생긴 것입니다. 이 두 사람은 그 뒤떨어진 것을 제대로 채찍질하지 못했기 때문에 목숨을 잃은 것입니다."

이와 관련해서 공자의 말씀에 이런 것이 있다.

"내면에 너무 몰입하지도 말고 외부에 지나치게 나타내지도 말라. 그

한가운데에 고목처럼 우뚝 서라. 이 세 가지를 갖춘다면 최고의 명성을 얻게 될 것이다.

여행 도중에 위험을 경계하는 사람들은 비록 열 사람 가운데 하나가 죽을 정도의 위험이라고 해도, 부자 형제가 서로 경계하고 반드시 호위하는 사람을 많이 사 가지고 출발하게 마련이다. 이것이야말로 참으로 현명한 처사가 아닌가.

그런데 사람들이 진정 경계해야 할 것은 색과 식인데도 이를 두려워할 줄 모른다는 것은 잘못이 아닐 수 없다."

〈해설〉

＊ 전개지(田開之) : 『여씨춘추(呂氏春秋)』에 나오는 전읍(全邑)이라는 설도 있지만 확실치 않다.

＊ 주위공(周威公) : 주의 종친. 고왕(考王)의 조카.

선표라는 사람은 마음공부는 많이 했지만 몸공부는 소홀히 했기 때문에 호랑이 밥이 되었고, 장의라는 사람은 예의범절에는 빈틈이 없었지만 몸안을 다스리는 데 무관심했기 때문에 겨우 나이 40세에 열병으로 희생되었다. 결국 '뒤처지는 양에게 채찍질을 하지 않았기' 때문이다.

사람은 원래 백인백색이어서 각기 자기 형편에 따라 마음, 기, 몸 수행에 주력해야 한다. 관념적인 건강관리가 아니라 아주 구체적인 방법을 제시하고 있는 것이 돋보인다.

6

종묘의 제사를 관장하는 벼슬아치가 의관을 정제하고 돼지우리 앞에서 말했다.

"너는 어찌하여 죽기를 싫어하느냐? 나는 장차 석 달 동안 맛있는 음식을 주어 너를 길러서 열흘이나 몸을 삼가고 사흘 동안 목욕재계하고, 흰 띠풀로 엮은 자리를 깔고 아름다운 조각이 있는 도마 위에 너를 올려놓고 제물로 쓰고자 한다. 어떠냐, 희생을 해 주겠느냐?"

희생이 될 돼지의 편이 되어 생각해 보자. 비록 겨나 술 찌꺼기를 먹고 비좁은 우리에서 살망정 자유롭게 오래 살기를 바랄 것이다.

그럼 사람은 어떠한가? 만일 살아서 고귀한 지위에 오를 수 있고 죽어서 아름다운 장식이 있는 훌륭한 상여에 누워 성대한 장례식 속에 묻힐 수 있다면 목숨 따위는 얼마든지 희생하려 든다. 돼지는 생명을 희생하는 것을 반대하고 사람은 그것을 찬성하는 것이다. 돼지와 인간이 이처럼 다른 것은 무엇 때문인가?

〈해설〉

이 세상의 경제활동의 주 동기는 이익 추구에 있다. 이익을 추구하는 사람들의 대부분은 부귀영화를 목적으로 하고 있다. 부귀영화라는 것은 우리의 내부에서는 찾을 길이 없고 밖에서 찾아야 한다. 그러므로 우리의 마음이 외부에만 얽매여 있는 한 우리의 참생명은 손상을 입지 않을 수 없다. 부귀영화란 돼지가 죽임을 당하여 극진하게 치장되어 제상에 올려지는 것과 별로 다름이 없다는 것을 말하고 있다.

7

제(齊)의 환공(桓公)이 진펄로 사냥을 나갔다. 재상인 관중(管仲)이 마차 앞자리에 앉아서 말을 몰았다. 사냥하는 도중에 환공은 귀신을 보자 겁을 잔뜩 먹고는 관중의 손을 잡고 물었다.

"재상에겐 무엇이 보이지 않는가?"

관중이 대답했다.

"신에게는 아무것도 보이지 않습니다."

환공은 사냥에서 돌아오자 병에 걸려 며칠 동안 바깥출입도 하지 못했다. 이 소식을 들은 제나라 사람인 황자고오(皇子告敖)라는 자가 환공을 뵙고 말했다.

"공께서는 스스로 병에 걸리신 겁니다. 귀신 따위가 어찌 감히 공께 병환에 드시게 할 수 있단 말씀입니까? 몸안에 충만했던 기운이 밖으로 발산되었다가 다시 돌아오지 않으면 그 사람은 기운이 허하게 됩니다. 또 기운이 머리로만 올라가고 내려오지 않으면 화를 잘 내게 됩니다. 또 기운이 다리로만 내려가고 올라오지 않으면 건망증에 걸립니다. 그리고 올라가지도 내려가지도 않은 채 몸 한가운데 머물러 있으면 병이 됩니다."

환공이 물었다.

"그럼 귀신이라는 것은 도대체 있는 것이냐 없는 것이냐?"

"물론 있습니다. 웅덩이의 진흙에는 이(履)라는 귀신이 있고, 부엌에는 결(髻)이라는 귀신이 삽니다. 집안의 똥이나 쓰레기 버리는 곳에는 뇌정(雷霆)이라는 귀신이 살고, 집의 동북방의 낮은 곳에는 배아(倍阿)나 해롱(鮭蠪)이라는 귀신이 뛰어다닙니다. 또 서북쪽의 낮은 곳에는 일양(泆陽)

이라는 귀신이 삽니다. 그리고 물에는 망상(罔象), 언덕에는 신(峷), 산에는 기(夔), 들에는 방황(彷徨)이, 늪에는 위사(委蛇)라는 귀신이 있습니다."

그러자 환공이 물었다.

"잠깐, 그 위사라는 귀신은 어떻게 생겼는가?"

황자고오가 대답했다.

"위사의 크기로 말씀드리자면 마차의 속 바퀴만 하고 그 길이는 멍에만 합니다. 자주빛 옷을 입고 붉은 관을 쓰고 있는데 그 귀신은 수레바퀴 소리를 듣기 싫어합니다. 그래서 마차가 오기만 하면 고개를 뻣뻣이 세우고 일어섭니다. 그것을 본 사람은 패자(霸者)가 된다는 말이 있습니다."

이 말을 들은 환공은 빙그레 웃으면서 말했다.

"내가 본 것이 바로 그것이었다네."

이렇게 말한 환공은 의관을 바로 하고 그와 마주앉아서, 그날 하루해가 다 가기도 전에 병이 깨끗이 다 나았건만 그것을 알아차리지도 못하고 있었다.

〈해설〉

＊ 환공(桓公) : 제나라의 군주로 춘추 시대 최초의 패자였다.

＊ 관중(管仲) : 환공을 도와 패자가 되게 한 대정치가.

위사라는 귀신을 보고 병에 걸렸던 환공이 그것이 패자가 될 징조라는 것을 알고 병이 나아 버렸다. 똑같은 대상이라도 어떻게 보느냐에 따라 상황이 정반대로 달라진다는 것을 보여 주고 있다. 하물며 삼라만상을 하나로 보는 사람이라면 외부의 어떠한 사물에도 마음이 흔들릴 이유가 없다는 것이 이 글이 전달하고자 하는 요지이다.

8

기성자(紀渻子)가 왕을 위해 싸움닭을 기르기 시작했다. 열흘이 되자 왕이 물었다.

"닭은 쓸 만하게 되었느냐?"

"아직 안 됐습니다. 공연히 뽐내기만 하고 자기 기운을 너무 자만하고 있습니다."

다시 열흘이 지나자 왕이 또 물었다.

"좀더 기다려야 되겠습니다. 아직도 상대를 보면 하찮은 소리나 그림자에도 싸울 태세를 취합니다."

다시 열흘이 지나자 왕이 물었다.

"좀더 기다려야 하겠습니다. 아직도 상대를 보면 혈기에 끌려 노려보곤 합니다."

다시 열흘이 지나서 왕이 물었더니 기성자가 대답했다.

"이젠 됐습니다. 다른 닭이 울어도 움직이는 빛이 없고, 먼 데서 바라보면 마치 나무로 깎아 놓은 닭과도 같습니다. 자연의 덕을 완전히 갖춘 것이 틀림없습니다. 어떠한 닭도 감히 덤벼들지 못할 것입니다. 바라보기만 해도 어떤 상대든지 그냥 뺑소니를 치고 말 것입니다."

〈해설〉

＊ 기성자(紀渻子) : 『열자(列子)』에서는 기성자가 주(周)의 선왕(宣王)을 위해 싸움닭을 길렀다고 했다. 여기 나오는 왕은 제(齊)의 선왕(宣王)이라는 설이 있다.

싸움닭은 상대를 제압해야 하는데도 자만하거나 만용을 부리거나 혈기에 끌리는 동안에는 아직 자격이 없다고 보았던 기성자가 이젠 됐다고 했을 때는 어떠했는가? 싸움 그 자체까지도 잊어버린 무위자연의 모습 그대로였다. 자연과 하나가 된 그를 이길 자는 아무도 없게 된 것이다. 자연과 하나가 된다는 것은 우아일체를 뜻하고, 우주 자연의 힘을 그대로 구사할 수 있다는 뜻이기도 하다.

9

공자가 여량(呂梁)에 갔을 때 일이다. 그곳에는 폭포가 있었는데 그 높이가 30길이나 되었고 물보라는 40리에 걸쳐 흩날리고 있었다. 큰 자라나 악어나 고기도 헤엄칠 수 없을 만큼 물살이 거셌다. 그런데 그 사나운 물결 속에서 유유히 헤엄치는 사나이의 모습이 눈에 들어왔다.

이 사람은 틀림없이 무슨 괴로운 일이 있어서 죽으려 하는 것이라고 생각한 공자는 제자들을 시켜 그를 구출하라고 했다. 그런데 그 사내는 수백 보 떨어진 하류까지 내려가더니 물에서 나와 흐트러진 머리 그대로 콧노래를 부르면서 둔덕 밑에서 놀고 있었다.

공자는 거기까지 내려가서 물었다.

"난 처음에 그대를 귀신인 줄 알았는데 가까이서 자세히 보니 역시 사람이로군. 어떻게 그렇게도 헤엄을 잘 치는가? 헤엄을 치는 데도 남모르는 비결이 있는가?"

"천만에요. 비결 같은 것은 없습니다. 저는 다만 어렸을 때부터 헤엄을 쳤고 차차 자라면서 그것이 천성이 되었고 이젠 운명처럼 돼 버린 것뿐입니다. 저는 소용돌이를 따라 물속 깊이 들어갔다가 솟아오르는 물결을 타고 떠오릅니다. 물결을 따라 헤엄칠 뿐 저 자신의 사사로운 힘은 쓰지도 않습니다. 이것이 제가 물속에서 자유롭게 헤엄칠 수 있는 요령입니다."

공자가 말했다.

"자네는 조금 전에 어렸을 때부터 헤엄치기를 시작했고 그것이 자라면서 천성이 되었고, 운명처럼 돼 버렸다고 했는데 그게 무슨 뜻인가?"

"저는 이 산골에서 태어나 이 산골에서 사는 데 익숙해졌습니다. 이것이 어렸을 때부터 시작했다는 뜻입니다. 또 이 물가에서 자랐고 이 물에 익숙해져 있습니다. 이것이 천성이 되면서 자라났다고 말씀드린 뜻입니다. 그리고 어떻게 돼서 이렇게 헤엄을 치게 되었는지 모르지만 자유롭게 헤엄칠 수 있게 된 것이 운명처럼 돼 버렸다는 것을 말씀드렸을 뿐입니다."

〈해설〉

자연과 한몸이 되어 사는 무위자연의 도를 실례를 들어 설명하고 있다. 그러나 그렇게 되기까지는 꾸준한 의도적인 수행 과정이 있어야 한다는 메시지를 담고 있다.

10

재경(梓慶)이라는 벼슬을 살고 있는 목공이 나무를 깎아서 거(鐻)라는 악기를 만들었다. 그것이 완성되자 보는 사람들은 이구동성으로 귀신의 조화라고 감탄해 마지않았다. 노나라 군주도 이를 보고 감탄한 나머지 그에게 물었다.

"너는 무슨 기술로 이것을 만들었느냐?"

재경이 대답했다.

"신은 미천한 공인(工人)에 지나지 않사온데 무슨 기술이 있겠습니까? 그러나 굳이 말하자면 한 가지는 있는 것 같습니다. 저는 거(鐻) 만들 때 언제나 정기를 소모하는 일이 없도록 마음을 써 왔습니다. 그래서 일하기 전에 반드시 목욕재계하여 마음을 가라앉힙니다.

목욕재계한 지 사흘이 되면 이것으로 상이나 벼슬 같은 것을 얻겠다는 생각이 없어지고, 닷새가 지나면 누가 비난을 하든 칭찬을 하든 그것이 제가 하는 일이 잘되고 못 되는 데에 무슨 영향을 끼칠 수도 있다는 생각이 없어지고, 이레가 지나면 저 자신에게 손발이나 몸이 있다는 것도 깨끗이 잊게 됩니다.

이때가 되면 조정의 일 같은 것은 까맣게 잊어버리고 조각하는 일에만 정신이 쏠려서 마음을 번거롭게 하는 일은 깡그리 사라집니다. 그때에야 비로소 산에 들어가 나무 본래의 성질을 관찰합니다. 그러다가 쓸 만한 나무가 눈에 띄면 그것이 악기로 완성된 모습을 머릿속에 떠올려 봅니다.

그런 다음에야 손을 댑니다. 그러나 뜻대로 되지 않으면 단념하고 맙니다. 다시 말씀드리자면 바깥 자연을 제 마음속의 자연과 합치시킨다는 말씀입니다. 그렇게 완성된 악기가 신기(神器)처럼 보인다고들 말씀하시는 것은 이 때문이 아닌가 합니다."

11

말 잘 타는 명인으로 자처하는 동야직(東野稷)이라는 사람이 장공(莊公)을 알현했다. 그가 말을 달리자 진퇴는 먹줄을 댄 듯이 곧았고, 좌우로 빙빙 도는 모습은 그림쇠를 댄 것 같았다. 장공은 아름다운 비단 무늬도 이렇게 산뜻하지는 못할 것이라고 생각했다. 장공은 그에게 거리를 백 번 돌고 오라고 명령했다.

안합(顔闔)이 입조하다가 동야직을 만났다. 안합은 궁중에 들어오자 장공을 만나 말했다.

"동야직의 말은 곧 쓰러질 것입니다."

장공은 아무 말도 하지 않았다. 조금 후에 동야직은 과연 말을 쓰러뜨린 채 돌아왔다. 장공은 깜짝 놀라 안합에게 말했다.

"그대는 어떻게 그걸 미리 알 수 있었는가?"

"그 말은 힘이 다했는데도 동야직은 달리기를 강요하고 있었습니다. 그러기에 곧 쓰러질 것이라고 아뢰었던 것입니다."

12

대목(大木)으로 유명했던 공수(工倕)는 손으로 줄을 그어도 그림쇠나 곡척을 댄 것보다 더 나았다. 그의 손가락은 그리려는 대상과 하나가 되고 마음은 무심의 경지에 있었다. 그러므로 그의 정신은 하나로 통일되어 무엇에도 구속당하는 일이 없었다.

만일에 누구든지 자기 발의 존재를 잊게 된다면 그것은 신이 발에 꼭 맞았기 때문이다. 또 자기 허리의 존재를 잊게 된다면 그것은 띠가 알맞게 조여졌기 때문이다. 어떤 사람의 지혜가 시비의 판단을 잊게 된다면 그것은 마음과 대상이 하나가 되었기 때문이다.

속에 있는 마음이 바뀌지 않고 외부의 사물에도 따르려 하지 않는다면 그것은 사물에 알맞게 대응하고 있기 때문이다. 먼저 대상에 알맞게 적응하고 나서 어떤 것에 대해서도 적응하지 않음이 없는 것이야말로 대상에 알맞게 적응하는 것도 의식하지 않는 진정한 적응이다.

13

손휴(孫休)라는 사람이 한번은 그의 스승인 자편경자(子扁慶子)를 찾아와 호소했다.

"선생님, 저는 향리로 있을 때도 행실이 좋지 않다는 말을 들은 일이 없고, 어려운 일을 당해서도 용기가 없다는 말은 들어 보지 못했습니다. 그런데도 불구하고 농사를 지어도 풍년을 만난 일이 없고 임금을 섬겨도 좋은 끝을 보지 못했습니다.

그뿐이 아닙니다. 향리에서 배척을 받았고, 고을에서는 추방당하는 불운을 겪었습니다. 도대체 저에게 무슨 잘못이 있다는 말씀입니까? 이것도 운명이라고 해야 할까요? 그렇다면 저만이 이런 운명을 당해야 합니까?"

자편경자가 말했다.

"너는 지인들이 어떻게 처신하는지 들어 보지도 못했더냐? 지인들은 자기의 간이나 쓸개가 있다는 것조차 잊고 자기의 귀나 눈까지도 의식하는 일이 없다. 그러니까 모든 것을 망각한 심정으로 이 세속 밖에서 노닐든가 무위의 작용 속을 거니는 것이다. 이것을 보고 '자기가 하고도 뽐내지 않고 만물을 생육하고도 전연 그런 낌새도 보이지 않는다'고 한다.

지금 너는 지식을 자랑하는가 하면 어리석은 무리들을 놀라게 해 주고, 자기 몸을 닦아 다른 사람의 더러움을 드러내고 있다. 마치 밝고 밝은 해와 달을 들고 걸어가기라도 하는 듯이 자기 자신을 과시하고 있다. 너는 타고난 몸을 완전히 보존하고 훌륭한 몸의 기능을 그대로 갖출 수 있었으며 지금까지 살아오는 동안 귀머거리, 소경, 절름발이가 되는 일도 없어서 정상적인 사람들의 대열에 낄 수 있는 것만 해도 다행스러운 일이었다. 그런데도 어찌 운명을 탓할 수 있단 말이더냐? 어서 돌아가도록 하거라."

손휴가 쫓겨 나가자 자편경자는 잠시 방안에 앉아 있다가 이내 밖으로 나와 하늘을 우러러 탄식했다. 그것을 본 어느 제자가 말했다.

"선생님께서는 무엇 때문에 그렇게 탄식을 하십니까?"

"아까 손휴가 왔을 때 나는 지인의 덕에 대해서 말해 주었느니라. 그 이야기를 듣고 혹시 손휴가 깜짝 놀란 나머지 미혹에 빠지지 않았을까 그것이 걱정이다."

"그렇지는 않을 것입니다. 손휴의 말이 옳고 선생님의 말씀이 그르셨다면 그른 말씀이 바른말 하는 사람을 미혹할 리가 없습니다. 그와는 반대로 손휴의 말이 그르고 선생님의 말씀이 옳으셨다면 그는 본래 혹한 마음으로 찾아온 것인데 선생님께서야 무슨 잘못이 있겠습니까?"

그러자 자편경자는 머리를 저었다.

"그렇지 않느니라. 옛날에 진귀한 새 한 마리 날아와 노나라 수도의 변두리에 머문 일이 있었느니라. 노나라 군주는 크게 기뻐하여 소, 양,

돼지고기로 차린 성대한 음식을 대접하고 구소(九韶)의 음악을 연주하여 새의 마음을 즐겁게 해 주려고 했다.

그러나 새는 전과는 달리 슬퍼하고 눈을 깜박이면서 아예 먹지도 않고 마시지도 않았다. 이것은 사람의 취향에 따라 새를 대접했기 때문이었다. 만약에 처음부터 새의 기호에 따라 대접할 의향이 있었다면 응당 울창한 숲에서 놀게 하고 넓은 강이나 호수에서 자유롭게 떠다니면서 미꾸라지나 붕어를 잡아먹게 했어야 했다. 그렇게 했더라면 그 새도 마음을 푹 놓았을 것이다.

저 손휴야말로 대롱 속으로 만물을 관찰하려는 견식이 좁은 사람이다. 이를테면 쥐를 옮기는 데 수레와 말을 대령하고, 메추라기를 즐겁게 하는 데 종이나 북을 울리게 하는 것과도 같다. 그가 어찌 놀라지 않았겠느냐?"

〈해설〉

손휴에게 그의 스승인 자편경자가 지인 애기를 해 준 것을 노나라에 찾아온 진귀한 새에게 사람의 취향대로 진수성찬과 음악으로 대접하여 결국은 죽어 버리게 한 것에 비유하고 있다. 알아듣지도 못하고 소화도 해내지 못할 제자에게 너무나도 소중한 진리를 설파해 준 것을 후회하고 있다. 마치 돼지에게 진주를 던져준 것을 뉘우치듯이.

제20부 산목(山木)

1

산속을 걸어가던 장자가 가지와 잎이 무성한 큰 나무 한 그루를 발견했다. 그런데 어쩐 일인지 그 나무 옆에 서 있는 나무꾼은 그 나무를 베려고 하지 않았다. 그래서 장자는 그 이유를 물었더니 나무꾼이 대답했다.

"쓸 만한 것이 없기 때문입니다."

장자는 느끼는 바 있어서 혼자 중얼거렸다.

"이 나무는 쓸모가 없기 때문에 제 수명을 다할 수 있구나."

장자는 그 산에서 내려오자 옛친구의 집에 가서 묵게 됐다. 그 친구는 아주 반가워하면서 하인에게 거위를 잡아서 삶으라고 일렀다. 그러자 하인이 물었다.

"한 놈은 잘 울고 다른 한 놈은 울지 못하는데 어느 놈을 잡을까요?"

주인이 말했다.

"울지 못하는 놈을 잡아라."

다음날 그 집에서 나와 길을 가는데 제자가 물었다.

"어제 본 산속의 나무는 쓸모가 없기 때문에 타고난 수명을 다할 수 있었습니다만, 우리가 간밤에 묵은 주인집 거위는 쓸모가 없기 때문에 죽어야 했습니다. 선생님께서는 어느 쪽에 무게를 두시렵니까?"

장자가 웃으면서 말했다.

"나는 쓸모 있음과 쓸모 없음 사이에 무게를 두련다. 그러나 쓸모 있음과 쓸모 없음 사이라는 것은 이상에 가까운 듯하지만 이상적인 것은 되지 못한다. 그러니까 거기에 몸을 두어 가지고는 세상의 번거로움에서 완전히 벗어나지 못할 것이다.

저 무위자연의 도에 입각하여 물질을 초월한 곳에서 노니는 사람이라면 그렇게는 하지 않을 것이다. 그는 칭찬도 비난도 듣는 일이 없고, 때로는 용처럼 하늘을 날아오르는가 하면 어떤 때는 뱀처럼 땅 위를 기어 다니기도 하면서 시류에 따라 변화무쌍해서 어느 하나만을 고집하는 일이 없다.

어떤 때는 하늘 높이 치솟아 오르는가 하면 때로는 낮게 내려오기도 하여 그때그때의 상황에 따라 조화를 부려 나간다. 만물의 근원인 도의 차원에서 노닐게 되므로 사물을 사물로서 부리되, 사물에 의해 부림을 당하지는 않는다면 어찌 세상의 번거로움에서 얽매일 수가 있으랴. 이것이 옛 성왕인 신농씨나 황제가 남기신 법칙이다.

그러나 세상 사람들의 실정이나 인간들 사이에 전해져 내려오는 습관은 결코 이와 같지는 않다. 만나면 헤어지고, 이루어지면 깨지고, 청렴결백한 사람은 꺾이고, 지위가 높으면 물의의 대상이 되고, 무엇을 하려고 하면 방해를 당하고, 현명하면 중상모략을 당하고, 어리석으면 속게 마련이다.

그러고 보면 세상의 번거로움에서 헤어나려 해도 그게 어찌 가능한 일이겠느냐? 슬픈 일이 아닌가. 제자들이여, 잘 기억해 두라. 세상의 번거로움에서 벗어나는 길은 오직 자연의 도가 있을 뿐이니라."

〈해설〉

　도란 무엇인가? 도란 어떤 정형에도 얽매이지 않는 것을 말한다. 그래서 도란 원래 어떠한 말이나 정의나 도식이나 그 밖의 어떤 형식으로도 구속하거나 표현할 수 있는 것이 아니다. 나무는 쓸모가 없었기 때문에 정해진 수명을 살 수 있었다. 그렇다면 무능하고 쓸모없는 것은 전부 다 천명을 누릴 수 있느냐 하면 그렇지는 않다. 거위는 바로 쓸모가 없었기 때문에 손님의 반찬거리가 된 것이다.

　그렇다면 유능과 무능의 중간을 취하면 되지 않겠느냐고 생각하는 사람이 응당 있을 수 있다. 그래서 중용이니 중도니 하는 말이 나왔다. 그러나 중용과 중도를 상대적인 양쪽의 중간이라고 생각하면 잘못이다. 까딱하면 또 하나의 고정된 사고방식에 빠져들 위험이 있기 때문이다.

　진리는 어떠한 고정된 사고방식도 용납하지 않는다. 현실적으로 그러한 것은 존재하지 않기 때문이다. 그렇다면 진정한 중용이나 중도는 무엇인가? 그것은 양변의 어느 쪽에도 얽매이지 않고도 양쪽을 모두 벗어나 그것을 초월하는 것을 말한다.

　그럼 진정한 도란 과연 무엇인가? 어떠한 경우를 당하더라도 그것에 거역하는 일 없이 그에 적응하는 것이다. 따라서 어떠한 개념도 고정관념도 용납지 않는다. 흐르는 물이 일정한 형태를 이루지 않고 상황에 따라 변화무쌍하게 자기를 적응시켜 나가듯, 지인은 자기 자신은 언제든지 무와 공으로 돌릴 수 있으므로 자연과 하나가 될 수 있는 것이다. 이러한 의미에서 이 글은 도의 정곡을 찌른 것이라고 할 수 있다.

2

시남의료(市南宜僚)라는 은사가 노나라 군주를 알현했는데, 그의 얼굴에는 수심이 가득했다. 시남의료가 물었다.

"상감께서는 근심이 있으신 것 같습니다. 어떤 일이십니까?"

노나라 군주가 대답했다.

"나는 옛 성왕들의 도를 배우고 훌륭한 조상들의 위업을 늘 몸에 익혀 왔다. 또 나는 귀신을 공경했고 현인들을 받들었고, 덕 있는 사람들과 늘 가까이하여 그들과 행동을 같이하여 왔고 그들 현인들의 마음씨에서 잠시도 떠난 일이 없었다. 그런데도 무엇 때문인지 늘 근심 걱정이 떠나지 않는구나. 그래서 한시도 마음이 갤 날이 없는 것이다."

그러자 시남의료가 말했다.

"상감께서 근심 걱정을 없애려고 하신 방법은 좀 천박한 것 같습니다. 저 훌륭한 가죽을 지닌 여우나 현란한 무늬의 표범이 깊은 굴속에 엎드려 있는 것은 몸을 고요히 간직하려는 태도라고 할 수 있습니다. 또 밤에 나와 돌아다니고 대낮에 숨는 것은 스스로 몸가짐을 조심하기 때문이고, 굶주림의 괴로움 속에서도 강이나 호숫가에서 서로 떨어져 먹이를 구하는 것은 정해진 천성 때문입니다. 그러나 이렇게까지 조심을 하는데도 불구하고 그물이나 덫에 걸리는 근심을 면치 못하는 것은 무슨 죄가 있어서는 아닙니다. 오직 그 값진 가죽 때문입니다.

그런데 생각해 보십시오. 이 노나라는 말하자면 상감의 가죽에 해당하지 않겠습니까? 그래서 제가 상감께 바라는 것은 상감의 외형을 꾸미고 있는 고귀한 신분을 내던지시고 아름다운 가죽에 해당되는 국가 같은 것도 내버리시고, 모든 욕망을 없애고 마음을 깨끗이 비운 다음에 사람도 살지 않는 광막한 들판 같은 데를 찾아 노니시는 겁니다.

저 남월(南越)에 건덕(建德)이라는 나라가 있다고 합니다. 그 나라 백성들은 어리석고 소박하고 이기심도 욕심도 없습니다. 또 일은 할 줄 알지만 저장은 할 줄 모르고, 사람들에게 혜택을 주어도 보수는 바라지 않습니다. 어떤 것이 의에 해당하는 행위인지 모르고 무엇이 예법에 맞는지도 모릅니다. 생각나는 대로 아무렇게나 행동하건만 자연의 큰 길에서 벗어나는 일이 없습니다. 그저 살아서는 삶을 즐기고 죽어서는 땅에 묻힐 뿐입니다.

저는 상감께서 나라를 떠나시고 세속을 버리시어 무위자연의 큰 길을 몸에 익히시고 그러한 곳으로 찾아가셨으면 합니다.”

“거기까지 가는 데는 길은 멀고 수없는 강산이 첩첩이 가로놓여 있을 것이다. 내가 나라를 버리고 빈손이 된다면 배나 마차도 구할 수 없을 것이다. 그럼 어떻게 갈 수 있겠느냐?”

“현재의 부귀를 탐하지 않으시고 거만한 생각도 버리신다면 그것이 바로 상감의 배나 마차가 되어 줄 터인데 무슨 걱정이 있겠습니까?”

“그 길은 멀고 도중에는 인가도 없을 텐데 나는 누구와 더불어 그 길을 갈 것이며, 나에게는 양식도 비용도 없을 텐데 어떻게 그 먼 데까지 갈 수 있겠느냐?”

“상감께서는 비용을 줄이시고 욕망을 없애십시오. 그러면 양식이 부족해도 견딜 수 있을 것입니다. 상감께서 장강을 건너시고 바다에 뜨신다면 사방을 둘러보아도 기슭이 보이지 않고 가도 가도 끝이 없을 것입니다. 그리고 상감을 배웅하던 무리들은 기슭에서 되돌아갈 것입니다. 그렇게 되면 상감께서는 세속으로부터 멀어지게 될 것입니다.

남을 지배하는 사람은 번거롭고 남에게 지배받는 사람은 근심이 끊일 날이 없는 법입니다. 그러므로 옛 성왕인 요임금께서는 남을 지배하려고도 하지 않고 남한테 지배받는 것을 원치 않았습니다. 저는 상감께서 번거로운 일에서 떠나시고 근심을 버리신 뒤에 자연의 큰 길을 따라 크나큰 무의 세계에 노니시기를 바랍니다.

배로 다리를 만들고 강을 건널 때 빈 배가 와서 그 배다리에 닿았다고 합시다. 그런 때는 제아무리 성미 급한 사람이라도 화를 내지는 않을 것입니다. 그러나 그 배에 사람이 하나 타고 있다면 배를 저으라든지 배다리에 닿지 않게 하라고 소리치게 될 것입니다.

한 번 소리쳐도 듣지 않으면 두 번, 두 번 소리쳐도 듣지 않으면 세 번, 네 번... 끝내 듣지 않으면 욕지거리가 나올 것입니다. 빈 배였을 때는 아무 일도 없었는데 지금은 성을 내는 것은, 아까는 비어 있었지만 지금은 사람이 타고 있기 때문입니다. 만약에 사람이 자기 마음을 깨끗이 비우면 누가 감히 그를 해칠 수 있겠습니까?"

〈해설〉

한 나라의 국왕이라고 해도 번뇌 망상에서 벗어나려면 욕심을 버리고 마음을 비우고 건덕이라는 이상의 나라로 떠나라고 시남의료는 말했다. 그러나 이 말은 어디까지나 비유로 한 말이다. 국왕이라고 해서 반드시 왕의 자리를 버리고 은사가 되라는 것이 아니고 욕심을 비우라는 말이다.

욕심을 완전히 버리고 나면 빈 배처럼 되어 아무도 그 배를 보고 이래라저래라 하지 않을 것이고 더구나 욕을 하는 일은 없을 것이다. 비록 임금의 자리에 그대로 눌러 있다고 해도 마음속에 아무런 욕심이 없는 한 번뇌, 근심 걱정 따위에 시달릴 이유가 없어질 것이다.

욕심과 집착에서 떠난 임금의 치정은 자연 만인에게 공평무사할 수밖에 없을 것이다. 빈 배에게 화낼 사람이 없듯이 마음을 비운 임금에게 불평할 사람이 있을 리 없다. 그러한 임금에게 무슨 번뇌 따위가 붙을 수 있겠는가.

3

대부(大夫)인 북궁사(北宮奢)가 위국(衛國)의 영공(靈公)을 위해 동재(銅材)를 단련하여 종(鐘)을 만들게 되었다. 종을 만들기 위한 단을 성문 밖에 쌓고 석 달 안에 상하 양단(兩段)의 편종(編鐘)을 그는 완성했다. 왕자인 경기(慶忌)가 그것을 보고 물었다.

"그대는 무슨 비법을 썼기에 이렇게 빨리 만들었는가?"

북궁사가 대답했다.

"마음을 순일하게 가졌을 뿐 무슨 특별한 비법을 쓴 것은 아닙니다. 저는 이런 말을 들은 일이 있습니다. '새기고 쪼고 하는 사이에 자연스런 소박함으로 돌아간다. 아무 의식도 없이 마음을 텅 비우고 모든 일이 자연스럽게 되어 가는 대로 내버려둔다. 망망한 무심의 경지에서 가는 자는 가게 하고 오는 자는 오게 내버려둔다. 오는 사람 막지 않고 가는 사람 잡지 않는다.'

그래서 저는 굳게 버티고 있는 것과 부드럽게 굽어 있는 것이 자연스럽게 종의 모습을 이루도록 해 주었을 뿐입니다. 그러니까 아침부터 저

녁까지 펴기도 하고 줄이기도 하면서 단련하여 종을 만들어 나가도 추호
도 어긋나는 일이 없었습니다. 하물며 큰 치수가 정해져 있는 곳이 잘못
되는 일이야 어찌 있을 수 있겠습니까."

4

공자가 진(陳), 채(蔡) 두 나라 사이에 포위되어 7일간이나 불로 익힌 음
식을 못 먹은 일이 있었다. 그때 태공임(太公任)이라는 사람이 위문차 찾아
왔다.

"선생께선 죽을 지경이시겠죠?"

"그렇소."

"물론 선생께서는 죽기는 싫으시겠죠?"

"그렇소."

"그렇다면 시험 삼아 죽지 않는 도에 대해서 말해 보겠습니다. 동해에
의이(意怠)라고 하는 새가 있었습니다. 이 새는 동작이 굼뜨고 아주 무능
해 보였습니다. 다른 새 속에 섞여서 날고 다른 새들 틈에 끼어서야 나
무에 앉았습니다. 날아갈 때에는 앞장서는 일이 없었고 물러날 때에는
뒤에 처지는 일이 없었습니다.

먹이를 먹을 때도 먹이에 먼저 입을 대는 일이 없었고 반드시 다른 새
가 남긴 찌꺼기를 먹습니다. 그러므로 같이 날아갈 때도 다른 새의 장애
가 되는 일이 없고 사람들도 그 새를 해치지 못합니다. 이렇게 처신을
하니까 그 새는 화를 면할 수 있었습니다.

곧은 나무는 먼저 베어지고, 맛 좋은 샘물은 먼저 마르게 마련입니다.

당신이 하는 것을 보니까 지혜를 자랑하여 어리석은 사람들을 놀라게 해 주고, 자기 덕을 닦아 다른 사람들의 못난 점을 드러내고 있습니다. 밝고 밝아서 마치 해와 달을 지고 다니는 것 같습니다. 그래서 이런 재앙을 당하는 겁니다.

예전에 나는 대도를 완성한 사람으로부터 이런 말을 들은 일이 있습니다. '스스로 자랑하는 자는 공이 없고 공을 이룬 자는 실패하며, 명성을 얻는 데 성공한 자는 비방을 듣는다. 누가 능히 공명을 떠나 대중과 같아질 수 있으랴. 그런 사람이야말로 진정 위대한 인물이로다.'

그런 사람이라면 자기의 도가 세상에 널리 유포되어도 자기는 남의 눈에 띄는 지위에 있지 않으며, 그 덕이 세상에 행해져도 명성 속에 머물지 않습니다. 또 순진소박하고 멍청해서 어찌 보면 살짝 돌아 버린 사람 같기도 하지만, 행위한 흔적이 없고 권세를 떠나 일체의 공명을 드러내는 일이 없습니다.

그러므로 이런 사람은 남을 책망하는 일도 없고 남의 책망을 듣는 일도 없습니다. 지인은 이처럼 명성을 드러내지 않는 법인데도 불구하고 그대는 어찌하여 그리도 명성을 좋아한단 말인가?"

이 말을 들은 공자는 감탄했다.

"아, 지당한 말씀이오!"

그리고 그때까지의 모든 교유 관계를 끊고 자기의 제자들을 집으로 돌려보냈다. 그 뒤 큰 못가로 도피하여 남루한 옷을 걸치고 도토리와 밤을 주워 먹으면서 목숨을 이어 갔다. 그러다 보니 짐승들 속에 섞여 들어가도 그들이 피하지 않았고, 새가 노는 데에 가도 새들의 줄이 흐트러지지 않았다. 짐승과 새도 그를 싫어하지 않게 되었다. 하물며 사람들이 그를 박해할 리가 있었겠는가.

〈해설〉

＊ 의이(意怠) : 제비라는 설도 있다. 새 이름을 쓸 때는 태(怠)가 아니라 이(怠)로 발음한다.

공자가 유세 도중에 지방민들에게 포위되어 굶주린 사건은 『장자』에만도 여러 번 등장한다. 도가에서는 이것을 공자의 도가 아직 수준 미달이어서 일어난 사건으로 보고 자주 인용하고 있는 것 같다.

그러나 사람은 잘못을 저지르는 것이 나쁜 것이 아니라 잘못을 저지르고도 반성하고 고칠 줄 모르는 것이 더 나쁜 것이다. 역경을 당하여 좌절하는 것보다는 그 역경을 딛고 일어서서 그 체험을 도리어 새로운 도약의 발판으로 삼는 것이 더 훌륭한 것이 아닐까? 그런 의미에서 여기서는 꼬집는 태공임보다는 그것을 순순히 받아들이는 공자가 오히려 돋보인다고 하겠다.

5

공자가 자상호(子桑雽)에게 물었다.

"나는 두 번이나 노(魯)에서 추방당했고, 송(宋)에서는 나무꾼이 내가 그 밑에서 쉬고 있는 나무를 베어 쓰러뜨리는 통에 죽을 뻔했고, 위(衛)에서는 내 발자취까지도 도려내는 배척을 당했으며, 상(商)과 주(周)에서는 심한 궁지에 몰려야 했고, 진(陳)과 채(蔡) 사이에서는 포위를 당하여 굶주림을 당했습니다.

이처럼 내가 거듭 환난을 겪게 되자 친구들은 자꾸만 떨어져 나갔고, 제자들은 하나둘씩 흩어져 버렸습니다. 도대체 왜 이런 일이 일어날까요?"

자상호가 대답했다.

"그대는 저 가국(假國) 사람들이 도망치던 얘기를 듣지 못했는가? 임회(林回)라는 자는 천금의 보배를 버려둔 채 갓난애를 업고 도망쳤었다. 그것을 본 사람이 말했다.

'돈을 위해서라면 보배보다는 갓난애의 값이 더 싸지 않은가? 번거로움에서 벗어나기 위해서라면 갓난애 쪽이 더 번거롭지 않은가? 그런데도 천금의 값이 나가는 구슬을 버리고 갓난애를 업고 도망친 것은 무엇 때문인가?'

그러자 임회가 대답했다.

'천금의 구슬은 나와 이익으로 맺어져 있지만, 이 애는 나와 운명으로 맺어져 있다.'

이 얘기에서처럼 이익과 결부된 것은 위험을 당하면 버리게 되어 있지만, 운명으로 결부된 것은 위험한 경우일수록 더욱더 서로 도와주어야 한다. 서로 도와주는 것과 등을 돌려 버리는 것은 대단한 차이라고 할 수 있다.

또한 군자의 교제는 담담하여 물과 같지만 소인의 교제는 달콤하여 감주와도 같다. 군자는 담담하기 때문에 싫증이 나지 않아 언제까지나 친교가 계속되지만, 소인은 달콤하니까 곧 싫증을 내어 교제가 끊어지고 만다. 별다른 이유 없이 맺어진 교제는 별다른 이유 없이도 끊어지게 되어 있다."

"잘 알아듣겠습니다."

이렇게 말하고 일어선 공자는 천천히 걸어서 가벼운 기분으로 집으로 돌아갔다. 그는 학문을 끊고 책을 버렸다. 제자들은 공자 앞에 와도 예전처럼 예의범절을 갖추지 않게 되었으므로 사제지간의 정의는 더욱더 깊어만 갔다.

다른 날 자상호는 공자에게 다음과 같은 말을 했다.

"순(舜)이 죽을 때 우(禹)에게 유언했다. '너는 내 말을 명심해야 한다. 육체는 만물의 변화에 순응하는 것이 좋고, 마음은 자연의 이치에 따르는 것이 좋다. 순응하면 만물과 동떨어지는 일이 없고, 자연을 따르면 마음이 피로하지 않다.

만물과 유리하지 않고 마음이 피로하지 않으면 구태여 화려한 것을 구하여 그것으로 몸을 꾸밀 필요가 없어진다. 사치를 부릴 필요가 없으면 아무것에도 의지할 필요가 없어져서 진정한 자유를 누릴 수 있다.'"

〈해설〉

＊ 자상호(子桑雽) : '대종사' 편에 나오는 자상호(子桑戶)와 같은 사람일 것이라는 설이 있다.

6

장자가 남루한 옷을 누덕누덕 기워 입고 삼끈으로 얽어맨 신을 신은 채 위왕(衛王) 앞을 지나갔다. 위왕이 그것을 보고 말했다.

"선생은 퍽 고달퍼 보이는군요."

장자가 대답했다.

"가난해서 이런 몰골을 하고 있긴 합니다만 고달픈 것은 아닙니다. 선비가 도와 덕을 지니고도 실행하지 못하는 것을 고달프다고 합니다. 옷이 해어지고 신발이 떨어진 것은 가난하기는 할망정 고달픈 것은 아닙니다. 제 처지는 이른바 때를 못 만난 것에 해당합니다.

대왕께서는 나무 잘 타는 원숭이를 못 보셨습니까? 굴거리나무, 가래나무, 녹나무 등 큰 나무 사이를 뛰어다닐 때에는 가지에 매달리면서 나뭇가지 사이를 거침없이 누비고 다닙니다. 이런 때에는 예(羿)나 방몽(逢蒙) 같은 명궁(名弓)이라도 맞출 수 없습니다.

그러나 메뽕나무, 가시나무, 탱자나무 같은 가시가 많은 나무 사이에서는 조심조심 곁눈질하면서 겁을 먹고 몸을 부들부들 떱니다. 이것은 원숭이의 뼈와 근육이 갑자기 굳어서 그런 것이 아닙니다. 처해 있는 곳이 불편해서 마음껏 재주를 부리지 못하기 때문입니다.

지금처럼 암우한 임금, 간사한 신하들이 다스리는 세상에서는 정직한 사람들은 고달프지 않을래야 않을 수가 없습니다. 이런 난세에는 바른길을 가려다가는 비간(比干)처럼 심장이 쪼개지는 형벌을 면치 못할 것입니다."

〈해설〉

＊ 위왕(衛王) ： 혜왕(惠王)을 말한다.

7

공자는 진(陳)과 채(蔡) 사이에서 곤경에 빠져 7일 동안이나 익은 음식을 먹지 못한 일이 있었다. 그러나 공자는 아무렇지도 않은 듯이 왼손으로는 마른 나무를 짚고 오른손으로는 마른 나뭇가지를 두드리면서 태고 때의 제왕인 염씨(焱氏)가 지었다는 노래를 부르고 있었다.

나무를 두드려 박자는 겨우 맞출 수 있었지만 가락은 생기지 않고 소리를 지르기는 했어도 곡조가 맞아떨어지지는 않았다. 그러나 나무 두드리는 둔탁한 소리와 노랫소리가 어우러져서 기묘하게도 깨끗하고 소박한 분위기를 자아내어 듣는 이의 가슴을 쳤다.

이에 감동한 나머지 수제자인 안회(顔回)는 몸을 단정히 하고 두 눈을 크게 뜬 채 스승의 모습을 지켜보고 있었다. 공자는 혹시 안회가 자기를 과대평가한 나머지 우상화한다든가 자기를 지나치게 사랑한 끝에 엉뚱한 비애에 빠지지 않을까 걱정이 되어 그에게 말했다.

"안회야, 하늘이 주는 고난을 견디기는 쉬워도 이 세상의 영달을 받아들이지 않기는 어려우니라. 어떤 일의 시작이란 알고 보면 그 이전 상태의 끝인 것이다. 인사(人事)나 자연이나 그 실은 하나이다. 이처럼 시간이나 사람이 하는 일이나 대자연의 순환 속에서는 하나의 고리에 지나지 않는 것이라면, 지금 노래하고 있는 나는 대체 누구라고 해야 하겠느냐."

안회가 물었다.

"하늘이 주는 고난은 견디기 쉽다고 하셨는데 무슨 뜻입니까?"

"기갈(飢渴), 한서(寒暑), 곤궁(困窮)으로 꼼짝도 할 수 없는 것은 천지의 운행이며 만물의 움직임 중의 한 양상에 지나지 않는다. 결국 인간은 이런 천지의 운행이나 만물의 움직임을 따라 행동하는 것 이외에는 별다른 도리가 없음을 말하는 것이다. 신하로서 임금을 섬길 경우 우리는 그의 명령에서 벗어날 수 없을 것이다. 신하로서의 도리조차 이러할진대 하늘의 명령이야 어찌 따르지 않을 수 있겠는가?"

"그렇다면 세상의 영달을 받아들이지 않기는 어렵다는 것은 무슨 뜻입니까?"

"관리에 임명되어 무엇을 해도 성과가 올라, 그 공으로 작위나 봉록이 저절로 막힘없이 굴러들어 오는 때가 있다. 그러나 이것은 밖에서 주어진 이익이지 내 속에서 나온 것은 아니고 내 운명을 밖에서 지배하는 데 지나지 않는다. 원래 군자는 운명을 도둑질하지 않으며 현인은 행운을 남몰래 독차지하지 않는다. 그런데도 내가 그것을 취한다면 우습지 않은가.

그래서 속담에도 '새 중에서 영리하기는 제비만 한 것이 없다'고 했다. 한 번 보아서 둥지 틀기에 적합하지 않다고 생각하면 두 번 다시 두리번거리지 않고, 입에 물었던 열매를 떨구어도 체념하고 날아가 버린다. 또 제비가 사람을 두려워하면서도 사람 사는 집에 둥지를 트는 것은 자기네가 살 만한 곳이 인가밖에 없기 때문이다."

"어떤 일의 시작은 그 이전의 일의 끝에 해당한다고 하셨는데 그건 무슨 뜻입니까?"

"도는 만물을 변화시키지만 누가 그 변화를 주관하는지 알 수 없다. 그러니까 무엇이 끝이고 무엇이 시작인지 어떻게 알 수 있겠느냐? 그러니까 바른 도와 한몸이 되어 만물의 변화에 순응할 뿐이다."

"그러면 인사와 자연이 하나라는 것은 무슨 뜻입니까?"

"사람이 존재하는 것은 자연 때문이고 자연이 존재하는 것도 자연 때문이다. 사람이 자연을 있게 할 수 없는 것은 사람의 본성으로 보아 어쩔 수 없는 것이다. 그래서 성인은 편안하게 자연의 변화에 몸을 맡겨 일생을 끝내는 것이니라."

〈해설〉

"도는 만물을 변화시키지만 누가 그 변화를 주관하는지 알 수 없다"고 공자는 말했다. 과연 그럴까? 도가 진리인 이상 만물의 변화를 주관하는 것 역시 도이고 진리이다. 좀더 구체적으로 말해서 만물의 변화를 주관하는 존재는 진리의 쓰임이다. 우주의식 또는 창조주가 인과의 원리에 따라 그러한 역할을 담당한다고 할 수 있다.

8

장자가 조릉(雕陵)의 밤나무 숲을 거닐다가 특이한 모양의 까치 한 마리가 남쪽에서 날아오는 것을 보았다. 날개의 너비는 7척이나 되고 눈의 크기는 직경이 한 치나 되어 보였다. 그 새가 장자의 이마를 스치고 지나가더니 밤나무 숲에 앉았다.

장자는 자기도 모르게 중얼거렸다.

"이게 도대체 어떻게 된 새일까? 날개가 큰데도 제대로 날 줄 모르고 눈은 크면서도 아무것도 보이지 않는 것 같구나."

장자는 하의를 걷어 올리고 발소리를 죽이고 재빨리 그쪽으로 다가가 돌멩이를 집어 들고 그 새를 겨냥해 던지려다가 잠시 동작을 멈추고 가만히 엿보았다. 매미 한 마리가 서늘한 그늘에서 태평스레 울고 있었는데, 사마귀 한 마리가 잎사귀에 몸을 숨기고 이 매미를 잡으려고 잔뜩 벼르고 있었다.

그런데 이 사마귀는 그 이상하게 생긴 까치가 잡아먹으려고 역시 잔뜩 노리고 있었다. 그러나 이 까치는 장자가 잡으려고 돌을 던지려고 하는 것을 새까맣게 모르고 있었다.

자기도 모르게 장자는 몸서리를 치면서 속으로 중얼거렸다.

"아, 생물들은 서로가 서로를 해치려 하고, 이해관계로 상호간에 얽혀져 있구나."

이렇게 생각한 장자는 들고 있던 돌멩이를 내던지고 되돌아서서 달려갔다. 그러자 이번에는 밤나무 숲 관리인이 장자가 밤을 훔쳐 가는 줄 알고 쫓아오면서 욕을 퍼부어댔다.

장자는 집에 돌아오자 사흘 동안이나 불쾌한 안색을 하고 있었다. 그것을 본 인저(藺且)라는 제자가 물었다.

"선생님께서는 요즘 왜 그렇게 심기가 불편하십니까?"

장자가 대답했다.

"나는 외부의 사물에 정신이 팔린 나머지 진정한 자기 자신을 까마득히 잊고 있었다. 마치 흐린 물에 현혹되어 맑은 물을 잊고 있는 격이다. 나는 예전에 스승님으로부터 '속세에 들어가면 속세를 따라야 한다'는 말씀을 들은 일이 있거니와 처음부터 금지구역인 그런 곳에 들어가지 말았어야 했다.

지난번에 나는 조릉을 산보하다가 나 자신을 망각한 탓으로 이상한 까치가 내 이마를 스치고 지나가는 바람에 나는 깜짝 놀랐고, 밤나무 숲에 들어가서는 나 자신의 실상을 잊고 말았다. 그 때문에 숲 관리인으로부터 모욕을 당했다. 내가 불쾌해하는 것은 바로 이 때문이니라."

〈해설〉

『이솝 우화』에 못지않은 재미있는 묘사다. 이것이 장자의 친필인지 아닌지를 차치하고 생물들의 먹이사슬과 약육강식의 실상을 문학적으로 잘 그려 내고 있다. 그러나 도인인 장자가 이 정도의 것을 보고 의기소침해 있었다는 것이 우스운 생각이 든다.

9

양자(陽子)가 송(宋)에 가는 도중에 어느 여관에 들었다. 여관 주인에게는 첩이 둘 있었는데 하나는 예뻤고 다른 하나는 못생겼다. 그런데 못생긴 첩은 주인으로부터 우대를 받고 있었는데 예쁜 첩은 천대를 받고 있었다. 양자가 그 이유를 물었더니 그 여관집 젊은이가 대답했다.

"미인 쪽은 스스로 예쁘다는 것을 의식하고 있습니다. 그래서 제 눈에는 예뻐 보이지 않습니다. 그러나 못생긴 쪽은 자기가 못생긴 줄을 알고 있습니다. 그러므로 제 눈에는 추하게 보이지 않습니다."

양자가 말했다.

"제자들아. 잘 기억해 두어라. 어진 행동을 하면서도 스스로 어질다는 생각을 망각해 버리면 어디 간들 사랑을 받지 아니하랴."

〈해설〉

＊ 양자(陽子) : 양주(陽朱), 제자백가 중의 한 사람으로서 개인주의자.

미인이 자신이 미인임을 의식하는 한 교만이 싹트고, 못생긴 사람이 자기가 못생겼다는 것을 알고 있는 한 겸손이 싹트게 마련이다. 교만은 남의 천대를 받지만 겸손은 만인으로부터 우대를 받게 되어 있는 것이 인지상정이다.

제21부 전자방(田子方)

1

전자방(田子方)이 위(魏)의 문후(文候)를 모시고 앉은 자리에서 자주 계공(谿工)을 칭찬했다. 그러자 문후가 물었다.

"그 계공인가 하는 사람은 그대의 스승인가?"

전자방이 대답했다.

"아닙니다. 무택(無擇) 마을 사람인데 도리에 맞는 말을 자주 해서 그 마을 사람들로부터 존경을 받고 있는 사람입니다."

"그럼 그대에게는 스승이 없는가?"

"아닙니다. 있습니다."

"그럼 그대의 스승은 누구인가?"

"동곽순자(東郭順子)라는 분입니다."

"그렇다면 그대는 왜 한 번도 그 사람 얘기는 하지 않는가?"

"그분의 사람됨은 진실 그 자체입니다. 외모는 사람의 모습을 하고 있지만 정신은 자연과 일체가 되어 있습니다. 자연에 순응함으로써 진실을 보존하고, 맑은 마음으로 만물을 포용하고 있습니다. 무도한 사람에 대해서는 엄격한 태도를 취하여 그 잘못을 스스로 깨닫게 하고, 나쁜 사람에 대해서는 그 사악한 마음이 저절로 뉘우치게 합니다. 이러한 인물을 무택 마을 사람들이 어찌 칭찬하지 않을 수 있겠습니까?"

자방이 나간 뒤에 문후는 멍청하니 앉아서 하루 종일 말이 없었다. 그러다가 앞에 시립해 있는 신하를 불러 이렇게 말했다.

"나 같은 사람은 완전한 덕을 구비한 군자와는 너무나 거리가 멀구나. 처음에 나는 성인이나 지혜로운 사람들의 말과 인의의 행동을 최고의 덕목으로 알고 있었다. 그런데 지금 자방의 스승의 얘기를 듣고 보니, 내 몸은 갑자기 나른해져서 꼼짝도 하기 싫어졌고 입은 닫혀 버려 한마디도 할 수 없게 되었구나.

이제 와서 생각해 보니 지금껏 내가 배운 것은 겉모양만 흉내낸 흙 인형 같은 것이었다. 이제야 나에게는 국가 따위는 한갓 번민의 씨앗밖에 안 된다는 것을 알게 되었구나."

〈해설〉

＊ 전자방(田子方) : 위(魏) 문후(文候)의 스승.

인의를 주장하는 성인은 자연과 일체가 된 지인과는 도저히 비교의 대상이 될 수 없음을 말하고 있다. 인의란 현세를 살아가는 하나의 방편이고 무위자연이야말로 모든 존재가 지향해야 할 지고의 가치임을 일깨워 주고 있다.

2

온백설자(溫伯雪子)가 제(齊)나라에 가는 길에 노국(魯國)에 들러 여장을 풀었다. 그때 노국 사람 중에 그를 만나 보고 싶어하는 사람이 있다는 말을 들은 그는 고개를 저었다.

"안 된다. 나는 중원(中原)의 군자들이 예의에는 밝지만 인정의 기미에는 무디다는 말을 들었다. 그런 사람을 만나고 싶지 않구나."

제(齊)에 갔다가 돌아오는 길에 그는 다시 노국에 묵게 되었다. 그전에 만나려고 했던 사람이 이번에도 면회 신청을 해 왔다.

온백설자가 말했다.

"전에도 만나려 하는 것을 거절했었는데도 이번에 또 만나려고 하는 것을 보니 틀림없이 나를 가르칠 작정인가 보구나."

이렇게 말하고 나가서 손님을 만나고 돌아온 그는 크게 탄식해 마지않았다. 이튿날도 손님을 만나고 돌아온 그는 역시 장탄식을 억제할 수 없었다. 이를 이상히 여긴 하인이 물었다.

"손님을 만나고 돌아오실 때마다 그렇게 땅이 꺼지게 한숨을 쉬시니 어찌된 사연입니까?"

"나는 전부터 너에게 얘기했었다. 중원 사람들은 예의에 밝은 대신에 인정의 기미에 무디다고. 아니나 다를까, 어제 만난 사람도 나아가고 물러서는 동작이 때로는 마치 그림쇠를 댄 듯 한 치의 오차도 없었고 때로는 곡척을 그은 듯이 정확했다.

게다가 아주 능수능란해서 용과 같은가 하면 어느덧 호랑이 같기도 했다. 나를 설득할 때는 자식이 어버이를 대하는 것같이 은근했고, 나를 바른길로 인도하려고 할 때는 아비가 자식을 타이르듯 자상했다. 이처럼 너무도 형식과 틀에 얽매여 있으니 저절로 한숨이 나왔느니라."

공자도 언젠가 온백설자를 만나고 나서는 단 한 마디도 말을 하지 않았다. 자로(子路)가 물었다.

"선생님께서는 오래전부터 온백설자를 만나려고 하셨는데, 막상 만나

216

신 뒤에는 아무 말씀도 없으시니 어찌된 것입니까?"

"그런 사람은 첫눈에 벌써 도를 체득한 사람이라는 것을 알 수 있었다. 말 같은 것을 주고받을 필요가 어디 있겠느냐."

〈해설〉

진리에 대한 깨달음에 대하여 공감대가 이루어진 구도자들 사이에서는 눈빛 하나, 몸짓 하나 그리고 그의 존재 전체에서 풍겨오는 분위기 하나만으로도 상대방의 모든 것을 알아차릴 수 있다. 그래서 대중에게 둘러싸인 석가모니가 꽃 한 송이를 꺾어 들고 아무 말 없이 미소만을 지었건만, 가섭은 이미 스승의 속뜻을 알아차리고 마주 미소로써 화답할 수 있었던 것이다.

진리의 원천과 통전된 도인의 주위엔 이미 보이지 않는 자장대가 형성되어 있어서 온갖 쇠붙이들을 끌어당기듯 파장이 일치되는 구도자들을 끌어당긴다. 온백설자의 주위에도 이 같은 자장대가 이미 형성되어 있었던 것이다. 그것을 감지한 공자에게 따로 언어 따위가 무슨 필요가 있었겠는가. 불립문자, 직지인심의 선적인 요인을 장자는 이미 갖추고 있었다는 것을 여기서도 알 수 있겠다.

그러한 구도자들에게는 한갓 출세를 위한 인의와 예의 도덕적 형식이 얼마나 거추장스러운 속물들의 겉치장으로 비쳤겠는가.

3

안회(顔回)가 공자에게 물었다.

"선생님께서 보통 걸음으로 가시면 저도 보통 걸음으로 갈 수 있고, 선생님께서 빠른 걸음으로 가시면 저도 빠른 걸음으로 갈 수 있고, 선생님께서 달리시면 저도 달릴 수 있습니다. 그러나 선생님께서 흙먼지 하나 일으키지 않으시고 허공을 나는 듯이 달려가실 때는 저는 뒤에서 그저 멍하니 바라만 보고 있을 뿐입니다."

"회(回)야, 그게 도대체 무슨 소리냐?"

"선생님께서 보통 걸음으로 걸으시면 저도 보통 걸음으로 갈 수 있다는 것은 선생님께서 말씀을 하시면 저도 말할 수 있다는 뜻입니다. 선생님께서 빠른 걸음으로 가시면 저도 빠른 걸음으로 갈 수 있다는 것은 선생님께서 이론을 펼치시면 저도 이론을 펼칠 수 있다는 말입니다. 선생님께서 달리시면 저도 달릴 수 있다는 것은 선생님께서 도를 말씀하시면 저 역시 도를 말할 수 있다는 말입니다.

그러나 선생님께서 흙먼지 하나 일으키지 않으시고 허공을 나는 듯이 달려가실 때는 저는 뒤에서 그저 멍하니 바라만 보고 있을 뿐이라고 말씀드린 것은 선생님께서는 아무 말씀도 안 하시건만 사람들이 믿고 따르며, 남들과 친하려 하시지 않으시건만 그들이 친밀감을 느끼고 찾아오며, 높은 지위에 계시지 않건만 백성들이 선생님 앞에 모여들고 있는 것을 말씀드린 겁니다.

도대체 왜 그렇게 되는지 모르겠지만 그렇게 되고 있으므로 저는 감히 따라갈 수 없습니다."

"너는 잘 살펴야 할 것이다. 비애 중에 가장 큰 것은 정신의 사멸이고 육체의 죽음 따위는 그다음의 문제라는 것을 말이다.

해는 매일 동에서 떠서 서쪽으로 넘어가는데, 만물은 그 운행에 따라 방향을 정하게 되어 있다. 눈과 발을 가진 온갖 생물들은 태양이 뜨기를 기다린 뒤에야 비로소 생을 영위할 수 있으므로, 태양이 뜨면 움직이고 태양이 지면 쉬어야 한다. 만물도 조화의 힘에 지배되어 태어나기도 하고 죽어 가기도 한다.

나 역시 인간의 형체를 받아 태어난 이상 내 몸을 손상시키지 않고 그 생명이 다할 때까지 기다리려고 한다. 그리하여 만물의 변화를 따라 움직이고 그 변화가 밤낮으로 쉼 없어 끝 간 데를 모른다 해도 나는 불안해하지 않을 것이다.

편안한 마음으로 주어진 육체를 받아들이고 조화의 뜻을 비록 헤아릴 수 없다 해도 그에 대하여 불평하지 않을 것이다. 나는 이처럼 무심한 가운데 만물과 변화를 같이하고 있다. 나는 오래전부터 너와 함께 살아왔건만 지금 너는 나를 상실했다고 하니 이 어찌 슬픈 일이 아니냐.

너는 내 겉모양만을 흉내내려고 하는데, 겉모양은 생명이 빠져나간 껍데기에 지나지 않는다는 것을 알아야 한다. 그런데도 불구하고 너는 그것을 구하고 거기에 진실이 있는 것처럼 생각하는 모양이다. 이거야말로 파장이 된 장터로 말을 사러 가는 격이 아니냐.

나는 너에 대한 이런저런 걱정 따위는 진작부터 잊어버렸다. 너도 나에 대한 이런저런 생각을 잊어 주기 바란다. 그렇다고 해서 조금도 걱정할 것은 없다. 낡아 버린 나를 잊어버렸다고 해도 새로운 나는 끊임없이 네 앞에 나타날 것이니까."

〈해설〉

이 우주 안에 변하지 않는 것은 아무것도 없다. 우주도 지구도 자연도 인간도 삼라만상도 순간순간 쉬지 않고 끊임없이 변하고 있다. 그래서 지인들은 온갖 집착에서 이미 떠나 있다. 그렇건만 안회는 그렇지 않았다. 겉모양에만 집착한 나머지 스승에 대한 고정관념에만 사로잡혀 스스로 만든 공자상(孔子像) 속에서 안주하려고 했다.

그러나 안회가 만든 공자상 같은 것은 현실적으로 어디에도 존재하지 않는다. 안회가 스스로 만든 공자상 속에 안주하고 있는 동안에 공자 자신은 이미 저만큼 앞서서 끊임없이 새롭게 변모하고 있는 것이다. 자연과 그리고 그 변화와 일체가 된 지인들에게는 한순간의 고정관념 따위도 용납이 되지 않는 것이다.

형상(形相) 속에서 무상(無相)을 보아야 여래(如來)를 볼 수 있는 것이다. 그런데 안타깝게도 형상 속을 헤매는 안회를 여기서는 보여 주고 있다.

4

공자가 노자를 찾아갔다. 노자는 새로 감은 머리를 풀어 헤친 채 말리고 있었다. 공자가 보기에는 노자는 미동도 않고 있어 마치 사람이 아닌 고목과 같았다.

공자는 그 부동의 자세가 끝나기를 기다리다가 이윽고 노자에게 말했다.

"제가 잘못 보았던 것일까요? 아니면 사실이 그랬을까요? 아까 뵈온 선생님의 모습은 마치 마른 나무가 우뚝 서 있는 것 같았습니다. 만물의 존재를 망각하고 인사(人事)를 완전히 떠난 끝에 천지 사이에 선생님만 홀로 계시는 것 같았습니다."

노자가 대답했다.

"나는 만물의 근원인 도의 세계에서 노닐고 있었다."

"그게 무슨 뜻입니까?"

"그것을 알려고 해도 마음고생만 할 뿐 이해하기는 어렵고 입이 열리지 않아 표현하기도 거의 불가능하다. 그러나 내 시험 삼아 그대를 위해 대략적인 것만 말해 보겠다.

순수한 음의 기운은 차갑고 엄하며, 순수한 양의 기운은 뜨겁고 빛나는 법이다. 차갑고 엄한 기운은 하늘에서 생기고, 뜨겁고 빛나는 양의 기운은 땅에서 일어난다. 이 두 가지가 합치고 조화를 이루어 만물이 생겨나게 마련이다. 어떤 근원적인 것이 있는 것 같기도 하지만 그 모습은 보이지 않는다.

이처럼 음양의 두 기운은 소멸과 생성, 충만과 공허를 거듭하여 어두워지기도 하고 밝아지기도 하면서 나날이 새로워지고 다달이 변화하고 있다. 매일처럼 새로운 작용을 하고 있지만 그 모양을 볼 수는 없다.

생명은 이러한 조화의 작용에 의해 싹트고, 죽어서는 다시 이러한 조화의 작용 속으로 돌아가는 것이다. 그 처음과 끝은 무한한 순환을 되풀이하므로 언제 그 순환이 끝나는지 아무도 모른다. 이러한 무한한 작용이 아니라면 무엇이 만물의 근원이 될 수 있겠는가?"

"그러한 도의 세계에 도달하게 되면 어떻게 되겠습니까?"

"그러한 경지에 이르게 되면 더없는 아름다움과 즐거움을 맛보게 된다. 이 같은 최고의 아름다움을 얻고 나서 최고의 즐거움 속에서 노니는 사람을 보고 지인이라고 한다."

"그렇다면 그러한 경지에 이르는 방법을 말씀해 주시기 바랍니다."

"풀을 먹는 짐승은 풀숲이 바뀌어도 고통으로 여기지 않으며, 물에 사는 벌레는 다른 물로 옮겨가는 것을 고통으로 여기지 않는다. 어느 정도 생활환경의 차이는 있다고 해도 근본적인 변화가 있는 것은 아니기 때문이다. 그러니까 그 정도의 변화로 희로애락의 감정에 사로잡히는 일은 없는 것이다.

이 천하는 만물이 하나로 돌아가는 장소이다. 결국은 모든 것이 하나로 돌아간다는 것을 알고 만물제동의 입장에 선다면 이 육체도 하찮은 먼지나 때와 다를 것이 없다는 것을 알게 되고 생사, 시종의 변화도 낮과 밤의 변화와 다름이 없게 된다.

이것을 일단 터득한 사람은 그 무엇도 그의 마음을 어지럽게 하거나 불안케 하지 못할 것이다. 하물며 길흉화복이니 이해득실 같은 것이 그의 마음을 괴롭힐 리가 있겠는가.

부리던 종을 버리는 사람은 마치 흙덩이를 버리듯 아까워하는 빛이 없다. 자기 몸이 부리던 노예 따위보다는 훨씬 귀중하다는 것을 알고 있기 때문이다. 귀중한 것이 내 속에 구비되어 있다는 것을 아는 사람은 외부의 어떠한 변화에 의해서도 속에 있는 것을 잃어버릴 우려가 없다는 것을 알고 있다.

또한 이러한 외부의 변화는 한없이 되풀이되는데 그것에 마음을 쓸 필요가 어디에 있겠는가? 이미 도를 체득한 사람에게는 이것은 너무나도 자명한 이치이다."

"선생님의 덕은 천지와 한몸이 되어 있는 것 같습니다. 그런데도 아직 훌륭한 교훈으로 마음을 닦고 계십니다. 선생님께서도 이러하실진대, 옛 군자들이야 마음공부하는 데 얼마나 힘을 썼겠습니까?"

"그렇지 않다. 물이 맑을 수 있는 것은 아무 생각 없이도 자연스럽게 그렇게 되는 것이다. 지인과 그의 덕 역시 마찬가지다. 지인은 인위적으로 덕을 닦지 않건만 스스로 덕이 갖추어져서 모든 사람을 끌어당겨 떨어지기 어렵게 만드는 것이다.

마치 하늘이 저절로 높고 땅이 저절로 두텁고, 해와 달이 저절로 밝은 것과 같다. 새삼 무엇을 닦는단 말이냐?"

공자는 노자의 집에서 나와 안회에게 말했다.

"내가 닦은 도의 수준은 이제 보니 겨우 독 속에 생기는 초벌레 정도밖에 안 되는구나. 만약에 선생님께서 독의 덮개를 열어 주지 않으셨더라면 나는 천지의 위대한 전모를 이해하지 못하고 말았을 것이다."

〈해설〉

언어와 의식의 한계를 벗어난 도의 경지를 스스로 맑아지는 물의 자기 정화작용에 비유하고 있다. 물과 같은 덕을 터득할 수만 있다면 언어나 교훈에 의한 인위적인 마음공부가 무슨 필요가 있겠는가. 지인에게는 물 흐름 자체가 스승이라는 뜻이다.

5

장자가 노국(魯國)의 애공(哀公)을 찾은 일이 있었다. 그때 애공이 말했다.

"우리나라에는 유생(儒生)은 많은 것 같으나 선생의 도를 배우는 사람은 별로 없는 것 같소."

장자가 말했다.

"노국에는 유생도 별로 많지 않습니다."

"온 나라 사람들이 유생의 옷을 입고 있는데 어떻게 별로 많지 않다고 하오?"

"저는 이렇게 들었습니다. 유생 중에서 둥근 관을 쓴 사람은 천시(天時)를 알고, 모가 난 신을 신은 사람은 지리에 밝고, 오색의 끈으로 구슬을 꿰어서 차고 있는 사람은 어떤 일이든지 즉각 판단을 내릴 수 있다고 말입니다. 그러나 군자는 도를 체득했다고 해서 꼭 복장으로 그것을 표시해야 한다고는 생각지 않습니다.

또 누가 어떤 복장을 입고 있다고 해서 그 복장에 따른 도를 체득했다고는 보지 않습니다. 상감께서 제 말이 잘 이해가 가지 않으신다면 지금이라도 당장 명령을 내리시어 도를 모르면서 복장만 갖추어 입은 자는 사형에 처한다고 온 나라에 방을 붙여 보십시오. 그렇게 하시면 제 말의 진위를 곧 아시게 될 것입니다."

그의 말을 옳게 여긴 애공은 당장 그대로 실행했다. 그러자 채 닷새가 되지 못하여 온 나라에 유생의 복장을 차려입은 자는 거의 눈에 뜨이지 않게 되었다. 오직 한 사나이만이 유생의 옷을 입은 채 대궐 문 앞에 서 있었다. 애공은 그를 불러들여 국정에 대해 물어보았더니 막히는 것이 없었다.

그것을 보고 장자가 말했다.

"그것 보십시오. 노국을 통틀어서 유생은 단 한 사람뿐입니다. 이래도 유생이 많다고 하시렵니까?"

6

백리해(百里奚)는 벼슬이나 녹봉 같은 데는 관심이 없었다. 소 치는 일을 했는데 기르는 소마다 살이 통통하게 쪘다. 그 때문에 진(秦)의 목공(穆公)은 그의 천한 신분에도 불구하고 그에게 국정을 맡겼다. 순 같은 성인은 생사조차 개의치 않았으므로 사람들을 감동시킬 수 있었다.

송(宋)의 원군(元君)이 그림을 그리게 하려고 화공(畵工)들을 모아들였다. 화공들은 화판(畵板)을 받자 인사를 하고 정해진 자리에 나아가 붓을 핥고 먹을 갈면서 서서 대기했다. 모여든 화공들의 수효가 너무 많았으므로 반은 전각 안에 들어가지도 못했다.

이때 뒤늦게 한 화공이 나타났다. 그는 서둘지도 않았고 태연자약했다. 화판을 받고도 서 있지 않고 숙소로 돌아가 버렸다. 원군은 사람을 시켜 그를 엿보게 했다. 숙소에 돌아간 그는 옷을 벗고 두 다리를 뻗고 태연히 앉아 있었다.

이 소식을 들은 원군이 말했다.

"됐다. 이 사람이야말로 진짜 화공이다."

〈해설〉

벼슬, 녹봉, 부귀영화 따위 일체의 세속을 초월한 거의 무사무념(無思無念)의 경지에 든 진정한 화가의 태도를 그 밖의 속물 화공들과는 대조적으로 잘 부각시켜 놓았다.

7

주문왕(周文王)이 장(臧)이라는 고장에 갔다가 한 노인이 낚시질하는 것을 보았다. 그의 낚시에는 낚싯바늘이 달려 있지 않았다. 고기를 낚으려는 것이 아니고 그냥 낚시를 물에 담그고 있을 뿐이었다.

문왕은 그가 현인임을 알고 발탁하여 국사를 맡기고 싶었지만 대신과 원로들이 불안해할 것이 마음에 걸렸다. 그렇다고 해서 쓰지 않고 그대로 내버려둔다면 백성들이 명재상의 혜택을 못 받을 것이 안타까웠다.

그래서 다음날 아침 신하들에게 말했다.

"지난밤 꿈에 나는 아주 훌륭한 사람을 만났소. 그 사람은 얼굴빛이 검고 수염을 길렀는데 한쪽 발굽이 붉은 얼룩말을 타고 있었소. 그분이 나를 보자 '정사를 장(臧)에 사는 노인에게 맡기면 백성들이 고통에서 벗어날 수 있을 것이오'하고 외쳤소."

이 말을 들은 신하들은 깜짝 놀라 소리쳤다.

"그 말씀을 하신 분은 선왕(先王)이십니다."

문왕이 시침을 떼고 말했다.

"하긴 그런 것도 같군. 한 번 점을 쳐 보는 것이 어떻겠소?"

"선왕의 분부가 틀림없습니다. 거역하시면 아니 됩니다. 무슨 점을 친다고 그러십니까?"

이리하여 그 낚시꾼을 맞아다가 정사를 맡겼다. 그랬더니 그 사람은 나라의 법을 하나도 고치려 하지 않고 명령 하나 새로 내리는 일이 없었다.

3년이 지난 뒤에 문왕은 국내를 순시했다. 관리들은 권한을 다투는 일이 없어지고, 파벌들도 해산되고 없었다. 장관들 중에는 의식적으로 선

226

정을 베풀려는 자가 없었다. 백성들도 도량형을 속이지 않게 되었으므로 다른 나라에서 오는 사람들도 구태여 말(斗)을 가지고 올 필요가 없었다.

관리들이 권한을 다투지 않고 파벌이 해산된 것은 여러 사람들이 한결같은 마음을 가지려 애를 썼기 때문이다. 장관들이 의식적으로 선정을 베풀지 않게 된 것은 사무를 고르게 분담했기 때문이다. 외국인이 말(斗)을 가지고 들어오지 않게 된 것은 제후들이 이 나라를 신뢰할 수 있었기 때문이다.

문왕은 그 다음날 아침 그를 태사(太師)로 삼고 마치 왕을 대하듯 북면(北面)해서 물었다.

"태사의 정치를 천하에 골고루 미치게 할 수는 없겠습니까?"

그러나 그 사람은 왕의 물음을 귀담아듣지도 않고 멍청하니 앉아 있다가 어물어물 되는대로 얼버무려 버리더니 그날 저녁에는 벌써 어디론지 자취를 감추어 버리고 말았다. 그 후 그가 죽을 때까지의 소식은 아무것도 알려지지 않았다.

이 이야기를 놓고 안회가 공자에게 물었다.

"문왕 같은 사람도 도에 있어서는 아직 모자라는 점이 있으신 것 같습니다. 꿈 얘기 같은 걸 조작할 필요가 있었을까요?"

공자가 말했다.

"잠자코 있거라. 그런 말 하는 게 아니니라. 문왕은 더없이 위대한 성인이시다. 너 따위가 감히 비판할 계제가 아니다. 그분은 잠시 방편을 썼을 뿐이니라."

〈해설〉

강태공 얘기를 빗대어 꾸며낸 우화 같다. 지혜로운 문왕과 무사무욕한 태사의 한 면모를 보여 주자는 것이 글 쓴 사람의 의도인 것 같다.

8

열어구(列御寇)가 백혼무인(伯昏無人)을 위해 활 쏘는 시범을 보인 일이 있다. 그의 오른손은 활시위를 힘껏 당겼는데도 왼 팔꿈치 위에 올려놓은 물이 가득 담긴 잔에서는 조금도 물이 흘러넘치지 않았다. 그러고도 그가 쏘아댄 첫 화살이 시위를 떠나기가 무섭게 다음 화살이 첫 화살과 거의 나란히 날아가는 것이었다. 가히 전광석화와도 같은 사격 솜씨였다. 그런데도 열어구 자신은 마치 나무로 조각해 놓은 인형처럼 미동도 하지 않았다.

그것을 보고 백혼무인이 말했다.

"네 궁술은 기술로써의 궁술일 뿐 그것을 초월한 것은 아니다. 나와 같이 높은 산에 올라가자. 거기서 흔들리는 돌을 밟고 백 길이나 되는 심연을 굽어보면서도 네가 활을 쏠 수 있는지 시험해 보자꾸나."

그리하여 백혼무인은 열어구를 데리고 높은 산에 올라가 위태롭게 흔들리는 돌을 밟고 백 길이나 되는 못물을 굽어보는 벼랑 위에 섰다. 다음 순간 발바닥의 3분의 2쯤이 벼랑 밖으로 나가는 데까지 가서, 열어구를 손짓하여 오게 했다. 그러자 열어구는 그리로 가기는커녕 겁을 집어먹은 나머지 땅에 엎드렸는데, 땀이 비 오듯 하여 발바닥까지 땀으로 범벅이 되었다.

백혼무인이 말했다.

"지인이란 위로는 하늘에 오르고 아래로는 황천(黃泉) 밑바닥에까지 내려가며, 우주 끝까지 누비고 다녀도 그 신기(神氣)에 추호도 변함이 없는 법이다. 그런데 지금 너는 겨우 요만한 곳에서도 두려워서 벌벌 떨고 있구나. 그래가지고는 활을 쏘아도 과녁을 맞히기는 어려울 것이다."

9

견오(肩吾)가 손숙오(孫叔敖)에게 물었다.

"당신은 초(楚)의 재상을 세 번이나 역임하고도 그것을 영광스러운 것이라고는 생각지 않았고, 재상 자리에서 세 번이나 물러나면서도 별로 우울한 기색을 보이지 않았다고 들었다. 처음 그 얘기를 들었을 때 나는 설마 그런 일이 있었을라구 하고 믿지 않았었지만, 지금 막상 상대하여 당신의 표정이 아주 유연하고 즐거워하는 것을 보고는 생각을 달리하게 되었소. 당신의 심정을 직접 듣고 싶소."

손숙오가 말했다.

"나라고 해서 남과 다른 점이 있겠는가? 영화(榮華)가 찾아오면 그것을 물리칠 자신이 있다고 생각하고 받아들이고, 그것이 나에게서 떠날 때는 붙들 수 없음을 알고 순순히 보냈을 뿐이오. 나는 이해득실 따위는 원래 나 자신과는 아무런 관계도 없다는 것을 알고 있소.

그러므로 영화가 비록 나에게서 떠난다 해도 우울해하지 않을 뿐이오. 나라고 해서 남보다 잘난 게 있겠소? 그리고 그 존귀한 가치라는 것이 고관대작에게 있는 것인지 나에게 있는 것인지 알쏭달쏭하오. 만약에 그것이 고관대작에게 있다면 그것은 나 자신과는 아무런 관계도 없는 일일 것이오.

또 그것이 나에게 있다면 고관대작이라는 것은 아무것도 아닌 것이오. 나는 단지 이러한 이치를 되씹으면서 주위를 살피고 조심하고 있을 뿐이오. 그러니까 나에게는 귀해지고 천해지는 세상사 따위에는 마음을 쓸 여지가 어디에 있겠소?"

공자는 이 얘기를 듣고 제자들에게 말했다.

"옛날부터 아무리 지혜로운 사람이라도 진인(眞人)을 설득할 수는 없었고, 아무리 잘생긴 미인이라도 그를 유혹한다는 것은 불가능한 일이었다. 또 아무리 사나운 도둑놈이라도 그를 위협할 수는 없었고, 복희씨나 황제 같은 이도 그와는 감히 벗할 수 없었다.

인생에서 생사 문제처럼 중대한 것은 없다. 생사도 진인의 마음을 흔들지 못하거늘 하물며 벼슬 따위가 그를 움직일 수 있겠는가? 또 이런 사람은 깊은 산속에 들어가도 그의 정신이 영향을 받는 일이 없고, 못이나 샘에 들어가도 그의 몸이 젖지 않는다. 비천한 자리에 처해도 고통을 느끼지 않는다. 그리고 그의 덕은 천지에 충만해 있으므로 아무리 남에게 나누어 주어도 줄어들기는커녕 더욱더 늘어나기만 할 뿐이다."

〈해설〉

＊ 손숙오(孫叔敖) : 초(楚)의 현인.

구도자로서의 장자의 위대한 점은 무엇일까? 그것은 그가 만물제동, 생사일여의 진리를 체득하고 기회 있을 때마다 그것을 설파했다는 것이다. 이 두 가지 진리만 자기 것으로 만든 사람이라면 그 어떠한 역경 속에서도 비록 죽음 앞에서도 의연할 수 있을 것이다. 범인(凡人)들이 죽음 앞에서 공포심에 사로잡혀 벌벌 떠는 것은 생사란 사실상 존재하지 않는다는 것을 깨닫지 못했기 때문이다. 그러나 생사는 같다는 것을 터득한 사람에게 이 우주 안에서 무서울 것은 아무것도 없게 된다.

'인생에서 생사 문제처럼 중대한 것은 없다. 생사도 진인의 마음을 흔들지 못하거늘 하물며 벼슬 따위가 그를 움직일 수 있겠는가? 또 이런 사람은 깊은 산속에 들어가도 그의 정신이 영향을 받는 일이 없고, 못이나 샘에 들어가도 그의 몸이 젖지 않는다. 비천한 자리에 처해도 고통을 느끼지 않는다'고 한 것은 바로 이것을 말한 것이다. 위 인용문에서 '못이나 샘에 들어가도 그의 몸이 젖지 않는다'고 한 것은 어떠한 난관에 처해도 상처를 입는 일이 없다는 뜻이다. 진정한 마음의 평안은 바로 이러한 경지에 들었을 때 찾아오게 된다.

10

초나라 왕이 범나라 군주와 같이 앉아 있었다. 잠시 후, 초나라 왕의 측근들이 범나라가 망했다고 세 번이나 알려 왔다. 이 말을 다 듣고도 범나라 군주는 태연히 말했다.

"범나라가 망했다고 해도 그 사실이 내 존재를 상실케 하지는 못할 것입니다. 범나라의 멸망이 내 존재를 상실케 하지 못한다면 초나라의 존재도 대왕의 존재를 존재케 하지는 못할 것입니다."

이렇게 보면 범나라는 처음부터 망한 일이 없다고도 할 수 있고 초나라도 처음부터 존재한 적이 없다고도 할 수 있을 것이다.

〈해설〉

범나라 군주의 지극히 짧은 발언 속에는 사실상 만고의 진리가 다 들어 있다. 그것은 진리란 원래 생사, 유무, 시공을 초월한 곳에 있음을 말해 준다. 다시 말해서 존재는 비존재이고 비존재는 존재이다. 있는 것은 없는 것이고 없는 것은 있는 것이다. 하나는 전체이고 전체는 하나인 것이다. 색은 공이고 공은 색인 것이다. 이것만 보아도 장자가 도달한 경지를 가히 알 수 있을 것이다.

제22부 지북유(知北遊)

1

지(知)가 북쪽 현수(玄水)가에서 놀다가 은분(隱弅)이라는 언덕에 올랐을 때 우연히 무위위(無爲謂)와 만났다. 지는 무위위에게 말을 건넸다.

"당신에게 묻고 싶은 것이 있습니다. 무엇을 생각하고 무엇을 하면 도를 알 수 있겠습니까? 무엇에 몸을 두고 무엇을 행하면 도에 안주(安住)할 수 있겠습니까? 무엇을 따르고 무엇에 의지해야 도를 얻을 수 있겠습니까?"

그는 이 질문을 세 번이나 되풀이했지만 무위위는 끝내 대답하지 않았다. 아니 대답하지 않은 것이 아니라 어떻게 대답해야 할지 몰랐던 것이다.

대답을 듣지 못한 지(知)는 백수(白水)의 남쪽으로 돌아가 호결(狐闋)이라는 산에 올라갔다가 광굴(狂屈)을 만났다. 지는 전과 똑같은 질문을 그에게 했다.

"응. 그건 내가 잘 알지. 내 자네한테 말해 줌세."

그는 말을 마악 꺼내려다가 자기가 무엇을 말하려고 했는지 깜빡 잊어버리는 통에 결국은 아무 말도 못 하고 말았다.

두 사람에게서 잇달아 대답을 듣지 못한 지는 제궁(帝宮)으로 돌아가 황제를 만나자 그에게 물어보았다. 황제가 대답했다.

"아무것도 생각하지 않고 아무것도 행하지 않으면 도를 얻을 수 있다.

233

아무 경지에도 몸을 두지 않고 아무것도 행하지 않으면 도에 안주할 수 있다. 아무것도 따르지 않고 아무것도 의지하지 않으면 도를 얻을 수 있다."

지는 황제에게 또 물었다.

"그렇다면 저와 황제님은 도를 알지만 저 무위위와 광굴은 도를 모른단 말인가요? 과연 어느 쪽이 맞습니까?"

황제가 말했다.

"저 무위위야말로 진짜로 도를 아는 사람이다. 광굴은 도에 가까이 접근한 사람이다. 이들에 비해서 나와 그대는 도에서 멀리 떨어져 있다. 그래서 옛사람들도 '참으로 아는 사람은 말하지 않고, 말하는 사람은 사실은 모르는 사람이다. 그러므로 성인은 말없는 가르침을 행한다'고 했다오."

〈해설〉

＊ 지(知) : 지식이라는 추상적인 개념을 의인화(擬人化)한 것.

＊ 무위위(無爲謂) : 무언(無言)이라는 추상적인 개념을 의인화한 것.

＊ 광굴(狂屈) : 상식에서 벗어난 미친 짓을 의인화한 것.

이와 비슷한 얘기가 『유마경』과 『전등록(傳燈錄)』의 보리달마 편에도 나온다. 『유마경』에서는 불이(不二)라는 것이 문제가 되었다. 여러 보살들이 각자 이에 대한 소견들을 피력해 나가다가 문수보살 차례가 되자 그는 모든 언어를 떠난 경지야말로 불이라고 했다.

그다음에 문수보살은 유마도 한마디하라고 했다. 그러나 유마는 침묵만 지킬 뿐 아무 말도 하지 않았다. 그러자 문수는 유마야말로 말하지 않고도 진리를 잘 표현했다고 칭찬을 아끼지 않았다.

『전등록』에서는 달마가 천축으로 돌아갈 작정을 하고는 제자들에게 말했다.

"이제 때가 되었다. 너희들은 그동안 공부해서 얻은 것을 말해 보아라."

이때 도부(道副)가 대답했다.

"제가 보기엔 문자에 집착하지 않고 문자를 여의지도 않아야 도를 얻을 수 있습니다."

달마 대사가 말했다.

"너는 나의 가죽을 얻었다."

총지(總持) 비구니가 말했다.

"제가 알기에는 아난이 아촉불국을 보았을 때 한 번 보고는 다시 보지 못한 것 같습니다."

"너는 나의 살을 얻었다."

도육(道育)이 말했다.

"사대(四大)가 본래 공이고 오온(五蘊)이 있지 않으니 제가 보기에는 한 번도 얻은 것이 없습니다."

"너는 나의 뼈를 얻었다."

마지막에 혜가(신광)가 절을 하고 제자리에 섰으나 아무 말이 없었다. 대사가 말했다.

"너는 내 골수를 얻었다."

노자도 『도덕경』에서 "도라고 말해질 때의 도는 이미 도가 아니다"고 말했다. 언어란 원래 인간의 머리에 떠올랐던 상황을 발성기관을 통해 나오는 음성에 의존해서 표현해야 하므로 그 과정에 이미 많은 제약을 받게 되어 있다.

게다가 그렇게 되어 나온 음성 역시 상대와의 공감대를 고려하여 상대가 알아듣게 해석하고 분석하여 표현해야 하는 또 다른 제약을 갖게 된다. 결국 진의는 왜곡당하지 않을 수 없게 되어 있다.

가령 내가 잠을 자다가 이 세상 분위기가 아닌 처음 보는 별세계에서 희한한 꿈을 꾸었다고 치자. 이것을 인간의 언어로 과연 적절하게 표현할 수 있을까? 그건 사실상 불가능한 일이다. 구도자가 진리를 깨닫는 황홀한 순간도 이와 마찬가지다.

따라서 도에 대하여 아무 말도 못 한 무위위, 도에 대하여 말을 하려고 하다가 말을 잊어버린 광굴, 그리고 도에 대한 적절한 정의를 내린 황제의 세 사람 사이에는 그 깨달음의 수준 차이가 스스로 밝혀진다고 하겠다.

그러나 진리를 깨닫고도 진리에 대하여 아무 말도 못 한 사람과 그래도 인간이 알아들을 수 있는 반벙어리 같은 언어로나마 그가 체험한 진리의 백분의 일, 아니 천분의 일, 만분의 일이라도 이해할 수 있도록 고심하여 설명해 준 사람과 어느 쪽이 범인들에게 유익한 일을 했다고 할 수 있을까? 물론 우리는 후자의 손을 들어 주지 않을 수 없다.

석가, 공자, 노자, 장자, 소크라테스, 예수를 비롯한 수많은 성인들은 바로 이 일에 평생을 걸고 꾸준히 노력한 사람들이다. 만약에 그들이 자기 혼자서만 진리를 깨닫고 나서 아무 말도 남겨놓지 않고 그냥 훌쩍 떠나가 버렸다면 어떻게 되었을까를 상상해 보면 그들의 업적을 알 수 있을 것이다.

2

황제의 말은 다시 계속되었다.

"도는 언어로 파악할 수 있는 것이 아니며 덕이란 인위적인 노력으로 도달될 수 있는 성질의 것이 아니다. 왜냐하면 그것들은 자연 자체이기 때문이다. 이에 비해 인은 인위적인 노력으로 할 수 있는 일이지만, 의 같은 것은 그런 노력도 할 가치가 없으니 그만두는 것이 좋다.

예는 진정을 속이는 일이므로 취할 것이 못 된다. 그래서 옛사람들도 말했다.

'도가 상실되자 덕이 생겼고, 덕이 상실되자 인이 생겼으며, 인이 상실되면서 의가 생겼다. 예는 도의 표면만을 꾸미고 도를 더럽히는 첫 번째 원인이다.'

또 이렇게도 말했다.

'도를 닦는 사람들은 날이 갈수록 인위를 버려야 한다. 이렇게 인위를 버리고 또 버림으로써 무위에 도달한다. 무위에 도달하면 못 하는 일이 없게 된다.'

그러나 지금 우리들은 이미 인위에 속박당해 있으므로 우리의 근원인 도로 돌아가려고 해도 그것 역시 어려운 일이 아니겠는가. 그러한 일을 쉽게 해낼 수 있는 사람은 오직 대인뿐이다."

〈해설〉

여기서 장자가 말한 '인위적인 노력'이란 '무위자연'을 바탕으로 한 것이 아닌 부자연한 노력을 말한다. 부자연한 노력이란 무엇일까? 자연에 순응하는 것이 아닌 어느 특정한 것을 위하여 자연을 거역하는 행위를 말한다. 그러한 행위들 중에는 인류를 위한다는 명분으로 자연을 파괴하는 행위도 포함된다.

크게 보면 인간을 만물의 영장으로 보는 인본주의 역시 인간만을 위한 집단 이기주의에 지나지 않는다. 우리는 인류를 위한 개발이라는 명분으로 자연을 마음대로 파괴한 결과, 오늘날 인간도 여타 생물도 다 같이 살 수 없는 환경 파괴라는 엄청난 재앙을 초래했다.

또한 인간은 인류의 편리를 위한다는 명분으로 온갖 문명의 이기들을 발명했고 발달시켜 왔다. 물론 이것들은 인간에게 편의를 제공해 준 것은 사실이지만 이 때문에 결과적으로는 엄청난 재앙을 초래했다. 특히 자동차를 비롯한 교통수단과 각종 산업시설의 발달은 대기와 수질과 토양을 오염시키고 인류와는 상부상조 관계에 있던 수많은 생물들을 멸종시키고 있다.

위에 말한 것은 물질적인 자연에 끼친 엄청난 재앙이다. 인위적인 노력은 이러한 물질적인 자연에만 재앙을 가져온 것이 아니라 비물질적인 분야 즉 정신적인 면에도 엄청난 재앙을 몰고 왔다. 장자가 살았던 춘추 전국 시대의 인의예지는 말할 것도 없고 지배층의 시녀 노릇을 하여 온, 온갖 왕권 강화를 위한 사상들과 종교들이 그것이다. 신권사상, 독재사상, 제국주의, 나치스, 파쇼, 공산주의 등이 여기에 포함된다.

결국 무위자연에 역행하는 모든 인위적인 노력은 인류 자신을 서서히 죽여 가고 있다. 다시 말해서 우주 자연 전체를 생각지 않은 어느 특정 개인이나 집단을 위한 인위적인 노력은 필경 전체적인 파국을 몰고 온다는 것을 인류의 역사는 현실적으로 보여 주고 있다.

인위적인 노력이 지구 자체를 사람이 살 수 없는 곳으로 만들어 온 것이다. 장자는 지금으로부터 2천5백 년 전에 벌써 오늘날의 인류의 운명을 내다보고, 만물제동 생사일여라는 진리를 인류에게 설파하여 오늘날의 비극을 막으려 했던 것이다.

3

황제의 말은 다시 계속되었다.

"생은 죽음의 동반자요 죽음은 생의 시작이다. 이처럼 끊임없이 순환을 거듭하는 생사에서 어느 것이 근본이라는 것을 누가 알 수 있겠는가? 사람이 살고 있다는 것은 여러 기운(요소)들이 모여서 우리의 몸을 구성했다는 말과 같다. 이 기운이 모이면 생이 되고 흩어지면 죽음이 되는 것이다.

만약에 생사가 이처럼 불가분의 관계에 있다는 것을 안다면 생사에 대하여 걱정할 필요가 어디에 있겠는가? 이러한 견해를 확장해 나가다 보면 생사뿐 아니라 만물도 사실은 하나라는 것을 알게 된다.

세상 사람들은 자기가 좋아하는 것은 훌륭하다고 생각하고, 싫어하는 것은 썩은 냄새라도 나는 줄 흔히들 알고 있다. 그러나 썩은 냄새를 풍기는 것이 돌고 돌아 훌륭한 것으로 탈바꿈되고, 훌륭해 보이는 것이 자꾸 변화해서 끝내 썩은 냄새를 풍기게 되지 않는다고 누가 단정할 수 있겠는가?

그래서 옛사람들도 말했다.

'천하 만물 중에서 진정으로 존재하는 것은 오직 기운뿐이다.'

그렇기 때문에 성인은 만물의 근원인 하나, 즉 도를 숭상하는 것이다.”

〈해설〉

생사를 기의 집산(集散)으로 본 점은 불전에도 발견된다. 인연 따라 사대
(四大 : 땅, 물, 불, 바람)가 모인 것이 생명체이고 흩어진 것이 죽음이다.
따라서 삶은 삶이 아니고 죽음은 죽음이 아닌 것이다. 이 말은 삶은 죽음
이고 죽음은 삶이란 뜻이다. 생사가 결국은 하나이듯이 삼라만상 역시 하
나에서 시작하여 하나에서 끝나는 순환이 끊임없이 지속되는 것이다.

장자는 이러한 이치를 어떻게 알게 되었을까? 물론 수행을 통해서이
다. 그럼 그 수행이란 무엇인가? 꾸준한 자기 성찰을 통해서임은 더 말
할 필요도 없는 일이다.

4

지가 황제에게 말했다.

“내가 무위위에게 물었을 때 그는 대답하지 않았다. 대답하지 않은 것
이 아니라 어떻게 대답해야 할지 몰랐을 것이다. 나는 또 광굴(狂屈)에게
물었지만 그는 대답하려고 하다가 입을 다물어 버렸다. 우정 그런 것이
아니고 말을 하려고 하다가 도중에 할말을 잊어버렸다.

결국 마지막으로 당신에게 질문을 했었는데, 당신을 잘 알고 있었으므
로 자세히 대답해 주었다. 그런데도 도에서 멀리 떨어져 있다고 한 것은
무엇 때문인가?”

황제가 대답했다.

"저 무위위가 가장 도를 많이 체득했다고 한 것은 그가 도에 대하여 어떻게 말해야 할지 몰랐기 때문이다. 광굴이 도에 가깝다고 말한 것은 그가 단지 할말을 잊었기 때문이다. 나와 당신은 도에서 멀리 떨어져 있다고 한 것은 도를 설명하는 말을 알고 있었기 때문이다."

훗날 이 말을 전해 들은 광굴은 황제의 말은 참으로 옳았다고 탄복했다.

〈해설〉

도를 깨닫고 나서 '도를 설명하는 말을 알고 있었다'는 것은 도를 설명하는 말을 모르고 있는 것보다는 그만큼 순수한 도에서 일탈해 있었다는 뜻이다. 도는 어디까지 도 그 자체이지, 그 도를 설명하는 말과는 아무런 상관이 없기 때문이다.

5

천지는 위대한 미덕을 지니고 있으면서도 말이 없고, 사시는 명확한 법칙을 가지고 있으면서도 논의하는 일이 없고, 만물은 생성하는 이법에 따라 지배를 받으면서도 설명하지 않는다.

성인이란 천지의 이러한 미덕을 캐어 만물이 생성하는 이법에 통달한 사람이다. 그러므로 지인은 일부러 행동하는 일이 없고, 대성(大聖)은 의식적으로 일하는 일이 없다. 천지의 무위자연을 본받기 때문이다.

그러나 저 영묘하고 정교하고 치밀한 도의 작용은 만물을 천변만화시킨다. 그 때문에 삼라만상은 각기 생사, 방원(方圓) 등의 변화가 엇갈리게 마련이지만 그 변화의 근본인 도의 작용은 좀체로 눈에 띄지 않는다. 그러나 도에 의해서 예로부터 만물은 확실히 존재하여 오고 있는 것이다.

우주가 제아무리 크다고 해도 도의 품안에서 떠날 수 있는 것은 아니다. 가을철의 짐승의 터럭이 제아무리 작다고 해도 도에 의해 그 형체가 결정되는 것이다. 천하 만물은 끊임없이 변화를 계속하기 때문에 끝까지 예전의 모습을 유지하는 것은 없다. 그리고 음양과 사시도 쉴 새 없이 운행하지만 이 도에 의해 그 질서가 유지된다.

이처럼 그윽하여 존재하지 않는 것 같으면서도 존재하고 무심한 채 형태도 없으면서 영묘한 조화를 부리고 있어서, 만물이 그것에 의해 생육하면서도 알지 못한다. 이것이야말로 만물의 근원인 도다. 우리는 이러한 도를 천지자연 속에서 발견할 수 있다.

6

설결(齧缺)이 도 닦는 법에 대하여 피의(被衣)에게 물었다. 피의가 대답했다.

"네 몸을 바로 하고 시선을 한곳에 집중하도록 하라. 그렇게 하면 네 몸에는 자연의 화기(和氣)가 찾아들 것이다. 사리 분별을 제압하고 마음을 순일(純一)하게 하라. 그러면 신령스러운 기운이 네 몸에 깃들게 될 것이다. 그렇게 되면 덕은 너를 아름답게 장식하고 도는 네 편안한 거주처가 될 것이다. 너는 갓 태어난 송아지같이 청순한 눈을 떠서 바라보되 구태여 따지려 들지 말지어다."

이 말이 채 끝나기도 전에 설결은 코를 골고 있었다. 피의는 크게 기뻐하여 콧노래를 부르면서 그곳을 떠나갔다.

"몸은 마른 나무,
마음은 불 꺼진 재.
진실한 지혜 얻어
인위를 버린 몸은
멍하니 무심한 채
꾀하는 일이 없더라.
이게 과연 누구더냐."

〈해설〉

＊ 설결(齧缺) : 제물론, 응제왕, 천지 등에도 나왔던 인물.

＊ 피의(被衣) : 설결의 대화 상대, 그의 스승.

제자가 스승에게 도 닦는 법을 물었는데, 스승의 말이 다 끝나기도 전에 제자는 코를 골고 있었다. 속세에서 이런 일이 있었다면 스승은 제자를 얼마나 괘씸하게 생각했을까? 그러나 여기서는 그와는 정반대의 현상이 벌어졌다. 도 닦는 법을 설명하는 도중에 코를 고는 제자를 본 스승은 오히려 크게 기뻐하고 콧노래까지 부르면서 그곳을 떠났다.

그 콧노래의 내용이 희한하기 짝이 없다. 도 닦는 법을 설명해 주는 도중에 어느덧 무위자연으로 돌아간 설결의 몸은 이미 마른 나무요 불 꺼진 재처럼 되었고, 자연의 이치를 깨달은 그는 이미 무심한 자연 그 자체가 되어 있었다. '이게 과연 누구더냐'고 한 것은 설결이 이미 속세의 인간이 아니라 지인이 되었다는 감탄사다.

7

순이 승(丞)이라는 사람에게 물었다.

"도는 체득해서 소유할 수 있겠는가?"

"당신의 몸도 당신의 것이 아니거늘, 도를 어찌 소유할 수 있단 말인가?"

"내 몸이 내 것이 아니라면 누구의 것이란 말인가?"

"당신의 몸은 천지에 딸려 있는 형태일 뿐이다. 그리고 생명이라고 해서 당신 것은 아니며, 단지 천지에 소속되어 음양의 두 기운이 화합함으로써 생긴 것에 지나지 않는다. 또 그대의 본성도 그대의 것이 아니라 천지에 소속된 채 생긴 것에 지나지 않는다. 자손도 그대의 것이 아니라 천지에 소속되어 생겼다가 차례차례 스러져 가는 껍질 같은 것에 지나지 않는다.

그러므로 사람들은 인생을 살아가면서도 어디로 가는지를 모르고, 이 세상에 살면서도 언제까지나 지금의 상태가 지속되는지를 모른다. 음식을 먹으면서도 그 맛이 어디서 오는지를 모른다. 이런 것을 조종하는 것은 당신이 아니라 천지운행의 근본이 되는 기 그 자체다. 사정이 이러하거늘 무엇을 자기 것으로 소유할 수 있다는 말인가?"

〈해설〉

도를 구하되 그것을 체득하여 자기 것으로 소유하겠다는 아상까지도 버려야 진정한 도에 접근할 수 있다는 뜻이다.

8

공자가 노자에게 물었다.

"오늘은 한가하신 것 같습니다. 선생님께 지상(至上)의 대도에 대해서 여쭈어보고자 합니다."

노자가 대답했다.

"그대는 먼저 목욕재계하여 자기의 마음을 정화하고 정신을 깨끗이 하라. 그리고 그대의 지혜라는 것을 몰아내기 바란다. 도라는 것은 유현(幽玄)해서 말하기 어렵지만 그대를 위해 그 대략을 설명해 보겠다.

대저 밝은 것은 어두운 데서 생겨나고, 유형(有形)은 무형(無形)에서 생겨나며, 영묘한 마음의 작용은 도에서 생겨나고, 형태는 본래 정기(精氣)에서 생겨나고, 그 후에 만물은 형태를 통해 계속해서 생겨나게 마련이다. 그러므로 몸에 아홉 개의 구멍을 지닌 사람이나 짐승은 태에서 태어나고, 여덟 개의 구멍을 가진 새나 고기는 알에서 태어나 생명을 전해 간다.

그러나 그 배후에서 원동력이 되고 있는 도는 어떤가? 그것이 와도 흔적이 없고, 그것이 왔다가 사라져도 자취도 없다. 도는 출입하는 문이 따로 있는 것도 아니고, 머무는 방이 어디에 정해져 있는 것도 아니다. 그러나 도는 상하사방 천지간에 속속들이 미치지 않는 데가 없을 만큼 온갖 것을 다 포용한다.

이 도를 닦아 자기 것으로 체득한 사람은 신체가 건강하고 생각은 널리 통달하고, 귀와 눈은 밝아져서 아무리 마음을 써도 피로한 줄 모르고, 어떤 어려움을 당해도 자유자재하여 막히는 데가 없게 된다.

사람만이 그런 것이 아니고 하늘도 도를 얻지 못하면 높을 수 없고,

245

땅도 이것을 얻지 못하면 넓어질 수 없다. 해와 달도 이것을 얻지 못하면 운행할 수 없고, 만물 역시 이것을 얻지 못하면 번성할 수 없다. 이것이 도다.

이 세상에는 박학한 사람이 있지만 그가 반드시 진정한 지식을 가지고 있다고는 말할 수 없다. 말을 잘하는 사람이라고 해서 그가 지혜를 가지고 있는 것도 아니다. 그러므로 성인은 학문이나 논리 따위를 도외시한다. 그리하여 성인은 아무리 늘리려고 해도 늘어나지 않고 아무리 줄이려고 해도 줄어들지 않는 도만을 보유하게 된다.

도는 그 깊이가 심해와 같고 높이는 고산과 같다. 끊임없이 순환을 계속하여 만물을 운행시키되 다함이 없다. 이것이 군자가 마땅히 본받아야 할 도다. 그리고 그것은 밖에 있는 것이 아니라 우리들의 내심에 존재하는 것이다. 만물은 그곳에 가서 자기가 존재하는 양태를 얻고 있건만 무궁무진하여 바닥이 나는 법이 없다. 이것이 도다."

9

중국에는 많은 사람이 살고 있다. 그들은 음기나 양기 중 어느 하나에 의해 생긴 것이 아니고 음양의 조화로 말미암아 생겨난 것이고, 천지 사이에 살면서 잠시 사람 노릇을 하는 데 지나지 않는다. 그러므로 때가 되면 그가 태어난 고향인 근원적인 상태로 되돌아가게 된다.

이런 근원적인 입장에서 본다면 삶이란 천지간의 기운이 모여 엉긴 것이라고 할 수 있다. 그러므로 사람이 오래 살거나 일찍 죽는다고 해도 그 차이는 미미한 것에 지나지 않는다. 알고 보면 그저 잠시 살다 간 것밖에는 되지 않는다.

그렇게 짧은 인생을 사는 것을 생각하면 구태여 요니 걸이니 하고 시비를 걸 건덕지도 없지 않겠는가. 아무리 하찮은 나무 한 그루, 풀 한 포기라도 그것이 존재하는 것은 자연의 이법이 뒷받침해 주기 때문이다. 인간의 질서는 나무 열매나 풀 열매처럼 쉽게 구별할 수는 없지만 그것이 자연의 이법에 의해 지배된다는 점에서는 마찬가지다.

성인은 자기가 맞닥뜨린 운명에 역행하지 않고 지나간 일에 연연하지 않는다. 만물과 조화를 이루어 무엇에나 적응해 나가는 것이 바로 덕이다. 닥쳐온 운명에 순응해 나가는 것이 바로 도다. 이러한 덕과 도를 얻음으로써 옛날의 위대한 제왕들은 태어난 것이다.

사람이 이 천지 사이에서 삶을 누리는 것은 백마가 문틈 사이로 달려가는 것을 언뜻 본 것처럼 지극히 짧은 순간의 일에 지나지 않는다. 만물은 졸졸 흐르는 개울물처럼 그리고 콸콸 치솟는 샘물처럼 이 세상에 나타나서 질펀하게 흐르다가 썰물처럼 어느 사이엔가 사라져 버린다. 천지 간의 기운이 변화해서 만물의 형태를 이루었다가 다시 그 변화로 인해서 사라져 간다.

어떠한 생물이든지 죽는 것을 좋아하는 것은 없다. 사람도 예외가 아니다. 죽음이란 하늘에서 받은 몸이라는 옷을 벗어 버리는 것과 같은 것으로서, 빙글빙글 소용돌이치는 조화에 따라 혼백이 이 세상에 왔다가 떠나려 할 때 육체도 함께 근원으로 돌아가는 것을 말한다. 또 그것은 형체 없는 근원적 상태에서 형체를 갖추고 생겨났다가 다시금 형체 없는 근원으로 되돌아가는 것이다.

이러한 만물의 순환의 도리는 누구나 아는 것이지만 도를 터득한 사람은 그런 것을 캐려고 하지 않는다. 또 세상 사람들은 도에 대하여 곧잘 논하지만 도를 터득한 사람은 그런 논의에는 일체 관여하지 않는다. 왜냐하면 도를 논하는 사람은 도에 이르지 못한 사람이며, 도를 똑똑히 보려고 할 때에는 그것을 영원히 만날 수 없기 때문이다.

그러므로 도를 논하기보다는 도에 대해 침묵하는 것이 훨씬 낫다. 도는 말을 통해 들을 수 있는 것이 아니라 귀를 막고 스스로 체득해야 할 성질의 것이다. 이렇게 하여 도를 얻는 것을 큰 것을 얻었다고 한다.

10

동곽자(東郭子)가 장자에게 물었다.

"소위 도라는 것은 어디에 있습니까?"

장자가 대답했다.

"도는 없는 곳이 없다."

"좀더 확실하게 말씀해 주십시오."

"도는 땅강아지나 개미에게도 있다."

"어찌 그리도 천한 곳에 있단 말입니까?"

"강아지풀이나 돌피에도 있다."

"그보다 더 천한 곳에 있단 말입니까?"

"기와나 벽돌에도 있다."

"한술 더 뜨시는군요."

"똥이나 오줌에도 있다."

동곽자는 흥이 깨졌는지 대꾸도 없었다. 그러자 장자가 말했다.

"그대의 질문은 처음부터 본질에서 벗어나 있었다. 시장을 관장하는 벼슬아치가 시장 관리인이 돼지를 발로 밟아 보고 살찐 정도를 알아내는 것을 보고 왜 그렇게 하는지 물어보았다. 그러자 시장 관리인은 가장 살이 안 찐 돼지 몸뚱이의 아래쪽을 밟아 볼수록 전체의 살찐 정도를 잘 알 수 있다고 대답했다고 한다.

그대는 도가 어느 특정한 곳에만 있는 것으로 착각해서는 안 된다. 삼라만상 중에서 어느 하나라도 도에서 벗어난 채 존재하는 것은 없기 때문이다. 궁극의 도는 일체를 감싸며, 위대한 말이란 모든 것을 포괄하게 마련이다. 도의 보편성을 나타내는 말에는 두루, 널리, 모두의 세 가지가 있는데 그 표현은 조금씩 달라도 내용은 마찬가지여서 결국은 도의 보편 타당성을 말한 것이다.

시험 삼아 우리 함께 무하유(無何有)의 궁궐 즉, 일체의 존재를 부정한 무의 세계에 놀면서, 만물이 일체임을 논함으로써 다함없는 무위의 도를 즐겨 보지 않겠는가? 또 시험 삼아 나와 함께 무위의 입장에 서 보지 않으려는가? 또 담담하고 고요하게 마음을 가라앉혀 보지 않겠는가? 또 맑고 깨끗하게 되어 보지 않겠는가? 또 만물과 조화하여 마음을 한가하게 만들어 보지 않으려는가?

그렇게 하면 마음의 작용은 고요해지고 가려고 하지 않아도 저절로 무한의 세계로 나아가 무심히 오고가기를 그칠 줄 모르게 될 것이다. 이리하여 마음대로 왕래하기를 끊임없이 하여 무한한 공허 속을 방황하게 되고, 그러는 중에 큰 예지가 생겨 무슨 일에나 막히는 일이 없게 될 것이다.

만물을 만물로서 존재케 하는 도는 어떤 것에나 존재하는 무한정한 것이다. 이에 비해서 만물에는 명확한 구분이 있게 마련이다. 이것이 이른

바 사물의 유한성이다. 도는 이처럼 무한정한 것이기는 하지만 거기에서 유한성을 지닌 사물이 생겨난다. 유한성을 지닌 인간도 사실은 무한정한 도에 의해 존재하고 있는 것이다.

이리하여 도에서 생겨난 사물은 찼다가 비며 쇠락하여 죽게 마련이다. 그것이 무한정한 도에서 나왔음을 인식한다면 차고 비는 것도 쇠락하여 죽는 것도 진정은 아님을 알게 된다. 또 사물에는 본말(本末)이 있는 것 같지만 그것 역시 진정한 의미의 본말은 아니다. 집산(集散)이 있는 것 같지만 그것 역시 진정한 의미의 집산은 아닌 것이다. 이처럼 진정한 면목은 일시적인 현상을 초월한 곳에 있다는 것을 알아야 한다."

〈해설〉

선문답(禪問答)을 방불케 하는 대목이다. 부처란 무엇이냐는 물음에 운문(雲門)은 똥막대기라고 말했는가 하면 마삼근(麻三斤)이라고 대답한 선승도 있다. 또 달마가 동쪽에 온 이유를 질문받자 뜰 앞의 잣나무라는 대답도 나왔다. 개에게 불성(佛性)이 있느냐는 질문을 받자 조주(趙州)는 없다고 했다가 금방 있다고 했다.

논리와 사유가 처음부터 부정당하고 있다. 부처를 똥막대기라고 한 것과 도는 똥오줌 속에도 있다고 한 것과 무엇이 다르단 말인가? 그러나 이러한 논리의 부정이나 비약도 삼라만상은 결국 하나라는 진리를 꿰뚫어본 사람에게는 전혀 이상할 것이 없다. 만물제동을 깨달은 장자의 입에서 이러한 말이 나온 것은 조금도 이상할 것이 없다.

11

아하감(婀荷甘)은 신농씨(神農氏)와 함께 노룡길(老龍吉)을 스승으로 삼고 배웠다. 신농씨가 책상에 몸을 의지한 채 문을 닫고 낮잠을 자고 있는데 아하감이 문을 열고 들어와 말했다.

"노룡길 선생께서 돌아가셨네."

신농씨는 의지하고 있던 책상에서 지팡이를 짚고 일어나더니 지팡이를 획 집어던지면서 웃고 말했다.

"내가 하늘처럼 받들던 선생님께서는 내가 어리석고 방종한 줄 아시고 나를 버린 채 돌아가셨구나. 선생님께서는 내 어리석음을 깨우쳐 줄 따끔한 말씀 한마디 안 해 주신 채 그대로 돌아가셨구나."

엄강(弇堈)이 조문하다가 이 소리를 듣고 말했다.

"도를 체득한 사람이라면 천하의 군자들이 모두 사모하게 마련이다. 그러나 저 노룡길로 말하자면 도에 대해서 추호(秋毫, 가을 짐승의 털 한 올)의 만분의 일도 얻은 것이 없는 사람이다. 그런데도 도에 관하여 쓸데없는 말을 속에 간직한 채 죽어갈 줄을 알았다. 하물며 진정으로 도를 체득한 사람이야 무슨 말을 하겠는가.

도라는 것은 살펴보아도 형체가 없고 들어 보아도 소리가 없다. 세상에서 도를 논하는 사람들은 흔히 도는 유현(幽玄)해서 감각을 초월한다고 떠들어대지만, 그것은 언어로 나타낼 수 없는 도를 언어로 표현하고 있다는 점에서 도를 논하는 것은 될지언정 진정한 의미의 도 그 자체는 아니다."

이와 관련해서 한번은 태청(泰淸)이 무궁(無窮)에게 물은 일이 있다.

"당신은 도를 알고 있는가?"

무궁이 대답했다.

"나는 모른다."

이번에는 무위(無爲)에게 물었다. 무위가 대답했다.

"알고 있다."

"그럼 당신이 아는 도에 특성이 있는가?"

"있고말고."

"그 특성은 어떤 것인가?"

무위가 말했다.

"내가 알고 있는 도는 귀하게도 되는가 하면 천하게도 되고, 모이면 삶이 되고 흩어지면 죽음이 된다. 이렇게 변화무쌍한 것이 내가 알고 있는 도의 특성이다."

태청은 이 말을 무시(無始)에게 전한 다음에 물었다.

"이상과 같은데, 도를 모른다는 무궁과 안다는 무위와 어느 쪽이 그른가?"

무시가 대답했다.

"모르는 쪽이 도를 깊이 아는 자이다. 안다는 쪽은 도에 대해 천박한 지식밖에는 없는 것이다. 모른다는 사람은 도의 내부까지 도달한 데 비해서 안다는 사람은 도의 표면밖에는 모르는 것이다."

그 말 도중에 태청이 탄식하면서 말했다.

"모른다는 것이 사실은 아는 것이고, 안다는 것이 사실은 모르는 것이 되는가? 누가 부지(不知)의 지(知)를 알겠는가?"

무시가 말했다.

"도는 들을 수 없으니 듣는 것은 도가 아니다. 도는 볼 수 없으니 보는 것은 도가 아니다. 도는 말할 수 없으니 말하는 것은 도가 아니다. 형체 있는 것을 형체 있게 하는 것은 무형(無形)의 도이니, 이 도는 이름을 붙일 수 없다."

무시는 또 이런 말을 했다.

"도에 대한 물음에 대답하는 자는 도를 모르는 사람이며, 도에 대한 질문을 한 자도 진정한 도에 대해서는 아무것도 못 듣고 말게 된다. 도는 물을 수 있는 성질의 것이 아니며, 물어도 대답할 수 있는 성질의 것이 아니다.

물을 수 없는 것을 묻는 것은 공연한 질문이며 대답할 수 없는 것을 대답하는 것은 속으로 도를 체득하지 못했기 때문이다. 속으로 도를 체득하지 못한 주제에 대답할 수 없는 질문에 응대하는 사람은, 밖으로는 우주의 원리도 보지 못한 것이며 안으로는 만물의 근원에 대해 인식하지도 못한 것이다. 따라서 곤륜산(崑崙山) 같은 초속적(超俗的) 세계에도 들어가지 못하고 무(無)의 세계에서 노닐 수도 없을 것이다."

〈해설〉

＊ 아하감(婀荷甘), 노룡길(老龍吉), 엄강(弇堈) : 가공의 인물.

＊ 신농씨(神農氏) : 태고의 전설상의 제왕.

＊ 태청(泰清), 무궁(無窮), 무위(無爲), 무시(無始) : 각각 해당 단어의 개념을 의인화한 것. 태청(泰清)은 크게 맑은 것 또는 크게 맑은 하늘을 가리킨다.

＊ 곤륜산(崑崙山) : 서쪽에 있다는 전설상의 산. 도를 체득한 사람들이 노닌다는 곳.

도는 절대적이고 주관적인 것이므로 그것을 체험한 사람은 자기 체험을 분석적이고 상대적이고 객관적인 언어로 표현하는 데는 한계가 있다는 것은 누구나 인정을 안 할 수 없다. 그러나 그렇다고 해서 도를 깨달은 사람이 그것을 남이 알아듣게 표현할 적절한 말을 구사할 수 없다고 해서 아무 말도 안 한 채, 자기 혼자만의 것으로 간직한 채 죽어 버린다면 어떻게 될까?

만약에 그렇게 된다면 도는 깨달은 사람만의 것으로 끝나 버리고 말 것이다. 따라서 도의 전수와 계승 같은 것도 없어지고 말 것이다. 도에 대한 여러 가지 말 못 할 사정을 이러니저러니 얘기하는 장자 자신도 헛수고를 하는 것이 되고 말 것이다. 필요 없는 말을 지껄인 것밖에는 되지 않는다는 말이다. 장자의 말 그대로 하등 필요 없는 말을 적어 놓은 그 자신도 자기모순에 빠져 버리고 말 것이다. 따라서 그가 써서 남긴 『장자』라는 저서도 무의미한 것이 되어 버리고 말 것이다.

그러나 사실은 그렇지 않다. 그가 비록 부족한 언어로나마 『장자』라는 책을 써서 남겨 놓았기 때문에 그의 후배 구도자인 우리들은 그 책을 읽고 많은 도움을 받게 되는 것이다. 그런 의미에서 비록 제자들이 쓴 것이긴 하지만 팔만대장경을 남긴 석가모니나 신약 성경을 남긴 예수도 마찬가지다. 만약에 장자가 『장자』를 써 남기지 않았고, 석가모니가 불경을, 예수가 신약 성경을 남기지 않았더라면 도교도 불교도 기독교도 이 세상에 존재하지 않았을 것이다.

많은 지식을 가지고 있는 것과 그 지식을 전달하는 것과는 별개의 분야이다. 마찬가지로 진리인 도를 깨닫는 것과 그 도를 남에게 전달하는 것은 별개의 사항이다. 다시 말해서 박학한 사람과 그 박학을 제자들에게 전달하는 것은 별개의 분야라는 말이다. 도를 깨닫고 그냥 홀로 죽어 간 사람과 자기가 깨달은 도를 많은 사람들에게 전파한 사람은 다르다. 자기가 터득한 진리를 이웃들에게 널리 알린 사람을 우리는 큰 스승이라고 한다.

당대(唐代)에는 진리는 언어도단이라고 하여 도를 깨닫고 죽은 사람의 비에는 아무런 글자도 새기지 않은 무자비(無字碑)가 크게 유행했던 일이 있었다. 지금도 무자비는 가끔 발견된다. 그러나 아무리 화려하고 우아하다고 해도 글자 하나 새겨 있지 않은 이상 그 비석은 후세에게는 아무런 존재 가치도 없는 것이다.

도를 깨닫는 것도 중요하지만 애써서 깨달은 도를 혼자서만 가슴속에 고이 간직한 채 떠나는 것은, 그 사람 개인에게는 좋은 일일 수 있을지 모르지만 남을 위해서 전연 보탬이 되지 않는다는 것을 알아야 한다. 도를 아는 사람은 말하지 않고 도를 모르는 사람이 도에 대해서 말한다고 했다면 이것 역시 도를 말한 것이다. 아무 말 안 한 것보다는 그래도 도에 대한 얘기를 했으니 그냥 침묵만을 지킨 것은 아니므로 이 사람 역시 도를 모르는 사람이 된다. 과연 그럴까? 아무리 생각해도 윗글은 자가당착에 빠진 것 같다.

도를 안다고 해서 침묵만을 고집하는 것도 잘못이고 그렇다고 해서 도를 언어나 문자 속에서만 찾으려고 집착하는 것도 잘못이다. 그러니까 침묵과 언어 문자를 동시에 벗어난 곳에서 참다운 도를 찾아야 한다.

구슬이 서 말이라도 꿰어야 보배인 것이다. 따라서 보배는 구슬에만 있는 것이 아니고 그렇다고 해서 구슬을 꿰는 실에만 있는 것도 아니다. 이 두 가지가 결합되어 양자를 벗어난 곳에 있는 진정한 보배인 도는 존재하는 것이다. 이 구슬인 진실을 언어와 문자라는 실로 꿰어 참보배인 도로 만들어 범인들에게 알려 주는 사람이 참스승인 것이다.

12

광요(光耀)가 무유(無有)에게 물었다.

"당신은 존재하는가, 존재하지 않는가?"

광요는 물어도 대답을 들을 수 없었으므로 그의 모습을 눈여겨 살펴보았지만 흐리멍덩하고 멍청하기만 해서 뭐라고 꼭 집어 말할 수가 없었다. 하루 종일 그를 살펴보았지만 유달리 눈에 뜨이는 것이 없었다. 행여나 그에게서 무슨 소리가 들리지나 않는가 하여 열심히 귀기울여 보았지만 들리는 것은 아무것도 없었다. 또 무엇을 잡아내 보려고 했지만 포착되는 것은 아무것도 없었다.

그러자 광요가 말했다.

"기가 막히는구나. 누가 능히 이러한 경지에 이를 수 있으랴. 나는 무(無)의 경지를 획득했지만 무까지 없애지는 못했다. 그런데 무까지도 없앨 수 있는 경지에는 어떻게 해야 도달할 수 있겠는가?"

〈해설〉

＊ 광요(光耀) : 빛을 의인화한 것.

＊ 무유(無有) : 무(無)를 의인화한 것.

일체의 유(有)와 존재를 부정하면 결국 무(無)에 도달하게 된다. 그러나 이 무라고 하는 것도 유가 없이는 상상할 수 없다. 유가 있으니까 무가 있지, 유가 없다면 무가 성립될 수 없기 때문이다. 유무는 상대개념이니까 어쩔 수 없는 노릇이다.

실례를 들어 어떤 사람이 '나는 본성을 보았다'고 분명히 말해 놓고는 혼자서 해결하기 어려운 문제에 봉착할 때마다 자기의 '본성'을 불러내어 일일이 해답을 구한다면 그게 과연 깨달은 사람이 갖추어야 할 우아일체, 천인일체, 신인일체가 되었다고 할 수 있을까?

나는 그렇게 보지 않는다. 그가 진정 깨달았다면 본성과 자기 자신을 분리해 놓은 상대개념으로 보지 말아야 한다. 화두나 의념이 이는 것과 동시에 즉각 해답이 나와야 한다. 즉각 해답이 나오지 않고 다소 시간이 걸린다고 해도 어디까지나 자기 자신의 능력으로 해답을 구해야 한다. 본성과 자아가 일체가 되어 자동적으로 돌아가야 하기 때문이다.

그와 마찬가지로 무에 도달한 사람은 유무에서까지도 벗어나 양변을 초월해야 한다. 석가모니는 이것을 중도라고 했고, 공자는 중용이라고 했다.

13

대사마(大司馬) 벼슬에 있는 사람에게 고용되어 허리띠의 갈고리를 만드는 사람이 있었는데, 나이가 팔십이 되었건만 일솜씨가 조금도 나무랄 데가 없었다. 대사마가 신기하게 생각하고 물었다.

"자네는 참으로 재주가 좋군. 혹시 무슨 도라도 터득했는가?"

"소생에게는 지켜 오는 일이 한 가지 있습니다. 소생은 스무 살 때부터 띠갈고리 만들기를 좋아하여 그것에만 열중하여 아무것도 본 것이 없고, 띠갈고리 이외의 것은 보려고도 하지 않았습니다."

이 이야기에 따르면 그 늙은 장인은 자기가 하는 일 이외에는 아무것에도 마음을 쓰지 않는 무위의 덕을 사용함으로써, 긴 세월을 두고 띠갈고리만을 만들어 올 수 있었던 것이다. 그러할진대 무슨 일에도 마음을 쓰지 않는 일까지도 초월한 사람에게 있어서야 더 말해 무엇 하겠는가. 이런 사람이야말로 무슨 일을 해도 위대한 능력을 발휘할 수 있을 것이다.

14

염구(冉求)가 공자에게 물었다.

"천지가 생기기 이전의 상태를 말할 수 있겠습니까?"

공자가 즉시 대답했다.

"있고말고. 예전도 지금과 같았느니라."

염구는 그 이상의 대답은 못 듣고 물러났다. 그는 이튿날 다시 공자를 찾았다.

"어제 제가 '천지가 생기기 이전의 상태를 알 수 있느냐'고 여쭈었을 때 선생님께서는 '있고말고. 예전도 지금과 같았느니라'하고 말씀하셨습니다. 어제 그 말씀을 들었을 때는 분명히 이해를 할 수 있었는데, 오늘 아침 깨어나자 무엇이 무엇인지 도무지 알 수 없게 되었습니다. 그래서 다시 여쭙니다만 그게 무슨 뜻입니까?"

공자가 대답했다.

"어제 네가 명백히 이해를 할 수 있었던 것은 네 마음속의 신령으로 받아들였기 때문이고, 지금 와서 모르게 된 것은 신령으로 받아들이지 않고 사고의 힘으로 이해하려 했기 때문이다. 천지는 시간을 초월한 것이어서 거기에는 옛날이니 지금이니 하는 차별도 없고, 시작이니 끝이니 하는 구분 같은 것도 없는 것이다. 마치 자손이 없는데도 자손이 있다고 우기면 안 되는 것처럼 천지에는 시간이 없는데도 그 이전의 상태를 알려고 해서야 되겠느냐?"

염구가 미처 대답도 하기 전에 공자가 말했다.

"그만두어라. 대답하지 않아도 된다. 만물은 살게 하는 작용에 의해서 죽음에서 삶으로 변화한 것도 아니고, 죽게 하는 힘 때문에 삶에서 죽음으로 옮아가는 것도 아니다. 생사는 서로 의존관계에 있는 것이 아니라 기실은 한몸인 것이다. 비록 천지보다 앞서 생존한 것이 있다 해도 그것을 물건이라고 할 수 있겠는가?

물건을 물건으로서 존재케 하는 것은 물건일 수 없으며, 천지 이전에 어떤 물건이 있었다 하면 천지만물 이전이라고는 말할 수 없을 것이다. 물건을 생기게 하는 데는 역시 물건이 있어야 하며, 그런 계보를 자꾸만 거슬러 캐어 간다고 해도 물건이 잇따르는 데에는 끝이 없을 것이다.

그러니까 물건을 물건으로서 존재케 하는 것은 물건이 아닌 도의 작용임을 알아야 한다. 성인이 사람을 한없이 사랑하는 것은 이 도를 본받고 있기 때문이다."

〈해설〉

＊ 염구(冉求) : 공자의 제자.

천지가 생겨나기 이전의 상태는 어떤 것이었느냐는 염구의 의문은 범부라면 누구나 한 번쯤 품어 봄 직한 것이다. 그러나 천지 이전의 어떤 상태라고 하면 유무와 시공이 지배하는 유위계의 상태를 말한다. 그러나 무위계인 도의 세계는 원래 물질과 시공을 초월해 있다는 것을 알아야 한다.

따라서 도를 터득한 공자와 도를 터득하지 못한 염구와의 사이에는 눈 뜬 사람과 장님과의 사이처럼 원칙적으로 원만한 대화가 이루어질 수 없 다. 장님에게 무지개의 색깔에 대하여 제아무리 상세히 설명해 보았자 알아들을 수 없는 것과 마찬가지다.

염구에게는 유무와 시공이 없는 세계는 상상도 할 수 없었던 것이다. 하물며 현상계는 무위계인 도의 산물이라는 것을 이해할 리가 만무한 것 이다.

15

안회(顔回)가 공자에게 물었다.

"저는 예전에 선생님으로부터 '가는 것에 연연하지 말고 오는 것에 기 대하지 말라'는 말씀을 들은 일이 있습니다. 어떻게 하면 그러한 경지에 서 노닐 수 있겠습니까?"

공자가 대답했다.

"옛사람들은 겉으로는 환경에 따라 변화해 가면서도 속으로는 변화하 지 않았다. 그러나 요즘 사람들은 내심은 변화하면서도 겉으로는 완고하 게 자기를 지켜 나가고 있다. 외부 정세에 따라 변화한 옛사람들은 항상 무심했으므로 기실은 변화가 없었다고 할 수 있다. 변하든 변하지 않든 그것에 만족해서 늘 환경에 순응하면서도 내심으로는 그로 인해 흔들림이 없었다.

옛 성인들을 보자. 희위씨(豨韋氏)는 동산에서 놀았고, 황제는 채마밭에서 즐겼으며, 순은 궁에 있었고, 탕왕과 무왕은 자기 거실에서 날을 보냈다. 이처럼 시대에 따라 거처하는 곳이 다르기는 했어도 주어진 자기 환경에 적응한 점에서는 마찬가지였다.

그러나 후세의 군자라는 사람들, 즉 유교도나 묵자학파들은 시비를 따지고 서로 상대를 헐뜯었다. 하물며 요새 사람들이야 더 말해 무엇 하겠는가.

성인은 남에게 손상을 입히는 일이 없다. 이처럼 남에게 손해를 입히지 않으면 남도 이쪽에 손상을 입히지 않는다. 이처럼 남에게 손해도 주지 않고 남에게 손상도 입지 않는 사람이라야 비로소 사람들과 자유로운 교제를 할 수 있다.

산림이나 못가를 거닐면 우리들의 마음이 그지없이 즐거워진다. 그러나 그 즐거움이 끝나기도 전에 비애가 오는 수도 있다. 이처럼 즐거움이나 슬픔이 일어나는 것은 막을 도리가 없으며 그것이 떠나간다고 해도 멈추게 할 방도가 없다.

아아 슬프다. 세상 사람들은 끊임없이 찾아왔다가 사라져 가는 외물이 묵고 가는 여관 노릇을 하고 있을 뿐이 아닌가.

우리는 자기가 체험한 일을 알 수 있으나 체험하지 못한 일은 알지 못한다. 그리고 자기 능력의 범위 안의 것은 할 수 있지만 능력 밖의 것은 하지 못한다. 이처럼 알 수 없는 것, 능력이 못 미치는 것이 있다는 것은 사람이면 누구나 피할 수 없다. 그런데도 불구하고 피할 수 없는 일을 피하려고 애쓴다면 이 어찌 어리석은 일이 아닐 수 있겠는가.

진리가 실린 말은 말을 초월하는 것이며, 지상(至上)의 행위는 행위를 넘어선 것이라고 할 수 있다. 그런데도 불구하고 지식으로 알 수 있는 것을 전부인 양 착각하다니, 이 어찌 천박한 일이 아닐 수 있겠는가."

〈해설〉

시공과 유무의 지배에서 벗어난 도의 세계는 무한하건만 시공과 유무의 지배를 받는 인간은 유한한 존재에 지나지 않는다. 따라서 지식과 경험과 능력의 범위도 지극히 제한을 받지 않을 수 없다. 그러한 인간이 도에 관한 일체를 알려고 하는 것은 마치 뱁새가 황새를 따라가려다가 가랑이가 찢어지는 것처럼 분수를 모르는 짓이 아닐 수 없다.

그래서 옛사람들은 그러한 분수에 넘치는 짓을 하기보다는 차라리 자연과 한몸이 되어 자연에 순응하면서 일체의 인위를 떠난 삶을 살아왔다. 겉으로는 자연에 순응하면서도 속으로는 외물에 의해 흔들림이 없는 삶을 살아온 것이다.

겉으로 변하면서 속으로는 변함이 없는 삶, 변하되 변하지 않는 삶을 살아온 것이다. 다시 말해서 쓰임은 변하되 근본은 흔들림 없는 용변부동본(用變不動本)을 생활화해 온 것이다. 마치 차바퀴는 돌아가면서도 차축은 한자리에서 흔들림 없이 중심을 지키는 것과 같은 그러한 삶을 살아온 것이다.

이 흔들리지 않는 근본이 바로 도이고 진리이고 한이다. 한은 천변만화(千變萬化)를 있게 하는 뿌리이고 원동력인 것이다. 따라서 도를 깨달은 지인들은 어떠한 모진 역경 속에서도 근본이 안정된 편안함을 누릴 수 있었던 것이다. 만물은 하나이고 생사는 없다는 것을 알았기 때문이다.

(『장자』 '외편' 끝)

저자 약력

경기도 개풍 출생
1963년 포병 중위로 예편
1966년 경희대학교 영어영문학과 졸업
코리아 헤럴드 및 코리아 타임즈 기자생활 23년
1974년 단편 『산놀이』로 《한국문학》 제1회 신인상 당선
1982년 장편 『훈풍』으로 삼성문학상 당선
1985년 장편 『중립지대』로 MBC 6.25문학상 수상

　저서로는 단편집 『살려놓고 봐야죠』(1978년), 대일출판사, 민족미래소설 『다물』(1985년), 정신세계사, 장편 『소설 한단고기』(1987년), 도서출판 유림, 『인민군』 3부작(1989년), 도서출판 유림, 『소설 단군』 5권(1996년), 도서출판 유림, 소설선집 『산놀이』 ①(2004년), 『가면 벗기기』 ②(2006년), 『하계수련』 ③(2006년), 지상사, 『선도체험기』 120권(1990년~2020년), 도서출판 유림 및 글터, 『약편 선도체험기』 30권(2021~2024), 글터, 『한국사 진실 찾기』 2권(2024), 글터 등이 있다.

구도자를 위한 번역 선집 3 장자 외편

2026년　3월 20일 초판 인쇄
2026년　3월 30일 초판 발행

지 은 이　　김 태 영
펴 낸 이　　한 신 규
본문디자인　안 혜 숙
표지디자인　이 은 영
펴 낸 곳　　글터
주　　소　05827 서울특별시 송파구 동남로 11길 19(가락동)
전　　화　070 - 7613 - 9110　Fax 02 - 443 - 0212
등　　록　2013년 4월 12일(제25100 - 2013 - 000041호)
E-mail　　geul2013@naver.com

ⓒ김태영, 2026
ⓒ글터, 2026, Printed in Korea

ISBN　　　979 - 11 - 88353 - 83 - 5　04810　　　정가 20,000원
ISBN　　　979 - 11 - 88353 - 80 - 4(세트)